Arena-Taschenbuch
Band 2716

D1678144

Tobias Elsäßer,

geb. 1973, nahm bereits in der Schulzeit Gesangsunterricht
und schloss nach dem Abitur einen Plattenvertrag
mit der Boygroup *Yell4You* bei SonyMusic.
Mit dieser gecasteten Band gab er innerhalb von zwei Jahren
300 Konzerte in Deutschland, Österreich und der Schweiz.
Nach seinem Ausstieg begann er als Fernsehredakteur
und -moderator zu arbeiten und gründete verschiedene Bands.
Heute ist er Vocal-Coach und Songwriter.
Außerdem entwickelte er die Idee und das Konzept für Popvoice,
eine Lernsoftware für Popgesang.
Mehr über Tobias Elsäßer unter www.dieboygroup.de.

Tobias Elsäßer

Die Boygroup

Ein Insider-Roman

Arena

Für Albert, meinen Opa,
und Nadja, meine große Liebe

In neuer Rechtschreibung

1. Auflage als Originalausgabe im Arena-Taschenbuch 2004
© 2004 by Arena Verlag GmbH, Würzburg
Alle Rechte vorbehalten
Dieses Werk wurde vermittelt durch die Agentur für Literatur und Illustration
Susanne Koppe. www.auserlesen-ausgezeichnet.de
Umschlaggestaltung: Robert Flubacher 808 Medien
Gesamtherstellung: Westermann Druck Zwickau GmbH
ISSN 0518-4002
ISBN 3-401-02716-6

Starcity | Die gesamte Entertainment-Branche produziert jedes Jahr unzählige Leichen. Ich meine jetzt nicht diejenigen, die tatsächlich sterben. Wie der Sänger von Nirwana, der innnerhalb weniger Monate zum Weltstar wurde und seine Karriere mit einem Schuss in den Mund beendete. Ich rede von denjenigen, die für kurze Zeit von allen umjubelt werden und dann wieder im Sumpf der Bedeutungslosigkeit verschwinden. Sollte ich einmal richtig viel Geld verdienen, werde ich ein Heim für ehemalige Stars und Sternchen aufmachen. Aber wahrscheinlich wäre es besser, gleich eine ganze Stadt zu kaufen und sie Starcity zu nennen. Es müsste genügend Psychologen geben. Und keine Presse.

1. Kapitel | **Wo bitte geht es hier zum Ziel?**

Wenn du groß rauskommst«, sagt Holger gönnerhaft, »wirst du dich an diesen Tag erinnern.« Schnell reißt er mir die selbst gebrannte CD aus der Hand und verstaut sie in seinem schwarzen Rucksack, als hätte er Angst, dass ich sie gleich wieder zurückverlangen könnte. Der erlösende Gong hallt durch das Klassenzimmer und wir stehen auf. Holger hat es noch eiliger als ich, die Berufsschule im Stuttgarter Westen zu verlassen. Noch einmal lässt er mit einem Grinsen seine weißen Zähne aufblitzen und zeigt auf seinen Rucksack, als wäre darin ein Schatz versteckt. Dann verschwindet er durch die Türe.
Bescheuert! Warum soll ausgerechnet dieser Typ sich mit Musik auskennen?
Eine halbe Stunde später schiebe ich die kleine weiße Plastikkarte in die digitale Stechuhr. Dann steige ich in den Aufzug und drücke auf den weißen Plastikknopf. Als die Türe wieder aufgeht, stehe ich in einem von Neonlicht durchfluteten Großraumbüro. Ein Kopierer arbeitet sich selbstständig durch einen Stapel Versicherungsanträge. Ich grüße meine Ausbilderin mit einem Kopfnicken, setze mich stumm vor den vergilbten Computermonitor und betrachte meine Ablagefächer. Alles sieht geordnet aus, obwohl mein Leben im Augenblick ein einziges Chaos ist. Posteingang, Postausgang, Neuanträge, Umwandlungen. Verdammt, wenn ich nach dem Abi geahnt hätte, was da für eine Scheiße auf mich zukommt – ich hätte bestimmt mehr als eine Ehrenrunde gedreht! Doch jetzt werde ich Versicherungskaufmann. Noch sechzehn Monate.

Ich erinnere mich noch genau an den letzten Schultag.
»Hey, Erik!«, rief mein bester Freund Sebastian auf dem Schulhof und präsentierte mir stolz sein Einser-Abi. Sebastian war einer von diesen Überfliegern: kein typischer Streber, dafür war er zu cool, aber wenn's drauf ankam, konnte er lernen bis zum Umfallen. Jemand wie ich, dem Mathe fast das Genick gebrochen hatte und der ansonsten eher schlecht als recht durchgekommen war, bewunderte ihn für seine Zielstrebigkeit, und das immer wieder. Dafür fand Sebastian an mir etwas ganz anderes toll: mein musikalisches Talent. In der Schulband versuchte er sich mit eher mäßigem Erfolg als Gitarrist, während ich mir als Sänger den Spitznamen »The Voice« eingehandelt hatte – so wurde ich auch in der Abizeitung genannt. Aber leider war das jetzt Vergangenheit.
»Caro und Juli haben schon ihre Lehrstellen bei der Dresdner«, erzählte Sebastian. »Und du? Gibt's was Neues von der Ausbildungsfront?« Lächelnd klopfte er mir auf die Schulter. Es war kein überlegenes Lächeln, sondern das eines Freundes, der mich sehr gut kannte und von meinen Augen die quälende Planlosigkeit ablesen konnte.
Mein großer Bruder Jens war nach der Schule genauso ziellos gewesen wie ich, aber unbekümmert machte er erst mal eine zweimonatige Radtour durch Spanien. Auch Sebastian ließ sich vom Ernst der Lage nicht einschüchtern: Für ihn war die Welt ein schrankenloser Spielplatz, auf dem jeder die Chance hat, das zu tun, was er möchte. Der festen Überzeugung, dass jeder Mensch ein außergewöhnliches Talent besitzt, versuchte er mich darin zu bestärken, an meinem Traum zu arbeiten: Musik machen. Singen. Auftreten. Berühmt werden . . . »Du musst einfach an dich glauben«, sagte er immer. »Ist doch völ-

lig klar, was du wirst. Musiker. Sänger – was denn sonst? Das passt einfach zu dir.«

Ich hatte da so meine Zweifel. Klar, singen, so richtig professionell, das wär's schon gewesen. Aber von Musiktheorie hatte ich null Ahnung, und unser Musiklehrer hatte mir von den harten Aufnahmeprüfungen der Hochschulen erzählt: reiner Horror. Ich kann ja nicht mal vom Blatt singen. Auch die »normalen« Unis machten mir Angst: Alles an ihnen war verwirrend und unüberschaubar. Mein erster und einziger Anlauf scheiterte schon am Vorlesungsverzeichnis. Sebastian dagegen ließ sich von so etwas überhaupt nicht beeindrucken, wusste genau, was er wollte. Zuerst den Bund abhaken (mich hatten sie ausgemustert), anschließend ein Wirtschaftsstudium mit Auslandssemester, dann Big Businessman werden – wie sein Vater.

Meine Eltern hatten vor zwei Jahren fluchtartig die kleine Stadt in der Nähe von Stuttgart verlassen. Ohne mich. Was aber auch durchaus in meinem Sinne war: Gegen ihre ständigen Streitereien klangen die in der Nähe landenden Flugzeuge leise wie Segelflieger. Mein Vater ist Handelsvertreter. Er träumt immer noch vom großen Reichtum, spielt regelmäßig Lotto. »Früher gingen die Geschäfte besser«, sagt er immer. Die Leute hätten mehr gekauft und seien freundlicher gewesen.

Unser Haus mit einem Großteil des Inventars wurde kurz vor meinem neunzehnten Geburtstag zwangsversteigert. Erst als der Gerichtsvollzieher bei uns klingelte, gestanden meine Eltern mir das Desaster. Dafür wussten in der Schule alle gleich Bescheid – es stand ja in der Zeitung. Keiner sprach mich darauf an, alle schauten nur mitleidig. Auch Sebastian war die Sache eher peinlich.

Damals war ich drauf und dran, die Schule abzubrechen, wegzurennen von dem ganzen Mist. Hätte ich meine Musik nicht gehabt, wahrscheinlich wäre ich irgendwann durchgedreht. Meine Musik war in dieser Zeit wie eine kleine, versteckte Insel, auf die ich vor der Realität flüchten konnte. Auch die Entfernung zu meinen Eltern – immerhin zwanzig Kilometer – tat mir gut.

Für meine Musik hatten meine Eltern noch nie viel übrig gehabt. Ich konnte bei jedem Anhörungsversuch die großen Fragezeichen in ihren Augen erkennen. Reinhard Mey oder die Wildecker Herzbuben lagen eher auf ihrer Wellenlänge. Musikalisch bin ich demnach wohl etwas aus der Art geschlagen.

Auch meine berufliche Zukunft interessierte meine Eltern damals nur am Rande – sie waren zu sehr mit sich und ihren Problemen beschäftigt. Sprach ich davon, ein Studium zu beginnen, sah meine Mutter mich immer nur groß an: »Wenn du dir das leisten kannst«, sagte sie dann, »wir haben ja gerade kein Geld mehr.« Sehr hilfreich!

Ich wollte mir das Studium gar nicht leisten, aber irgendetwas musste ich ja tun. Deshalb war ich zwar nicht unbedingt glücklich, aber zumindest erleichtert, als ich an einem Samstag zu meinen Eltern fuhr: Endlich hatte ich etwas in den Händen, schwarz auf weiß. »Ausbildung zum Versicherungskaufmann« stand fett gedruckt auf dem Arbeitsvertrag.

»Ist doch klasse, dass du dich jetzt für etwas Vernünftiges entschieden hast«, sagte meine Mutter und wedelte mit den unterschriebenen Blättern.

Auch mein Vater konnte sich mit dem Gedanken anfreunden, bald einen Versicherungsspezialisten in der Familie zu haben. »Der Herr Müller« – das war unser Nachbar, »ist Generalagent

bei der Allianz, und du weißt ja, was der in der Garage stehen hat: einen roten Porsche!«
Sebastian dagegen war entsetzt, als ich ihn am Abend in einer Kneipe traf. »Stell dir dich mal in einer Versicherung vor . . .« Er schüttelte den Kopf. »Studier doch einfach irgendwas! Bis du wieder besser drauf bist und genauer weißt, was du willst.«
»Nee, die zwei Jahre werde ich schon irgendwie rumbringen«, sagte ich genervt.
»Und was wird aus deinem großen Traum – aus deiner Musik?«
Ich antwortete nicht, konnte ihm nicht einmal in die Augen schauen. Ausgerechnet jetzt schob die rothaarige Barfrau »Piano Man« von Billy Joel in den CD-Player. Jeder Ton, jede Silbe war ein weiterer Stein dieser Mauer, die sich vor meinen alten Traum vom Musikmachen schob. Billy Joel hatte es geschafft. Er schrieb seine eigenen Songs und war erfolgreich.
Ich hatte meinen Traum für einen sicheren Ausbildungsplatz verkauft. Vielleicht auch meine Seele. Ich fühlte mich leer. Mir war elend. Elender ging's gar nicht mehr. Dachte ich. Aber ich war zu müde, um mich diesem Zustand völlig hinzugeben.
Die melodischen Überreste von »Piano Man« wiegten mich dann später sanft in den Schlaf. Im Traum sah ich, wie mein Gesicht auf dem schwarzen CD-Cover erschien und die Buchstaben des Titels sich neu formierten. Was für ein schönes Bild – nur eines störte: »Insurance Man« stand auf dem Cover.

Nur schwer kann ich mich daran gewöhnen, morgens, mittags und abends die kleine weiße Chipkarte mit meiner Personalnummer in die Stechuhr zu schieben.
Dass diese Ausbildung nicht der Hit sein würde, war mir klar gewesen – aber dass sie so langweilig, öde und bescheuert

sein würde, dass den Auszubildenden eigentlich Schmerzensgeld zustünde, hatte ich nicht geahnt. Und dann auch noch jeden Morgen um sechs Uhr dreißig auf der Matte stehen!
Meine Ausbilderin ist Mitte dreißig, aber sie könnte schon jetzt in Rente gehen. Sie ist unzufrieden mit sich selbst, ihrem Job, ihrer Hülle und ihrem Leben. Genau das bekomme ich jeden Tag zu spüren.
»Herr Klein!«
Jedes Mal zucke ich zusammen, wenn sie meinen Namen hinter ihrem Monitor hervorbäfft. Vier Tage, bevor mein Martyrium in dieser Abteilung zu Ende geht, mache ich ihr ein nettes Abschiedsgeschenk. Ich ignoriere alle aufblinkenden Warnsignale und markiere bei einem Antrag alle Möglichkeiten, die ich im Computer finden kann. Zwar erscheint mir das Gewicht des Antragstellers im Verhältnis zur Körpergröße etwas übertrieben, dennoch bin ich mit meiner Leistung zufrieden.
»Herr Klein!« Frau Michels' Gesicht ist hochrot, als würde sie im nächsten Moment explodieren. »Was soll das – haben Sie da geschlafen?«
»Ich hab gedacht«, sage ich mit Unschuldsmiene, »wenn ich alle Möglichkeiten auf einmal ankreuze, dann ist die Wahrscheinlichkeit, Fehler zu machen, genauso groß wie sonst.«
Frau Michels schnappt nach Luft. Sie sitzt fassungslos da und greift wutentbrannt zum Hörer. Eine Stunde muss ich dem Ausbildungsleiter erklären, wie es so weit kommen konnte.

Bereits nach wenigen Monaten gehöre ich zu den Spitzenreitern, was die Anzahl der Krankheitstage angeht. Nach der Berufsschule besuche ich auch an diesem Montag meinen Uncle Doc auf der anderen Straßenseite.

»Noch immer Probleme mit dem Magen?«, fragt mich die junge Sprechstundenhilfe und zwinkert mir zu.
»Äh, nö«, ich fasse mir an die Wirbelsäule, »ich hab ziemlich starke Rückenschmerzen.«
»Wie lange sollen die denn anhalten? – Nur, damit ich gleich den Zettel fertig machen kann.«
»Das muss Dr. Reinhard entscheiden.« Ich versuche so zu tun, als hätte ich ihre Anspielung nicht verstanden.
»Reicht's bis Mittwoch?«
Ich werde rot. Eine ältere Frau dreht sich zu mir um.
»Ich glaub, Donnerstag wäre perfekt«, antworte ich fast flüsternd und nehme auf einem der weißen Stühle im Wartezimmer Platz. Vierzig Minuten muss ich mich gedulden, bis Dr. Reinhard meine Selbstdiagnose bestätigt. Ich beschließe in Zukunft dienstags zu gehen. Dann sind die meisten Simulanten schon versorgt.
Anstatt den bezahlten Urlaub zu genießen, verkrieche ich mich mit schwarzen Gedanken in meiner winzigen, staubigen Einliegerwohnung. Zwanzig Quadratmeter mit wenig Luxus und viel Gerümpel. Für Kontakt mit der Außenwelt bin ich nicht in Stimmung: Sebastian macht irgendwelche blöden Wehrübungen und meinen Bruder Jens will ich jetzt auch nicht mit meinem Weltschmerz nerven.
Meine Gitarren baumeln von der Decke, mein braunes Klavier habe ich vors Fenster gestellt, damit ich beim Spielen auf die kleine grüne Wiese sehen kann. Wenn ich so mies gelaunt bin, spielen das Klavier oder die Gitarre nur noch Moll. In den letzten Jahren habe ich unzählige schwermütige Songs geschrieben, die ich, um sie nicht zu vergessen, mit meinem kleinen Kassettenrekorder aufnehme. Diese Sammlung hätte be-

stimmt jeden Selbsthilfeverein depressiver Menschen in den kollektiven Suizid treiben können. Doch mir tut es gut, meine Gedanken in die geordneten Bahnen eines Songs zu lenken. Einfach Vers und Refrain zu schreiben. Ganz schüchtern, tastend, suche ich nach schönen, traurigen Melodien. Erst Stunden später ersetze ich meine improvisierten Satzfragmente durch zusammenhängenden Text.
Um gute Songs zu schreiben, muss man verdammt ehrlich sein. Man darf sich keine Gedanken um seine Mitmenschen machen, die einen womöglich als depressiv, gestört oder weltfremd deklarieren. Als ich meinem Vater mal eines meiner düsteren Werke vorspielte, hätte er mich beinahe zum Psychologen geschickt. Er beließ es schließlich bei einer Jahrespackung Johanniskrautdragees und erinnerte mich jeden Tag daran, drei von den Dingern zu schlucken. Ich feuerte die Packung in den Mülleimer. Glückspillen brauche ich nicht: Ich habe doch meine Musik. Wenn ein Song fertig ist, fühle ich mich immer so erleichtert, als ob ein großer Betonklotz von meiner Seele genommen würde. Wie ein Held. Wie ein Bergsteiger, der einen Achttausender erklommen hat. Diese kurzzeitigen Hochphasen machen mich glücklich. Am liebsten würde ich dann der ganzen Welt meine neuen Werke vorspielen, doch meine zwei kleinen Lautsprecher reichen gerade mal für die direkte Nachbarschaft.
Viele meiner Lieder sind rau und ungezähmt wie ein schwerer Herbststurm. Aber es gibt auch Songs, die riechen nach Frühling. So frisch und unbeschwert. Es klingt vielleicht verrückt, aber manchmal erinnere ich mich an eine Melodie und habe das Gefühl, sie mit allen Sinnen zu spüren. Meine Haut ist dann wie eine große, schwingende Membran. Meine Ohren

werden zu riesigen Trichtern, mit denen ich jede Luftbewegung einfangen kann, und meine Augen sind Projektoren, die einen Film in das Nichts zeichnen. Nach ein paar Sekunden erinnert sich auch meine Nase an eine längst vergessene Zeit, als ich noch glaubte, in einer schrankenlosen Welt zu leben. Musik ist eben viel mehr als eine Folge von Tönen. Musik hat Macht. Musik ist das Leben, der Tod, die Liebe und die Verzweiflung. Musik ist der Anfang und das Ende.

Als ich am Freitag mies gelaunt wieder in der Berufsschule auftauche, empfängt mich Holger mit einem Lächeln. »Coole Mucke, die ihr da spielt, und deine Stimme klingt auch nicht schlecht!«
»Welcher Song hat dir am besten gefallen?«, frage ich.
»Ich würde sagen – alle.« Er schluckt und schaut mich etwas beschämt an. »Ich mein, das ist nicht unbedingt genau die Musik, auf die ich stehe, aber deine Stimme gefällt mir. Nur die alten Knacker mit dir auf dem Cover, die sind doch jenseitig!« Er zieht seine Augenbrauen hoch und blickt mich an, als warte er darauf, dass ich ihm Recht gebe.
Ich denke an meine Band. *Chase the Bird* heißen wir. Gunnar, Volker und Jörg sind über dreißig, also nicht mehr im Popstar-Alter. Aber sie beherrschen ihre Instrumente und machen Rockmusik mit Seele, ohne an die Charts oder die BRAVO zu denken. Unsere Songs schreiben wir gemeinsam. Wie ein Puzzle fügen sich die einzelnen Akkorde während einer Probe zusammen. Oft hat Gunnar, unser Schlagzeuger, einen Beat, dann setzt Volker mit der Gitarre ein, Jörg zupft an seinem Bass und schließlich suche ich eine passende Gesangsmelodie. Das kann schon mal mehrere Stunden dauern. Es kommt nicht sel-

ten vor, dass wir an einem besonders gelungenen Part hängen bleiben und ihn immer und immer wieder spielen. Das ist der pure Wahnsinn: Der Proberaum verwandelt sich in ein riesiges Kraftfeld. Wenn ich in so einem Moment die Augen schließe, fühle ich mich frei, vergesse alles um mich herum und spüre nur noch die Musik. Meist stoppt Volker diesen kollektiven Rausch, indem er einen ekelhaft schrägen Akkord spielt. Zwar ist das nicht unbedingt die sanfteste Art, uns zurück auf die Erde zu holen, aber sie funktioniert. Ohne Volker würden wir wohl nie einen Song fertig komponieren, sondern immer nur jamen. Jede Band braucht jemanden wie Volker, der Ordnung in das kreative Chaos bringt, sonst kann man nie auftreten. Und live vor Publikum zu spielen ist einfach der ultimative Kick. Es gibt nichts Schöneres für mich, als mit eigenen Songs auf der Bühne zu stehen. Klar, wir füllen keine Stadien und manchmal sind auch nur zehn, fünfzehn Leute bei unseren Konzerten, aber trotzdem ist dieses Gefühl unbeschreiblich.

Ich schaue in Holgers fragendes Zahnpastalächeln. Klar, dass so ein Typ andere Vorstellungen von einer erfolgreichen Band hat. »Und, wie stellst du dir meine Karriereplanung vor?«

»Ähm . . . äh . . . na ja. Also, ich habe einen Bekannten, der arbeitet als Musikproduzent. Dem kann ich die CD ja mal vorspielen.«

Irgendwie habe ich das Gefühl, dass er es ernst meint. Oder vielleicht hoffe ich es auch nur. Andererseits – Holger labert so viel großspuriges Zeug, warum sollte es ausgerechnet dieses Mal mehr als heiße Luft sein? Besser, ich stell mich darauf ein, dass mich die Ausbildung noch ein Weilchen nerven wird . . .

2. Kapitel | **Die Chance**

Es ist Donnerstag, kurz nach zehn, und im Öffentlich-Rechtlichen zeigen sie gerade die hundertste Wiederholung von Roman Polanskis »Tanz der Vampire«. Gerade als ein Blutsauger zubeißen will, klingelt das Telefon.

»Is Ingo Kranic hier in Aprat?«

»Hier ist Erik Klein, nicht Ingo Kranic«, antworte ich. »Einen Ingo gibt's hier nicht. Sie haben wohl die falsche Nummer gewählt.«

Stille.

»Du Singer, ich Produzent. Holger gebt uns CD mit dir.«

»A-a-ach so«, stammle ich in den Hörer. Der Mann am anderen Ende der Leitung seufzt erleichtert.

»Deine Stimme schwingt buchbar. Vielleicht willst du uns leihen für gut aussehende Boyband? Milli Vanilli – klar?«

Ich muss schlucken. »Hab ich das richtig verstanden«, frage ich verunsichert, »Sie möchten nur meine Stimme?«

»Korrekt.« Was jetzt durchs Telefon dringt, klingt wie ein zufriedenes Schmatzen. »Die Gesichter haben fertig.«

»Gibt es wenigstens ein bisschen Kohle, für den Zeitaufwand und so?«

»Zwei grüne Schlappen.«

»Sie meinen zweihundert Euro, oder?«

»Korrekt.« Wieder der zufriedene Schmatzlaut. »Aber erst kleine Test, dann schauen, ob gut.«

»Haben Ihre Jungs überhaupt schon einen Plattenvertrag?«, will ich wissen.

»Nee, aber alles gerade aus, wir buchen nur noch Stimme.«

»Und es stört niemanden, dass die nur die Lippen bewegen können?«
»Verpackung ist glänzend, Rest unwichtig. Mach dir keine Kopf, wir Businessinsider. Schau dir Charts, überall schöne Gesichter ohne eigene Schwingbänder.«
Ich muss ein Lachen unterdrücken. »Nur noch eine Kleinigkeit.« Diesem Ingo Kranic scheinen meine Fragen auf die Nerven zu gehen – er seufzt hörbar. »Was machen die Jungs eigentlich, wenn sie a cappella singen müssen?«
Ich höre, wie der Produzent tief durchatmet, als ob er gleich ohne Vorwarnung den Hörer auf die Gabel knallen will.
»Das unsere Problem sein. Du Stimme! Korrekt?«
»Okay, okay«, besänftige ich ihn, »war ja auch nur so 'ne Frage. Ruft mich einfach an, wenn ihr mich, äh, meine Stimme, braucht.«
»Sonnentag, 14 Uhren in Stuttegarte, Kreuzestraße 10«, brummt er in die Leitung, als dürfe ich ihm auf keinen Fall widersprechen. Dann legt er auf.
Mit dem Hörer in der Hand stehe ich völlig verdattert da. Eine Boygroup. Ich soll bei einer Boygroup mitmachen. Das heißt, nein, ich soll einer Boygroup meine Stimme leihen. Ich weiß gar nicht, was ich merkwürdiger finden soll. Irgendwie ist das doch alles bescheuert. Oder toll. Oder beides.
In drei Tagen bin ich klüger.

»Bitte piept, wenn ihr was zu sagen habt.« Diesen blöden Anrufbeantworterspruch von meinem Bruder kann ich schon lang nicht mehr hören – und jetzt erst recht nicht. Jens ist bestimmt wieder mit seinem Motorrad unterwegs. Vielleicht auch besser so. Er hätte mich bestimmt für verrückt erklärt. Mein Big Brot-

her steht auf ernste Mucke, nicht auf »ferngesteuerte Marionetten«, wie er Boygroups bezeichnet. Seine Plattensammlung ist vom Feinsten. »Nur echte Künstler«, sagt er. Vielleicht sollte ich ihm erst mal gar nichts von der Sache mit der Boygroup erzählen, sonst verlangt er womöglich die rote E-Gitarre zurück, die er mir zur Konfirmation geschenkt hat. Aber, beruhige ich mich gleich selbst, ich werde ja auch nur meine Stimme hergeben. Kein Grund zur Panik.
Auch Sebastian ist nicht zu Hause. Ich muss das nervöse Kribbeln in meinem Bauch loswerden und fahre zu meinem Opa. Ich könnte ihn zwar auch anrufen, aber er hasst es, wichtige Dinge in einen Plastikhörer zu sprechen. Er freut sich, als ich in der Türe stehe, er strahlt eine ungeheure Wärme aus. Wir setzen uns auf das alte braune Sofa, auf dem ich schon so viele Nächte geschlafen habe.
Langsam verschwindet das nervöse Kribbeln. Opa hört mir geduldig zu, stellt zwischendurch kleine Rückfragen – er nimmt mich ernst. Er gibt mir das Gefühl, bedingungslos hinter mir zu stehen, egal, was passiert. Manchmal legt er während des Gesprächs seine faltige Hand auf meine Schulter. Dann spüre ich, wie sehr er mich mag, weil ich so bin, wie ich bin. Und weil ich nie ein anderer sein werde.
Er sagt immer, dass ich auf mein Herz hören soll. Sein Herz dagegen macht ihm immer wieder Probleme. Vor kurzem musste er ins Krankenhaus. Ich habe ihn jeden Tag besucht und ihm heimlich Leberwurstbrote gebracht, weil er den Diätfraß nicht ausstehen kann. »Er braucht vielleicht bald einen Herzschrittmacher«, sagen die Ärzte.
Aber auch wenn er körperlich nicht mehr ganz so fit ist – im Kopf ist er klar und auf der Höhe der Zeit. Er interessiert sich

für mein Leben. In Sachen Boygroup bestärkt er mich darin, vorzusingen.

Ich schlafe in dieser Nacht wie ein Murmeltier und auch mein letzter Arbeitstag vergeht wie im Flug. Nur noch zwei Tage, dann ist endlich Sonntag und ich kann diesem Ingo Kranic vorsingen. Natürlich bin ich aufgeregt. Und dankbar, dass Holger mir diesen Kontakt verschafft hat. Wer hätte das der alten Labertasche zugetraut?

An diesem Samstagabend gehe ich nicht aus. Ich will topfit sein, wenn ich in zwölf Stunden und zehn Minuten ins Studio fahre. Ich kann nicht einschlafen. Noch einmal knipse ich das Licht an: Gott sei Dank! – auf dem weißen Zettel neben dem Telefon steht immer noch Sonntag, elf Uhr. Trotzdem werde ich bestimmt kein Auge zumachen . . . Der Countdown hat begonnen.

9.30 Uhr: Der Wecker klingelt, ich fühle mich schlapp. Ich quäle mich aus dem Bett, aber mein Spiegelbild treibt mich fast wieder zurück. Die Ringe unter meinen Augen haben olympische Ausmaße. Mit etwas lauwarmem Wasser bekomme ich meine Hülle in den Griff. Mit der Stimme ist das nicht ganz so einfach. Ich stelle mich vor den großen Spiegel und beginne mit einer Atemübung. Durch die Nase sauge ich die Luft fast unhörbar ein, bis sich meine Bauchdecke hebt und ich das Volumen mit meiner flachen Hand fühlen kann. Dann lasse ich die Luft wieder langsam durch meinen Mund entweichen. Meine Zunge presse ich gegen die Vorderzähne des Unterkiefers. Es klingt wie ein zischendes »Sssss«. Nach ein paar Durchgängen

habe ich die richtige Atmung gefunden, die man zum Singen braucht. Auch die Nervosität scheint langsam zu verschwinden. Mit der nächsten Übung wärme ich meine Stimmbänder auf.
»Uhhhhhahhhhhhh . . .«
»Mamammia, mamamiamaaaaaaa . . .«
Ich spüre, wie der zähe Schleim sich löst, wie meine Stimme geschmeidig wird. Meine Nachbarn haben sich mittlerweile an die komischen Geräusche gewöhnt. Kurz nachdem ich eingezogen war, hat die Frau gegenüber beinahe die Polizei gerufen, weil sie glaubte Hilfeschreie zu hören.

10.11 Uhr: Sebastian bezeichnet mich nicht umsonst als Zeitpedant. Schon vor zwei Tagen habe ich mir einen neuen Stadtplan gekauft und drei mögliche Strecken zum Zielort markiert: In meinen Horrorvisionen sehe ich permanent Großbaustellen und Demonstrationen des örtlichen Tierschutzvereins, die meinen Weg kreuzen. Mein Auto ist voll getankt, und selbst wenn ich einen Auffahrunfall verursache, müsste mir rein theoretisch genügend Zeit bleiben: Ich habe noch genau eine Stunde und 49 Minuten.
Über meine Klamotten habe ich mir nur ganz kurz Gedanken gemacht. Die wollen doch sowieso nur meine Stimme hören. Also wie immer: stinknormal. Außerdem müssen neue Klamotten sich erst einmal an ihren Träger gewöhnen – und umgekehrt. Bis diese Phase abgeschlossen ist, können Wochen, ja sogar Monate vergehen. Erst dann bilden Stoff und Mensch so etwas wie eine Einheit und wirken nicht mehr länger unpassend und aufgesetzt. Meine blaue Jeans und mein schwarzes Hemd haben sich, soweit ich das beurteilen kann, an mich gewöhnt.

Um mich während der Fahrt zu entspannen, schiebe ich eine Kassette mit *Pink Floyds* »The Final Cut« in den Player. Das ist zwar keine happy Mucke, aber genau das Richtige, um mich zu beruhigen.

10.30 Uhr: Getragen von einer grünen Welle, stehe ich keine zwanzig Minuten später vor dem Studio. Direkt um die Ecke gibt es eine öffentliche Toilette, die ich mit rotem Leuchtstift auf dem Stadtplan (nie wieder Patentfaltung!) mit einem Kreuz versehen habe. Dort befreie ich mich von all dem überflüssigen Druck, der sich in den letzten zwei Stunden bei mir aufgestaut hat. Die restliche Zeit trabe ich eine Parallelstraße rauf und runter.
Warum tu ich das? Was will ich hier eigentlich?
Diese Fragen hämmern in immer kürzeren Abständen gegen meine rechte Hirnhälfte.
Hab ich das nötig? Spinn ich, oder was? Tief durchatmen. Du machst nichts Unrechtes. Es ist doch nur deine Stimme, die du verkaufst. Nicht mehr und nicht weniger. Hm . . . Nur meine Stimme? Scheiße! Ich kann nicht mehr zurück. Oder doch den Schwanz einziehen? Für immer Loser?
Vielleicht führt mich das Schicksal, wenn es so etwas überhaupt gibt, an diesen Ort, weil es mich auf einen neuen, besseren Weg bringen will. Es könnte ja sein, dass hier das große Abenteuer beginnt, auf das ich die letzten zwanzig Jahre gewartet habe. Jede Chance, sei sie noch so klein, kann der Weg zu einem erträglicheren Leben sein. Das ist mein neuer Motivations-Reim. Vielleicht werde ich ja tatsächlich entdeckt, vielleicht steht dieser Tag später einmal am Anfang meiner Künstlerbiografie, wenn ich berühmt bin.

Ich habe Angst.
Vielleicht bleibt mir die Stimme weg oder der Song ist in einer ungünstigen Tonart. Dieser Produzent hat mir ja nicht mal gesagt, welches Lied sie aufnehmen wollen. Und ich Idiot hab auch nicht nachgefragt. Wie bescheuert, dass mir das ausgerechnet jetzt einfällt. Nachher legen die mir einfach Notenblätter vor die Nase. Dann bin ich aufgeschmissen, denn vom Blatt singen kann ich nicht. Meine Stimme wird sie überzeugen. Notfalls singe ich ihnen einen eigenen Song vor, beruhige ich mich selbst. Aber die Angst bleibt.
Vielleicht sollte ich eine Münze werfen: Kopf für hingehen, Zahl für heimgehen. Aber womöglich ist dieses verflixte Geldstück dann daran schuld, dass ich wie Millionen Menschen meine Geschichte mit dem Rentner-Konjunktiv beginne. »Hätte ich doch damals ...« Weiter nachdenken kann ich nicht: Es ist elf Uhr, der Countdown ist abgelaufen!

Das Studio liegt versteckt in einem Hinterhof. Auf einem Briefkasten klebt ein bunter Aufkleber, darauf steht der Name einer Produktionsfirma. Eine enge Treppe aus weißen Fliesen führt hinunter zu einer schweren Metalltür. Bestimmt haben die teures Equipment. Mein Puls beginnt zu rasen. Ich zögere, fühle mich kreidebleich. Vielleicht falle ich gleich tot um. Ich atme tief durch und versuche mich zu beruhigen. Nach zwei Minuten fühle ich mich etwas besser. Mit ganzer Kraft drücke ich auf den kleinen weißen Klingelknopf. Nichts rührt sich und mein Puls rast noch schneller. Noch einmal drücke ich mit voller Kraft, doch nicht einmal der kleinste Klingelton ist zu hören. Ich klopfe: Die schwere Tür bewegt sich. Sie ist gar nicht abgeschlossen. Durch einen kleinen Spalt kann ich in einen hell erleuchteten Raum blicken. Ich schiebe die Tür noch ein bisschen weiter auf. »Hallo, ist da jemand?«, rufe ich. Und siehe da, aus einem Zimmer kommt ein junger rothaariger Mann. Mit einem breiten Grinsen und einem festen Händedruck zieht er mich in den Vorraum. »Die Klingel schalten wir immer aus, wenn wir Aufnahmen machen«, begrüßt er mich. »Übrigens: Ich bin Sascha.«

»Ich bin Erik.« Mein Name bleibt mir fast im Hals stecken, so aufgeregt bin ich.

So einen Manager habe ich mir anders vorgestellt, irgendwie reifer. Ein bisschen mehr wie einen Geschäftsmann, nicht wie einen normalen Twen. Holger hat ihn wie einen dieser gestylten Typen aus Hollywood-Filmen beschrieben. Mit Anzug, dickem Auto und so.

Seine Klamotten sind eine bunte Mischung aus verschiedenen Stilrichtungen. Ein hellblaues Hemd, das den Blick auf ein weißes T-Shirt freigibt, und eine blaue Jeans, die ein paar Nummern zu groß wirkt. Dazu Caterpillar-Schuhe – solche, die man im Sommer ohne Socken zu Bermudas anzieht und die spätestens nach drei Wochen wegen Erstickungsgefahr des Trägers im Freien übernachten müssen. An seinen Fingern blitzen einige silber- und kupferfarbene Ringe, die er ständig hin und her dreht und abstreift. So, wie es nervöse Menschen eben tun.

Er führt mich in einen Nebenraum, der wohl so etwas wie ein Büro sein soll. Überall stehen Platten und CDs herum, an den Wänden hängen die Titelseiten mehrerer Ausgaben der BRAVO GIRL. »Wer sind denn die beiden auf den Covern?«, frage ich mit heiserer Stimme. »Kennst du die persönlich?«

Mit einem lautstarken Plumps lässt sich Sascha in den abgenutzten Chefsessel fallen. »Das ist ein neuer Act von uns: Caro und Michi«, antwortet er und fährt sich weltmännisch durch die Haare. »Caro hat es bei der BRAVO-GIRL-Wahl bis unter die letzten drei geschafft. Das überzeugt jede Plattenfirma. In ein paar Wochen gibt es die erste CD im Handel.«

»Können die singen?«

»Nö.« Ungerührt dreht er sich um.

»Ach so«, sage ich und beschließe, das Thema nicht weiter zu vertiefen, sondern mich auf einen wackeligen Klappstuhl auf der anderen Seite des schwarzen Ikea-Schreibtisches zu setzen. Als sei ich nicht so wichtig, hämmert Sascha noch etwas in den Computer. »Ich hab deine Stimme gehört. Holger hat uns eine Kassette gegeben, auf der ein paar schräge Songs zu hören waren«, murmelt er zwischendurch, ohne seinen Blick vom Monitor zu lassen.

»Jaja, das ist meine Band«, stammle ich etwas verlegen, »mit der hab ich letztes Jahr diese Aufnahmen gemacht.«

»Leider kommt deine Stimme bei diesen Aufnahmen nicht so richtig zur Geltung. Deshalb weiß ich auch noch nicht, ob du wirklich zu unserem Projekt passt.« Nun schaut er mir direkt in die Augen. Ich bin mir nicht sicher, ob das nun die Aufforderung zu einem beherzten A-Cappella ist oder eine schonend formulierte Absage.

»Wie meinst du das, meine Stimme kommt nicht richtig zur Geltung?«

»Vor allem liegt das an der Abmischung. Die Gitarren sind zu laut, du bist zu leise.«

»Ach so«, erwidere ich beruhigt.

»Hast du euren Song da?«, frage ich und tippe mit meinem Zeigefinger auf den Tisch. »Ich kann ja mal probieren, ob eure

Produktion überhaupt in meiner Stimmlage ist und wie sich das so anhört.«
Sascha grinst, als hätte er nur auf diesen Vorschlag gewartet. Er greift zum Telefon. »Hey, Ingo, können wir kurz rüberkommen?« Er springt auf und macht mir ein Zeichen, mitzukommen. »Machen wir doch mal 'nen Testgang.«
Mein Herz beginnt wieder zu rasen. Ich wollte eigentlich noch ein paar Dinge wissen, aber dieser Sascha hat es ganz schön eilig. Er führt mich in seinem merkwürdig vorgebeugten Gang in einen großen Raum und bleibt vor einem gigantischen Mischpult stehen. Durch ein Fenster kann ich in die schwach beleuchtete Gesangskabine blicken. Überall liegen Kabel herum. Tausende kleine Lämpchen blinken und auf dem Computermonitor flimmert eine bunte Grafik, die nicht unbedingt wie Nintendo aussieht. Ich bin nicht zum ersten Mal in einem Tonstudio, aber bisher haben unsere Gagen nicht für solche High-end-Studios gereicht. So wie ich das abschätzen kann, stehen hier Geräte für mindestens hunderttausend Euro rum. Ich bin beeindruckt, aber trotzdem frag ich mich, wie bei so viel kalter Technik noch irgendwelche Emotionen transportiert werden können. Es wirkt alles so steril, so ganz und gar unmenschlich. Fehlen nur noch die Gesangsroboter.
Inmitten dieses Audio-Labors sitzt ein Mann, der wohl Ingo Kranic ist. Misstrauisch blickt er zu mir empor, als sei meine Nase heute besonders krumm.
»Hallo«, sagt er. »Schön du hier.«
Ich gebe ihm die Hand. Mit seinen riesigen Pranken drückt er so fest zu, dass ich fast aufschreien muss.
»Nix Waschlappen«, lacht er. »Du Mann, musst hart haben.«
Der hat sie wohl nicht mehr alle! Ich versuche zu lächeln.

Rein äußerlich erinnert er mich etwas an diese lockeren Südländer, die auf Goldkettchen und gepolsterte Glitzersakkos stehen, doch sein Akzent ist mir unbekannt. Schließlich outet er sich als Ungar – wer hätte das gedacht? Interessant, was für einen neuen Charakter die deutsche Sprache durch Ingos Wortschöpfungen bekommt!
Leider ist nicht alles zu verstehen. Seine Sprachgeschwindigkeit wird von seinem ungarischen Temperament angetrieben. Mein Dekodierungsprogramm läuft auf Hochtouren, ist aber trotzdem überfordert. Ich beschränke mich vorerst auf »Ja« und »Nein«, hinke aber immer ein paar Worte hinterher.
»Wir alle professionelle Musikmachere und wollen große Höhepunkte«, sagt Ingo. Mit ernstem Unterton unterstreicht er das Gewicht dieser Aussage. Ich versuche cool zu bleiben und nicht zu lachen, aber leicht ist das nicht.
In meiner Not stelle ich mir vor, das Ganze sei ein Spiel auf Leben und Tod. Wer zuerst lacht, hat verloren. Glück gehabt!

Ingo ist – gelinde ausgedrückt – ein Labersack. Eine geschlagene Stunde erklärt er mir seine Pläne, warum er sich sicher ist, dass ihre Boygroup funktionieren wird, und was er schon alles erreicht hat. »Die echt top. Fototechnisch voll drauf und bewegen wie schlendernde Gazellen. Alles klar?«
Mir ist überhaupt nichts mehr klar. Trotzdem beschließe ich zu schweigen.
Erst als Sascha beginnt, ungeduldig auf dem Keyboard rumzuhämmern, stoppt Ingo seinen Vortrag. Mit einem Wink dirigiert er mich in die Aufnahmekabine. Sie ist für Leute mit Platzangst kein guter Ort, um glücklich zu werden. Mehr als ein bis zwei

normal große Menschen können hier nicht einsingen, ohne sich gegenseitig den Sauerstoff wegzuträllern.
Nachdem das Mikrofon in der richtigen Höhe angebracht ist und ich den schweren Kopfhörer aufgesetzt habe, höre ich zum ersten Mal DEN Song. Es ist der Klassiker »Kiss you forever«. Eine kitschige Ballade, die auch heute noch jeden Tag im Radio läuft. Auf einem Notenständer direkt hinter dem Mikrofon entdecke ich den Text. Getippt, aber voller Fehler. Ingos Englisch ist ähnlich wie sein Deutsch. Die Originalstimme auf den Ohren, beginne ich leise mitzusingen. Dann, beim Refrain, gebe ich alles. Mit einem Herz-Schmerz-Vibrato übertöne ich das Playback. Als ich gerade so richtig gut im Groove bin, schaltet Ingo plötzlich das Playback ab.
Hab ich so schlimm gesungen? Bin ich heiser?
Breit grinsend, öffnet der schwarzhaarige Produzent die Türe zur Gesangskabine.
»Echt eins.«
Ich bin happy und grinse wie ein Honigkuchenpferd. Das Eis ist gebrochen. Dem Meisterproduzenten und Sascha gefallen meine Vokalkünste. Vielleicht werde ich tatsächlich für die Jungs einsingen! Was ich nicht weiß: Meine Gesangseinlage ist bereits aufgenommen. Unzählige Male hören sich die beiden nun die neue Version des Refrains an. Sie grinsen – schauen sich an, linsen dann zu mir herüber und drücken wieder auf den Play-Knopf. Als hätte man ihnen irgendeine Droge eingeflößt, wiederholt sich dieses Ritual immer und immer wieder. Ich beobachte das Schauspiel mit Verwunderung, sage aber lieber nichts. Es hat wohl keinen Sinn, irgendwas zu sagen, wenn die beiden in dieser Phase sind.
Erst jetzt, als Ingo vor dem Mischpult steht, habe ich Gelegen-

heit, ihn mir genauer anzusehen. Er ist verdammt dürr. Sein Gesicht ist sehr lang. Kinn und Nase sehen im Profil ungewöhnlich flach aus. Seine rabenschwarzen Haare wirken dicht wie eine Kappe. Sein Mund ist breit und im Augenblick auf Dauergrinsen eingestellt. Er und Sascha könnten unterschiedlicher nicht aussehen.

Geschlagene zwei Stunden hören wir uns den Song an. Ich fühle mich wie nach einer Gehirnwäsche, der Refrain hat sich mittlerweile tief in meinem Gehirn verankert und wird da wohl auch nicht so schnell wieder rausgehen.

Es ist kurz vor drei. Sascha und Ingo ziehen sich für einen kurzen Moment in das Büro des Jungmanagers zurück.

»Eigentlich«, eröffnet Sascha nach ihrer Rückkehr, »wollten wir ja nur ein paar Stimmen für unsere vier gut aussehenden Jungs.« Er dreht an seinen Ringen. »Doch Ingo und ich überlegen nun, ob du vielleicht Lust hättest, richtig mitzumachen.«

Ich bin baff. Im Kopf habe ich alle Möglichkeiten durchgespielt, auch diese. Aber nun ist es, als hätte ich den Anschluss verloren, mein Kopf ist vollkommen leer.

Ich als Teil einer Boygroup? Das ist ja total abgefahren.

»Und, was du zu diesem Aufschlag?« Ingo stößt mich zurück in die Realität.

»Ja ... äh ... ich mein ... gut.« Ich muss wie ein Vollididot klingen. »Ich muss nachdenken. Eine Nacht drüber schlafen. Ist das okay für euch?«

Ingo und Sascha schauen sich an. Haben sie erwartet, dass ich ihnen gleich um den Hals falle? Doch sie akzeptieren meinen Wunsch, der mir selbst inzwischen überflüssig vorkommt. Als ich nach einer längeren Verabschiedungszeremonie endlich im Auto sitze, habe ich das Gefühl, aus jeder Ecke des Universums tiefe, autoritäre Stimmen zu hören, die immer nur »Ja« schreien. Vielleicht ist das die große Chance, auf die ich gewartet habe! Vielleicht verbirgt sich hinter dieser Boygroup ein neues spannendes Leben als Star. Vielleicht wird es aber auch ein Reinfall, der totale Reinfall. Den letzten Gedanken dränge ich schnell zur Seite.

3. Kapitel | **Boys, Boys, Boys**

Was haben die bisher so gemacht und woher nehmen die eigentlich das Geld für dieses Studio?«, fragt Sebastian mich misstrauisch am Telefon.

»Na ja, vor einem Jahr waren sie mit einem Dancetitel ganz oben in den holländischen Charts. Damit haben sie einen Teil des Studios bezahlt.«

»Und was machen die sonst?« Sebastian ist schon voll der straighte Wirtschaftler. »Von einem Song kann man doch nicht ewig leben.«

»Sascha hat irgendwas von Remixen und Kooperationen erzählt. Aber so ganz durchgestiegen bin ich da auch nicht.«

»Kohle wollen die aber keine?«

»Nö, viel bescheuerter. Die wollen, dass ich bei der Boygroup mitmache.«

Am anderen Ende der Leitung ist erst Totenstille, dann höre ich einen halb erstickten Grunzlaut: »Du«, grölt Sebastian, »du in einer Boygroup? Guter Witz!«

»Ist das denn so abwegig?« Ich reagiere genervt.

»Also hör mal! Vor kurzem hast du meine kleine Schwester beinahe zum Heulen gebracht, indem du die *Backstreet Boy*s als Zahnspangenpopper bezeichnet hast.«

»Ja, schon gut. Aber man kann ja auch mal seine Meinung ändern.«

»Wieso wollen die überhaupt plötzlich, dass du mitmachst?«

»Ingo sagt, meine Stimme hätte einen unverwechselbaren Klang. Und er kann mir ja nicht verbieten, weiterhin aufzutreten, und das ist denen dann zu heiß.«

»Deine Stimme können sie doch mit ihren Geräten verändern, wie sie wollen«, erwidert Sebastian.
»Scherzkeks. Dann klinge ich wieder so wie alle, und das soll's ja nun gerade nicht sein.«
»Irgendwie 'ne coole Geschichte«, sagt Sebastian. »Na ja, und am Ende musst du selbst entscheiden, ob du mitmachen willst oder nicht. Da kann dir keiner helfen.«

Auch in dieser Nacht kann ich kein Auge zutun. Ich starre an die Decke und versuche mir vorzustellen, wie es sein würde, auf der Bühne zu stehen, »Kiss you forever« zu singen und von kreischenden Teenies angehimmelt zu werden. Zwar beneide ich Menschen, die knallhart sind und immer nur das tun, was sie wirklich gut finden. Aber so bin ich eben nicht. Zwar möchte ich auch lieber mein eigenes Ding machen. Aber vielleicht hilft mir diese Gruppe bekannt zu werden. Und dann kann ich ja immer noch meine eigene Musik machen. Es ist einfach viel zu verlockend.
Würde ich mir nicht in den Arsch beißen, wenn ich jetzt das Angebot ablehne und die Gruppe später einmal ganz oben in den Charts steht? Bestimmt gibt es da draußen tausende, die mich um so eine Chance beneiden. Diese ganzen Moralapostel, die immer mit erhobenem Zeigefinger durch die Gegend rennen, können mir gestohlen bleiben. Klar hab ich mal gesagt, dass ich Boygroups blöd finde, aber soll ich denn nur, um glaubwürdig zu bleiben, so ein Angebot sausen lassen? Ich sehne mich nach Erfolg und Anerkennung. Nur in verrauchten Jugendhäusern zu spielen macht auf Dauer auch nicht glücklich. Am liebsten würde ich jetzt gleich Ingo oder Sascha anrufen, um ihnen zu sagen, dass ich dabei bin.

Am nächsten Morgen habe ich das Gefühl, nur für Sekunden geschlafen zu haben. An so einem Tag kann man nicht arbeiten, sagt mir meine innere Stimme. Und weil ich mich gerne auf sie verlasse, besuche ich meinen verständnisvollen Onkel Doc.

Jetzt habe ich genügend Zeit, das Projekt Boygroup in meiner Phantasie weiterzustricken. Es ist kurz nach zehn, als ich Sascha auf dem Handy erreiche. »Du, ich hab mir das überlegt und glaube, dass ich mitmachen will«, sage ich etwas unentschlossen.

»Glaubst du's oder weißt du's?«, brummt er mürrisch ins Telefon. »Wir können nur mit Leuten zusammenarbeiten, die hundertprozentig hinter dem Projekt stehen, sonst müssen wir uns doch nach jemand anderem umschauen.«

»Doch«, sage ich schnell, »ich bin mir sicher: Ich möchte mitmachen.«

Nach dem mürrischen Auftakt ist Sascha jetzt wieder etwas besser gelaunt und gratuliert mir zu meiner Entscheidung. »Ich informiere die Jungs und arrangiere ein erstes Treffen. Bis dann.« Ohne sich zu verabschieden, drückt er mich aus der Leitung.

Ich bin gespannt. Ich kann diesen Tag kaum erwarten. Wie werden die vier Jungs denn aussehen? Braun gebrannt? Muskulös? Beides? Vielleicht sind sie ja ganz nett und wir haben richtig Spaß. Am Abend gehe ich zum ersten Mal seit langem wieder in einen Club, um mit Freunden abzutanzen. Und am nächsten Tag, einem schönen Sommertag, verspüre ich plötzlich den Drang, ein ganzes Azubi-Gehalt auf den Kopf zu hauen. Ich will mein komplettes Outfit ändern, ohne auf den Preis zu achten. Wie unter Drogen schwebe ich von einer Boutique

zur nächsten. Nach einem vierstündigen Einkaufsmarathon setze ich mich in ein Café, um bei einem Pfefferminztee den Inhalt meiner Einkaufstüten zu begutachten. Zwei schicke Stoffhosen, eine schwarze Jeans, drei bunte Hemden und – ich sollte es wohl besser verschweigen – eine elektrische Zahnbürste und eine bleichende Zahnpasta. Außerdem das neueste Album von *N'Sync* – natürlich aus rein geschäftlichen Interessen. Ich sitze da und hab eine Perspektive, die mich so fasziniert, dass es mir schwer fällt, nur eine Sekunde an etwas anderes zu denken. Es ist mir selbst etwas peinlich: Natürlich weiß ich, dass das alles nicht zusammenpasst. Auf der einen Seite hasse ich diese oberflächliche Glitzerwelt der Boygroups. Außerdem kann ich zwar singen, aber sehe nicht unbedingt wie Leonardo DiCaprio aus. Auf der anderen Seite wünsche ich mir, im Mittelpunkt zu stehen, auch zu den Reichen und Schönen von Beverly Hills 90210 zu gehören. Auch wenn ich das nie zugeben würde.
Seit dem Vorsingen gehe ich jeden Tag fünf Kilometer joggen. Meine Fressattacken versuche ich einzuschränken. Sogar meine grauenvolle Versicherungslehre ist in diesem Zustand erträglich. Ich hab in eine neue Abteilung gewechselt, in der ich Unfallschäden bearbeite. In den meisten Fällen überweise ich einfach den geforderten Betrag. Meine neue Ausbilderin ist zwar nicht immer meiner Meinung, doch Kritik perlt momentan einfach an mir ab. Ich bin ausgeglichener. Und als Sascha mich auf dem Anrufbeantworter für nächsten Dienstagabend ins Studio einlädt, fühle ich mich einfach toll. Die Jungs wollen mich kennen lernen, ich soll anständige Klamotten anziehen. Endlich eine richtige Herausforderung, was man von meinem Versicherungsjob ja nicht unbedingt behaupten kann. Mitten

in meine Tagträume klingelt das Telefon. Es ist Volker, der Gitarrist meiner Band.
»Na, wie geht's?«
»Mm, gut«, antworte ich.
»Kannst du zur Probe am Dienstag deine neue Songidee mitbringen, vielleicht können wir ein bisschen dran arbeiten.«
Pause.
Soll ich ihm von dem Vorsingen und meiner Entscheidung erzählen?
Für Volker zählt nur die Musik, das weiß ich. Geld und Glamour lassen ihn kalt.
»Sorry«, sage ich zögernd. »Am Dienstag ist es ganz schlecht. Meine Mutter hat Geburtstag. Du weißt schon.«
»Jaja, die Familie. Ist schon okay. Dann sehen wir uns eben am Freitag.«
Früher oder später muss ich mich wohl entscheiden. So, wie ich Ingo und Sascha einschätze, ist es mit meinen Bandauftritten aus, wenn die Sache mit der Boygroup dann auch offiziell ist. Aber den Gedanken schieb ich erst mal zur Seite. Ich freu mich jetzt darauf, die Typen von der Boygroup kennen zu lernen.

Es ist schon dunkel, als ich kurz nach acht vor dem Studio stehe. Eine Stunde habe ich mich durch den dichten Verkehr geschlängelt. Bloß nicht zu spät kommen! An jeder roten Ampel hab ich mich wie Schumi beim Start eines großen Rennens gefühlt. Ingo öffnet mir mit einem Fotoapparat um den Hals. Im Vorraum sind sie alle versammelt. Er, die vier Jungs und Sascha. Für einen kurzen Moment fühle ich mich wie ein kleines Kind, das am ersten Schultag vor einer neuen Klasse steht und nicht weiß, wohin es sich setzen soll. Ich spüre ihre neugierigen Blicke, wie sie mich von oben bis unten mustern. Es fällt mir schwer, einen Punkt zu fixieren. Meine Hände werden feucht und das Blut steigt mir in die Wangen. Ich sehe bestimmt wie ein Vollidiot aus.

»Ich stelle dir deine zukünftigen Bandkollegen wohl mal besser vor.« Sascha lächelt und bricht das neugierige Schweigen.

Sie heißen Boris, Dirk, Timo und Chris. Bei jedem Händedruck spüre ich das Misstrauen, das mir jeder Einzelne von ihnen entgegenbringt. Wie Geschäftspartner, die kurz vor einem wichtigen Vertragsabschluss stehen, versuchen wir alle möglichst freundlich miteinander umzugehen.

»Seid ihr alle Models von Beruf? Sascha hatte so was anklingen lassen«, beginne ich ein Gespräch, als wir uns in Saschas Büro jeder einen Platz gesucht haben.

»Nur Boris und ich«, antwortet Timo mit einem überlegenen Grinsen. »Wir sind bei einer großen Modelagentur unter Vertrag und haben schon für einige Zeitschriften vor der Kamera gestanden. Ingo hat uns im Agenturkatalog entdeckt.«

Ich spiele den Beeindruckten, obwohl mich Timo mit seiner wichtigtuerischen Art jetzt schon nervt. Hätte es nicht gereicht, für die Modebranche zu posieren? Muss der Typ auch die Musikwelt mit seiner Schönheit beglücken?

Es heißt ja, dass der erste Augenblick darüber entscheidet, ob man mit einem anderen Menschen auf einer Welle liegt oder nicht. Timo sendet auf einer außergalaktischen Frequenz.

Dirk und Chris sind über Freunde von Sascha zu diesem Projekt gekommen, erfahre ich.

»Wenn ihr mitmachen wollt, dann gibt es einige Regeln, an die ihr euch halten müsst!« Sascha eröffnet den offiziellen Teil des

Meetings und unterbricht damit unseren doch recht gezwungen Smalltalk. »In der nächsten Zeit wird es für euch nichts anderes geben als diese Gruppe, ihr müsst hart arbeiten. Wenn ihr eine Freundin habt, dann muss sie sich in nächster Zeit mit einem Foto begnügen.«

Ich muss unwillkürlich schlucken. Obwohl ich zurzeit Single bin, beeindruckt mich die Vehemenz, mit der Sascha seine Spielregeln erklärt. Auch die vier Jungs sitzen mit offenem Mund da, als ob ihnen soeben die Lizenz zum Beischlaf entzogen wurde.

Ich beobachte meine neuen Kollegen verstohlen. Boris, der zweite Modeltyp, ist hauptberuflich Polizist. Vor einem Jahr hat er seine Ausbildung beendet, nun geht er auf Streife, doch sein großer Traum ist es, berühmt zu werden. Als Model hat er es sogar schon einmal in die Cosmopolitan geschafft, doch der große Durchbruch blieb aus. Er hat schwarze, glatte Haare. Er trägt einen engen weißen Pulli, unter dem sich sein muskulöser Oberkörper abzeichnet. Seine dunkelblaue Armani-Jeans sieht edel aus und die schwarzen, spitz zulaufenden Schuhe vervollständigen das Bild vom erfolgreichen jungen Mann, dem die Welt des Luxus in die Wiege gelegt worden ist. Bewaffnet mit einem schweren Filofax, das er immer im Originalkarton mit sich herumträgt (damit das Leder nicht kaputtgeht, wie er sagt), versucht er, möglichst lässig rüberzukommen. Ich wäre froh, wenn ich in meiner Hülle nur halb so cool aussähe. Er ist etwa so groß wie ich und im Gegensatz zu mir rennt er wahrscheinlich jeden Morgen durch den Wald. Leider wird das perfekte Bild getrübt, sobald Boris den Mund aufmacht. Es ist nicht zu überhören, dass er Schwabe ist. Ich kann diesen Dialekt nicht ausstehen. Jedes Mal, wenn ich jemanden treffe,

dessen Endungen zu neunzig Prozent aus »le« bestehen, fällt es mir schwer, länger als drei Sätze zuzuhören. Dieses Kauderwelsch hat einfach nichts in der großen weiten Welt verloren.
Während Sascha weiterdoziert, betrachte ich Chris. Chris ist blond. Strohblond. Deshalb passt er gut in unsere Band. Sein Gesicht hat etwas Mädchenhaftes. Wenn er lächelt – und er lächelt eigentlich ständig –, bewegen sich die Flügel seiner Stupsnase und die braune Haut kräuselt sich zu einem Meer aus kleinen Falten. Er sieht alles locker, betont in jedem zweiten Satz, dass er die Sache mit der Boygroup echt »easy« findet, weil so ein Leben als Star bestimmt ganz interessant wäre. Seine Ziele sind klar definiert: Party, Frauen und Geld. Und davon hat er anscheinend einiges in die Wiege gelegt bekommen oder wie kann sich ein Zwanzigjähriger sonst ein BMW-Cabrio für vierzigtausend Euro leisten?
Dirk macht auf mich den sympathischsten Eindruck. Deshalb wende ich mich ihm zu, als Sascha seinen Vortrag beendet hat. Er ist in meinen Augen der attraktivste von uns allen. Er hat diese perfekten weißen Zähne und ein interessantes, hübsches Gesicht, das man sich durchaus als Werbeträger für ein edles Parfum oder Designer-Klamotten vorstellen kann. Doch seine Bewegungen sind eckig. Wenn er ein paar Schritte geht, wirkt er wie ein Bergarbeiter, der es gewohnt ist, nur ab und zu aufrecht zu stehen. Er gehört zu der Art von Menschen, die mit ihrem guten Aussehen nichts anfangen können. Die diese Hülle nicht optimal präsentieren. Als sei sie feinster Kaviar, der auf einem alten Pappkarton serviert wird. Doch auch dafür gibt es eine mögliche Erklärung.
»Hier schaut mal, so hab ich noch vor drei Jahren ausgesehen.« Dirk zückt seinen Führerschein und zeigt auf ein Pass-

bild. Darauf ist ein junger, pausbackiger Mann zu sehen, mit komischem Haarschnitt, vorne kurz, hinten lang. Das Ganze sieht zum Schießen aus.

»Das bist doch nicht du?«, frage ich verwundert.

»Doch! Damals habe ich noch ganz schön gefuttert und meinen Mantafahrer-Haarschnit, den fand ich richtig cool. Durch das Joggen hat sich mein ganzer Körper verändert.« Stolz fährt er sich mit Daumen und Zeigefinger über sein markantes Gesicht, als müsse er überprüfen, ob seine hohen Wangenknochen noch immer von straffer Haut überspannt werden.

Schließlich spielt uns Ingo »Kiss you forever« vor, die Originalversion mit meiner Stimme. In den Augen der vier Jungs entdecke ich Anerkennung, ja, bei genauem Hinsehen sogar einen Anflug von Neid.

»Schöne Stimme«, sagt Boris.

»Da müssen wir wohl ganz schön üben, um mitzuhalten«, fügt Timo hinzu.

Ich sage nichts, fühle aber, dass mein Ego wieder etwas Aufwind bekommt.

In den nächsten Stunden reden wir über Träume und Möglichkeiten.

»Habt ihr das mitbekommen, wie diese Hamburger Boyband abgesahnt hat? Vielleicht verdienen wir ja genauso viel Geld«, sagt Timo mit gierigen Augen.

»Wir sollten vielleicht erst einmal einen Plattenvertrag bekommen«, unterbricht Chris Timos Euphorieanfall. »Dann können wir ja immer noch schauen, dass die Sache mit dem Geld langsam in die Gänge kommt.«

»Mir würde es schon reichen, wenn alle Frauen dieser Welt mit mir poppen wollten«, sagt Dirk lachend.

So richtig begehrt zu sein, dagegen hätte auch ich nichts einzuwenden. Aber im Augenblick gibt es kein Mädchen, dass mit meiner Musik konkurrieren könnte.
Wir sind begeistert von dem Gedanken, im Rampenlicht zu stehen. Halten uns für unwiderstehliche Helden. Für Gewinner, die kurz vor der Auszahlung stehen. Dass wir mehr als nur ein Quäntchen Glück brauchen, um die Teenager zum Kreischen zu bringen, daran will in so einem Moment keiner denken.
»So, Jungs, jetzt ist Uhr, einer und andere in Gesangsaufnahme bitte!« Mit dieser Aufforderung unterbricht Ingo die kurze, nachdenkliche Stille. Timo schaut etwas verwundert. »Ich dachte, das mit dem Singen ist Eriks Part?«, fragt er sichtlich erstaunt.
»Vielleicht könnt ihr ja wenigstens ein paar Stimmen für den Background-Chor beisteuern«, versucht ihn Sascha zu beruhigen.
Dirk hat schon beim Schnippen des Taktes enorme Koordinationsprobleme. Als könne er die Musik nicht spüren, so sehen seine Bewegungen aus. Wie ein alberner Wackel-Elvis mit Batteriebetrieb, der immer wieder von starken Impulsen geschüttelt wird.
Dann muss Timo zeigen, ob er das Zeug zum Singen hat.
»Versuch Ton richtig zu holen«, spricht Ingo genervt in das Mikro, das den Außenraum mit der Gesangskabine verbindet.
»Der trifft keine Note«, flüstert mir Sascha ins Ohr.
Ich zucke mit den Schultern. Kann kaum glauben, was ich da höre. Die können doch nicht so bescheuert sein und absolute Anfänger auf die Bühne stellen wollen. Leute, die alles mögliche können – nur nicht singen.
Nach zwei Stunden war jeder in der Gesangskabine und sogar

dem Sunnyboy Chris ist das Lächeln vergangen! Timo und er machen Bekanntschaft mit der rüden Ausdruckweise unseres Produzenten, wobei sich Chris durch ein lautes »Du Idiot« beinahe disqualifiziert. Sascha vermittelt. So viele helle Typen gibt es einfach nicht, als dass wir uns den Verlust unseres Quoten-Blondis leisten könnten.
»Der einzige von euch Nicht-Sängern, der ab und zu einen Ton trifft, ist Boris. Dank der Übung im Polizeichor. Der hat nicht unbedingt eine schöne Stimme, aber wenigstens merkt er, wenn er daneben liegt«, erklärt Sascha enttäuscht und genervt vor versammelter Mannschaft. Alle fünf sitzen wir auf dem hellblauen Teppich, die Köpfe gesenkt, wie nach einem verlorenen Fußballspiel. Auch ich fühle mich komisch. Zwar haben Sascha und Ingo gewusst, dass die Jungs nicht richtig singen können, aber dass es so schlimm um ihre Stimmbänder steht, hatten sie wohl verdrängt. Ingo hat bereits resigniert und beschränkt sich auf ein beipflichtendes Kopfnicken.
Und während die anderen diskutieren, wie man das musikalische Unvermögen verstecken kann, frage ich mich, was wichtiger ist. Gutes Aussehen oder eine außergewöhnliche Begabung, die man im Laufe der Jahre zu schulen vermag. Klar: Auch Schönheit kann man bis zu einem gewissen Grad trainieren, doch die Grenzen sind sehr schnell erreicht. Eine Stimme hingegen (sofern man eine hat, die auch verschiedene Töne erreicht) kann sich über Jahre hinweg entwickeln und zu einer wahren Wunderwaffe werden. Von null auf Profi geht trotzdem nicht. Selbst wenn die Jungs von nun an jeden Tag mehrere Stunden übten, würde es Jahre dauern, bis sie richtig gut singen könnten. Und ohne Talent ist alle Arbeit umsonst.
Eine schöne Stimme ist wie ein Lockruf. Frauen kann man mit

ein paar guten Songs dahinschmelzen lassen. Als ich einmal in der Fußgängerzone gespielt habe, blieb ein toll aussehendes Mädchen vor mir stehen, hörte sich einige Stücke an, gab mir einen Kuss und ging. Ich habe sie nie wieder gesehen, denke aber noch oft an diesen Moment. Meine Gitarre und alte Eric-Clapton-Songs sind ein unschlagbares Team, wenn es darum geht, kurze einsame Momente mit kleinen Affären zu überbrücken. Klar, schöne Körper können auch Gefühle auslösen (der Playboy ist nur ein Beispiel), doch eine Stimme, eingebettet in einen guten Song, kann einen zum Träumen, ja sogar zum Weinen bringen.

Noch einmal müssen wir das Lied und die unzähligen falschen Töne ertragen. Ingo hält sich an manchen Stellen die Ohren zu. »Es gibt einiges zu tun«, beendet Sascha die schmerzhafte Hörprobe.
Wenn er oder Ingo mich jetzt fragen, ob da noch irgendwas zu retten sei, würde ich wahrscheinlich den Kopf schütteln. Aber keiner fragt mich. Es scheint nicht so wichtig zu sein, dass wir zumindest in den nächsten fünf Jahren nicht live auftreten können.
Ingo reißt mich aus meinen Gedanken. Er will Fotos machen. Hat sich extra eine teure Kamera ausgeliehen. Ich hab es noch nie gemocht, fotografiert zu werden. Ich sehe keinen großen Sinn darin, mich auf diese Weise zu verewigen. Das Bild, das ich von mir selbst im Kopf trage, kann sowieso kein Objektiv einfangen. Und auf Kommando in eine Kamera zu lachen finde ich albern. Aber damit muss ich mich wohl jetzt anfreunden, wenn ich das Projekt Boygroup ernsthaft durchziehen will. Und das will ich.

»Näher zu den anderen hin!«, dirigiert mich Sascha.
»Dein Arm soll nicht rumhängen wie ein lebloser Schlauch«, meldet sich Timo zu Wort.
Ingo geht das alles zu langsam, er schüttelt den Kopf und flucht auf Ungarisch. Dann stellt er sich vor mich hin und geht in Pose.
»Genau so sollst aufgehen und Hände nicht so schwuletig«, faucht er mich an. Ich erkenne den Ernst der Lage und verkneife mir einen blöden Kommentar. Die anderen stehen da und glotzen mich genervt an.
»Vielleicht solltest du dir noch etwas Gel in die Haare machen«, sagt Dirk und zieht eine riesige rote Tube aus seinem Rucksack. Widerstand ist jetzt wohl zwecklos. Fein säuberlich verteile ich die klebrige Masse auf meinem Kopf. Boris zupft noch zwei-, dreimal an mir rum und die Session geht weiter.
Ich hoffe, dass man Auf-Kommando-Lächeln leichter lernen kann als singen, sonst bin ich aufgeschmissen.
»Gut so«, ruft Sascha, als Timo sein Hemd etwas weiter öffnet. Jetzt kann ich seinen gebräunten, glatt rasierten Oberkörper sehen. Er spielt seine ganze Erfahrung aus. Gekonnt setzt er sich in Szene. Sein Gesicht wird zur perfekten Maske, die den weißen Blitz im Bruchteil einer Sekunde in die winzige Öffnung des Teleobjektivs zurückschleudert. Ich habe das Gefühl, immer etwas zu spät dran zu sein. Ingo drückt ab und ich lächele hinterher, auch hier scheinen unsere Uhren unterschiedlich zu ticken.
»Ich wurde für die BRAVO SPORT einen ganzen Tag lang auf Mallorca fotografiert, das ist noch viel anstrengender als die paar Bilder hier.« Timo gibt an. Er genießt den Moment der Überlegenheit. Legt seinen Arm auf meine Schulter, so wie das

coole Jungs eben tun. Ich rühre mich nicht, stehe steif da wie eine Schaufensterpuppe.
Ingo ist nicht zu bremsen, er hampelt vor uns rum und knipst. Der grelle Blitz leuchtet alle paar Sekunden auf. Dann haben wir wieder Zeit, uns neu aufzustellen. So geht es fast zwei Stunden. Ich bin fertig. So viele Fotos wie an diesem Abend wurden die letzten zwanzig Jahre nicht von mir gemacht. Am Ende sind die anderen sogar mit meiner Ich-bin-so-geil-Pose zufrieden, zumindest hat Boris das gesagt. Vielleicht ist fotografiert werden ja doch einfacher als singen. Die Gesangsexperimente meiner Kollegen landen jedenfalls im virtuellen Mülleimer von Ingos Computer. »Nur Scheiße«, sagt er und löscht alles von der Festplatte. Ein besonders mörderischer Blick trifft Chris. »Ihr noch große üben, damit fertig für Charts.« Seine Stimme hat jetzt einen seltsamen Klang, als würde ein bedrohliches Gewitter herannahen und jeden Moment der Blitz einschlagen. Doch Sascha verhindert das verbale Unwetter.
»Um das Ganze abzukürzen«, mischt er sich ein, »die Stimmen werden komplett von Erik eingesungen.«
Anstatt sich zu beschweren, nickt Timo. Keine Spur von Enttäuschung kann ich in seinem Gesicht entdecken. Wenn ich Niederlagen doch nur auch so gut wegstecken könnte. Boris, Dirk und Chris sehen auch nicht gerade aus, als ob sie gleich losheulen würden. Aber warum auch. Könnten sie singen, wäre ich ja arbeitslos.

Ich liege wach. Die Ereignisse ziehen an mir in Lichtgeschwindigkeit vorüber. Es ist ganz komisch, dass es immer nur bestimmte Bilder und Satzfragmente sind, die einem nach so einem aufregenden Tag im Gedächtnis bleiben. Alles scheinbar Unwichtige wird ausradiert, verbannt oder doch irgendwo in den Untiefen des Gehirns abgespeichert. Die Gesichter der Jungs und ihre Stimmen liegen jedenfalls zum Abruf bereit. Ich projiziere sie wie Dias an die ehemals weiße Wohnungsdecke. Ob wir auf einer Welle liegen, kann ich noch nicht sagen. Wenn man jemanden kennen lernt, dann dauert es sehr lange, bis man versteht, wer sich wirklich hinter der Maske verbirgt. Manche Tarnung fliegt niemals auf. Freunde? Kollegen? Mitstreiter? Vielleicht sind Boris, Dirk, Timo und Chris von allem ein bisschen. Faszinierend finde ich auf jeden Fall, dass dieses Boygroup-Projekt Leute zusammengebracht hat, die sich im normalen Leben wahrscheinlich nie begegnet wären. Oder warum sollte ich einen wie Timo treffen?

Die Fotos liegen in Postergröße auf Saschas Schreibtisch. Fachmännisch begutachten die Jungs ihre Haltung und ihre Gesichtszüge.
»Da hätte ich das Kinn etwas höher nehmen müssen«, bemerkt Boris und legt den Stapel zur Seite.
»Du kommst ja auch ganz gut rüber, vielleicht müsstest du dir mal einen neuen Haarschnitt zulegen.« Dirk klopft mir anerkennend auf die Schulter. Das macht er ständig. Mir auf die Schulter klopfen. Als sei ich ein kleines Kind, das man bei Laune halten muss. Trotzdem mag ich ihn noch am ehesten von allen. Er ist ehrlich und sagt, was er denkt. Sein Lächeln ist echt. Dirk studiert BWL, weil er reich werden möchte. Noch teurere Klamotten, noch schönere Frauen, deshalb macht Dirk bei uns mit. Er ist in einer Großfamilie aufgewachsen, hat fünf Geschwister. Sein Vater ist Pastor, so 'ne Art Wanderprediger oh-

ne feste Gemeinde. Dirk glaubt aber nur an die Macht des Geldes und dass Sex eigentlich nur der Fortpflanzung des eigenen Egos dient. Als Kind hat er mal den Opferstock ausgeräumt, jetzt jobbt er auf Messen und verkauft Gewürze, um seine teuren Designerklamotten zu bezahlen.

Ich gefalle mir nicht. Kann die Unsicherheit in meinem Gesicht erkennen. Jedes Bild ein verpasster Moment. Ich muss an mir arbeiten.
Sascha versucht mich aufzumuntern. »Sieht doch ganz gut aus«, grinst er und schiebt mir ein anderes Foto rüber.
Ich bleibe ihm eine Antwort schuldig und ziehe meine Lippen zu einem verlegenen Lächeln auseinander. Timo findet die Ausbeute gelungen. Er schafft es, ein einziges Bild länger als fünf Minuten zu betrachten. Ich frag mich, ob es da irgendwelche Details gibt, die ich noch nicht entdeckt habe. Krampfhaft versucht er ein paar Porträts abzustauben, mit denen er mir stolz vor der Nase herumwedelt. Doch Ingo und Sascha wollen vorerst alle Abzüge behalten.
Um unser Image hat sich der Jungmanager auch schon Gedanken gemacht. Jeder Einzelne wird nach seinen Wunsch-Hobbys befragt. Als es um mein Image geht, entscheiden Ingo und die anderen, dass ich am besten den Nachdenklichen darstellen könnte. Das sei am glaubwürdigsten, sagt Sascha. Diese Rolle ist für mich tatsächlich kein Problem, nur dass meine neue Leidenschaft von nun an Gedichte schreiben sein soll, kommt mir etwas unrealistisch vor.
Rein marketing-technisch sei es sinnvoll, möglichst unterschiedliche Leute für so eine Gruppe zu casten, erklärt Sascha, als hätte er schon zig Bands groß rausgebracht. »Nicht

jedes kleine Mädchen steht auf denselben Typen.« Je unterschiedlicher wir seien, umso mehr Fans könnten wir erreichen. Deshalb gebe es ja auch elf Sorten Cornflakes und nicht nur eine.

Timo ist der Sportliche und der Jüngste. Er soll in Zukunft das Nesthäkchen sein, das von den anderen beschützt wird. In Wirklichkeit gibt es wohl wenige Menschen, die stärker auf dem Egotrip sind als er. Im normalen Leben ist Timo Speditionskaufmann in der Ausbildung. Kein Starmodel also, sondern ein ganz normaler Bürohengst. Um in der Oberliga der Models mitzuspielen, müsste er wahrscheinlich seine Nase operieren lassen. Aus der Vogelperspektive sieht sein Nasenbein wie eine miniaturisierte Sprungschanze aus. Als hätte jemand eine Fräse genommen und etwas zu lange draufgehalten. Wohl deshalb hat er bei jedem Foto darauf geachtet, nach oben zu schauen, dann fällt der Blick auf seine braune Augen und die glatten schwarzen Haare. Er träumt davon, eines Tages nach New York zu ziehen und für eine berühmte Model-Agentur zu arbeiten. Bisher hat er vom Big Apple nur den Poststempel gesehen, aber auch der macht es nicht leichter, die vielen Absagen zu verdauen.

Wenn er mit der Boygroup berühmt wird, bekommt er so 'ne Art Promi-Bonus, Schönheitsfehler wie seine Nase sind dann nicht mehr so schlimm. Denn eines ist klar: Egal, ob Schauspieler, Model oder Sänger. Perfekt müssen nur die sein, deren Namen noch niemand gehört hat.

Wenn ich es auch nicht wahrhaben will, ähnelt sein Lebenslauf in gewisser Weise meinem. Abitur, dann eine langweilige Ausbildung, weil die Angst zu versagen größer ist als der Wille, sich für seinen Traum aufzuopfern.

Damit wir uns von der Zielgruppe nicht allzu weit entfernen, beschließt Sascha unser Alter um zwei bis drei Jahre nach unten zu korrigieren. Unser Lebenslauf kennt von nun an weder den Polizisten noch den Speditions- oder Versicherungskaufmann. Ab jetzt sind wir, zumindest auf dem Papier, Berufsmusiker, die nichts anderes tun, als für die Charts zu trainieren.
Chris kämpft. Er möchte das Nesthäkchen sein. Schließlich sei der blonde Nick der *Backstreet Boys* auch das Nesthäkchen und keiner der Dunkelhaarigen. Sascha lässt nicht mit sich handeln. Chris muss sich mit der Rolle des eleganten Autoliebhabers begnügen. Das passt ihm überhaupt nicht. Er ist ein Einzelkind und es nicht gewöhnt, dass man ihm Wünsche abschlägt. Sein Vater ist Manager oder so was Ähnliches und seine Mutter ständig in ihrem Ferienhaus auf Gran Canaria. Chris' größter Stolz ist die goldene Kreditkarte, die ihm sein Vater letztes Jahr geschenkt hat. Damit kann er sich alles kaufen. Nur nicht die Traumrolle in unserer Band.
»Was hältst du davon, in Zukunft der Draufgängertyp zu sein?«, will Sascha von Dirk wissen.
»Das finde ich gar nicht so übel«, erwidert Dirk lachend.
»Du musst jetzt aber nicht gleich jede flachlegen«, mischt sich Timo ein und saugt die Luft mit einem lauten Zischen durch seine Zähne.
»Beherrsch dich!«, unterbricht Sascha unser Nesthäkchen und schleudert einen genervten Blick in Timos Richtung.
Nach einer Stunde hält jeder sein neues Leben in den Händen. Auf drei DIN-A4-Blättern steht alles, was ich über mich und die Jungs wissen sollte.

Als ich zu Hause bin, finde ich eine E-Mail von Sebastian in meinem Postfach:

Hey, Mr Boygroup,
wann kann ich endlich meine Schwester und ihre kreischenden Freundinnen auf dich loslassen?
Grüße Sebastian

Antwort:

Hey S.,
sobald die Jungs ihre Stimmbänder gefunden haben und ich meinen ersten Gedichtband rausbringe. Die Zwischenzeit könnten wir ja durch ein entspanntes Stelldichein im Columbo (mit optionaler Fanbeobachtung) überbrücken.
Der in sich gekehrte Poet

»Was sollte das mit dem Gedichtband in deiner E-Mail?«, fragt Sebastian verständnislos, als wir uns an die Bar setzen.
»Na, das gehört eben zu meinem neuen Job. Du weißt schon, die einen haben die Muckis und die anderen das Hirn. Schublade auf, Klischee rein.«
Sebastian schaut mich etwas skeptisch an.
»Wenn das funktioniert, dann sollte ich wohl besser gar nicht studieren, sondern selbst so 'ne Boygroup zusammenstellen.«
»Ich weiß auch nicht genau, was ich davon halten soll. Bei Ami-Boybands können eigentlich immer alle richtig geil singen und tanzen. Aber vielleicht reicht für Deutschland ja 'ne Sparversion.«

»Egal. Hauptsache, ihr kriegt ’nen guten Plattendeal und werdet reich, dann könntest du mir ja den einen oder anderen Groupie abtreten.«
Geistreiche Konversation ist heute bei Sebastian und mir Fehlanzeige, auf einen Pappdeckel diktiert er mir den Wortlaut für den ersten Groupie-Abtretungsvertrag der Musikgeschichte. Aber weil das Ganze sich irgendwie nach Menschenhandel anhört, landet die Bierglasunterlage wenig später im Aschenbecher und geht in Flammen auf. Vielleicht auch besser so. Der Pappdeckel-Vertrag wäre wahrscheinlich sittenwidrig gewesen.

Als ich um eins meine Wohnungstüre öffne, ist es ganz still. Diese Stille hat etwas Seltsames. Nur der alte Wasserhahn spielt seine tropfende Melodie mit der Genauigkeit eines Metronoms. »Bab – bab – bab – bab –« Ich nehme die Gitarre in die Hand und zupfe einzelne Töne. Ich reihe sie aneinander und fülle die Lücken zwischen den Tropfen. Ich summe ganz leise. Spüre, wie sich meine Bauchdecke hebt und meine Lippen von ganz feinen Vibrationen gestreichelt werden. Durch das gekippte Fenster strömt frische Luft, reine Luft zum Inhalieren. Unhörbar sauge ich sie durch meine Nase ein, schicke sie auf eine kurze Reise, bis sie schließlich als feiner, Leben spendender Hauch in meiner Lunge zerstäubt. Der Regen hat die Luft von all ihrer Last befreit. Heute Nacht duftet sie nach unbeschwertem Leben, nicht nach Zweifeln.

Noch zehn Monate geht meine Ausbildung. Da wir uns fast immer abends treffen, bekomme ich gut beides unter einen Hut. Ich mache sogar viel weniger blau als am Anfang. Sogar mein Asthmaspray mit der orangefarbenen Kappe steht eingestaubt neben dem Bett. Nur noch selten bekomme ich einen Anfall. Das Projekt Boygroup streichelt meine Seele. Ich bin wieder ehrgeizig. Erinnere mich an meine Handballmannschaft. Wie wir württembergischer Vizemeister geworden sind. Wie wir uns im Training angefeuert haben. Wie ich aufhören musste, weil ich meine Schultergelenke immer häufiger ausgerenkt habe. Weil die Operation schief ging. Den Traum vom Handballprofi habe ich mit der Urkunde in meiner Schublade begraben. Der Traum vom Starsein hat jetzt erst begonnen und dieses Mal werde ich es schaffen.

Bevor ich meine Ausbildung beendet habe, verspricht Sascha vollmundig, können wir mit unserem Projekt Geld verdienen. Wir brauchen nur einen ordentlichen Plattenvertrag. Nach einigen Wochen dämmert uns, dass so ein Plattenvertrag, ob ordentlich oder nicht, kaum durch die Türe geflogen kommt. Man muss viele Hände schütteln, bis sich etwas rührt.
Überall gibt es Nachwuchs-Boygroups. Vor allem in Amerika und England werden laufend welche gegründet, die den deutschen Markt erobern wollen. Zum Beispiel Blue: Ausgestattet mit einem millionenschweren Plattendeal, schafften sie den Durchbruch in Deutschland innerhalb weniger Monate. Die Jungs können alle perfekt tanzen und singen. Anders als bei den meisten deutschen Boygroups, die weder das eine noch das andere beherrschen. Trotzdem ist manche deutsche Boyband erfolgreich. Vielleicht sind die heimischen Fans einfach dankbar dafür, eine Gruppe anzuhimmeln, die in Norddeutschland lebt und nicht in Florida. Dort hinzukommen kostet nicht die Welt, und sollten sie ihre Stars tatsächlich treffen, brauchen sie nicht einmal ein Wörterbuch.

Irgendwo zwischen diesen Bands wollen wir uns einen Platz erobern. Jede Woche treffen wir uns drei- bis viermal. Wir üben Interviews, lernen unsere Rollen und versuchen Tanzschritte zu unserer Slownummer einzustudieren. Beim Tanzen komme ich mir lächerlich vor. Bisher habe ich mich damit begnügt, nach Lust und Laune meine Hüften zu bewegen. Jetzt soll ich das Ganze auch noch koordinieren und dazu singen. Keine leichte Aufgabe.

»Du musst Arsch in Stärke versetzen!«, brüllt mich Ingo immer wieder an.

»Nicht so sanft, deine Bewegungen müssen viel härter sein«, mischt sich auch noch Sascha ein.

Ich strenge mich an. Trotzdem kann ich mir die Choreografie nur schwer merken. »Fünf, sechs, sieben, acht . . .« Ich fühle mich wie ein Boxer, der k. o. am Boden liegt und vom Ringrichter ausgezählt wird. Am liebsten hätte ich das Handtuch geworfen. Aber jetzt schon aufgeben? Das wäre zu billig.

Chris hat keine Lust, vor Ingo das Tanzmariechen zu spielen. Er behauptet, seine Kniegelenke würden schmerzen. Immer wieder nimmt er sich eine Auszeit. Nur noch selten kräuselt sich die Haut auf seiner Nase. Das Lachen ist ihm vergangen. Timo, Dirk und Boris versuchen ihn zu motivieren. Ohne großen Erfolg. Er ist es nicht gewohnt, die Zähne zusammenzubeißen.

Dirk arbeitet hart. Er lässt sich von Boris korrigieren. Trotzdem sollte man ihm ein Metronom einpflanzen. Seine durchtrainierten Beine sind nur den gleichförmigen Rhythmus des Laufens gewöhnt, nur langsam lernen seine Muskeln mit feineren Impulsen klarzukommen. Er freut sich über die kleinen Erfolge.

Jedes Mal, wenn etwas klappt, ruft Dirk: »Und das war . . .«, dann folgt eine kurze Pause und Boris, Timo und ich schreien

im Chor ». . . spitze«. Ein bekripptes Ritual – findet Chris. Chris findet auch die Choreografie albern, ich ehrlich gesagt auch, aber im Gegensatz zu ihm halte ich den Mund.
Damit die Proben etwas realistischer wirken, schleppt unser Manager immer wieder Freunde und Bekannte an, die uns als Probezuschauer im kleinen Studiovorraum dienen. Sobald noch mehr Menschen bei unserer Performance zuschauen, habe ich das Gefühl, meine Muskeln würden sich versteifen. Als hätte man mir die Mechanik eines Roboters implantiert, stakse ich in der Gegend rum und suche vergeblich nach einem Gefühl für Rhythmus, um nicht ständig mit der Wortgewalt unseres Produzenten konfrontiert zu werden. Ich muss zugeben, dass ich tanzen total unterschätzt habe. Nach diesen zweifelhaften Selbstversuchen habe ich deutlich mehr Respekt vor den John Travoltas dieser Welt.

Unser Song ist fertig abgemischt, alle sind sie begeistert von meiner Stimme.
»Das wird ein Hit, das weiß ich ganz genau«, erklärt Sascha begeistert und zeigt mit seinem Finger auf die neueste Ausgabe der deutschen Single-Charts, die er wie jede Woche an die Wand pinnt. »Da, ganz nach oben wollen wir.« Er wirkt wie ein Sektenguru, der uns vom Paradies erzählt.
»Das sieht doch alles viel zu billig aus.« Chris nörgelt. »So können wir doch höchstens im Comedy-Club auftreten.«
Kurze Stille. Mit dieser Attacke hatte Sascha nicht gerechnet. Er hat in nächtelanger Arbeit eine Präsentationsmappe zusammengestellt. Darin liegen unsere Biografien, Fotos und natürlich eine CD. Für mich sieht das alles okay aus. Vielleicht nicht superprofessionell, aber völlig ausreichend.

Chris klopft auf sein dickes Portmonee, das vor ihm auf dem Tisch liegt. Er schaut uns an. Doch keiner sagt was. Keiner unterstützt ihn. Sascha atmet tief durch, seine Gesichtsfarbe nähert sich langsam dem Rot seiner Haare.
»Seid ihr auch Chris' Meinung?« Er nimmt eine der Mappen und wirft sie mit voller Wucht auf den Boden.
Wieder Stille. Die Fotos und Texte und die CD liegen wie eine Collage auf dem blauen Teppich. Chris sitzt erschrocken da und starrt auf das Chaos. Ein feiner Riss zieht sich durch das transparente Plastik der CD-Hülle. Jetzt schauen wir alle auf den Boden. Die Blicke wandern in Zeitlupe über das Schlachtfeld, über unser halb verdecktes Gruppenfoto, über den fett gedruckten Text. Dann, fast unbemerkt, erhebt sich Chris von dem schwarzen Klappstuhl. Seine Augen suchen verzweifelt nach Halt, noch einmal, dieses Mal aber ganz kurz, schaut er mich an, dann Boris und schließlich Dirk. Er greift nach seinem Portmonee, vermeidet den Blickkontakt zu Sascha, dreht sich um und geht zum Ausgang. Keiner hält ihn auf. Keiner rührt sich. Ganz leise verschwindet er durch die weiße Türe. Niemand dreht sich um.
Boris kniet auf dem Boden und sammelt die Bilder auf. Sascha sitzt immer noch regungslos da. Dann sagt er mit versteinerter Miene: »Wir müssen neue Fotos machen.«
Dabei klingt seine Stimme kalt und entschlossen. Er erwartet keine Antwort.
Boris legt die zerfledderte Mappe zurück auf Saschas Schreibtisch. Der nimmt die CD heraus, drückt dann mit ganzer Kraft den Karton zusammen. Er gräbt sich mit seinen Fingernägeln in die Pappe, als seien sie die Krallen eines Raubtiers, die immer tiefer in das Fleisch ihres Opfers eindringen und es zerfetzen.

Chris hat sich nie wieder gemeldet. Alles geht weiter wie geplant. Wir machen neue Fotos. Sascha bastelt eine noch größere Präsentationsmappe und niemand redet mehr über den blonden Chris. Wir haben keine Lust, nach einem Ersatzmann zu suchen.
Seltsam. Vielleicht hatte er Recht. Vielleicht ist Sascha nicht professionell genug, vielleicht ist unsere Choreografie lächerlich. Aber andererseits – vielleicht wird er sich auch eines Tages ärgern. Dann, wenn wir erfolgreich sind.

In den nächsten Wochen will Sascha bei sämtlichen Plattenfirmen vorbeigehen und die, wie er sagt, »Newcomer des Jahres« vorstellen. Wir sind uns alle sicher: Irgendeiner will uns haben. Seit zwei Monaten kennen wir uns nun. Wir haben uns aneinander gewöhnt. Aber, obwohl wir uns sehr oft sehen, habe ich nicht das Gefühl, neue Freunde gewonnen zu haben. Es ist eher wie bei einer Projektgruppe. Eine Verbindung auf Zeit mit einem gemeinsamen Ziel: dem Erfolg. Wie er auch immer, wenn er tatsächlich kommt, aussehen mag.
Erfolg ist etwas sehr Abstraktes. Im Augenblick wäre es für mich schon ein Erfolg, nicht mehr in der Versicherung arbeiten zu müssen. Aber ein kleiner Erfolg ist es auch schon, nicht mehr mies gelaunt aufzuwachen, sondern stattdessen jeden Tag aufs Neue auf Entdeckerreise zu gehen. Jeden Tag dem Glück ein Stückchen näher zu kommen.

Die ersten Absagen haben wir noch ganz gut verdaut, doch von Woche zu Woche wird es schwieriger, die Motivation aufrechtzuerhalten. Keiner von uns hat große Lust, ewig zum selben Song dieselbe Choreografie zu tanzen.

Ingo hat ausnahmsweise mal eine gute Idee: »Es muss bewegtes Material her mit euch, singend und sprechend.« Im Klartext – ein Vorstellungsvideo. Wir müssen uns von all den anderen Gruppen unterscheiden, deren Musik jeden Tag auf dem Tisch der Plattenfirmen landet, darin sind wir uns einig. Sascha hat einige große Plattenfirmen erfolglos abgegrast. Andere lehnen stur ab, wenn er einen Termin will. Als unbekannter Manager oder Produzent muss man Ausdauer haben, wenn man zum zehnten Mal mit dem Spruch »Schick doch was vorbei« aus der Leitung fliegt.
»Schicken ist Scheiße!«, sagt Sascha immer.
Jeden Tag bekommen die großen Firmen waschkörbeweise Demo-CDs. Wie viele davon tatsächlich angehört werden, weiß keiner. Meist flattert nach einigen Wochen ein Formschreiben ins Haus, das dann in etwa so klingt: »Leider sehen wir derzeit keine Möglichkeit für eine Veröffentlichung Ihres Materials in unserem Unternehmen.«
Wer damit rechnet, wenigstens eine klitzekleine Erklärung zu bekommen, der wird in den meisten Fällen enttäuscht. Deshalb müssen wir, wenn auch nicht unbedingt musikalisch, auffallen – um jeden Preis. Unsere CD muss endlich von einem A&R (die Abkürzung steht für Artist und Repertoire) gehört werden. Denn dieser Mensch ist dafür zuständig, neue Künstler unter Vertrag zu nehmen. Eigentlich sollte er auch Demos anhören, aber wenn da lauter Wannabies, wie bei den Castingshows, ihre musikalischen Ergüsse einsenden, dann kann ich verstehen, warum so mancher A&R seine Ohren lieber schont und gleich mit etablierten Produzenten und deren neuen Acts zusammenarbeitet.
Viel wichtiger als eine gute Stimme oder ein schöner Song ist

eben das Umfeld. Bist du Soap-Star, Teenie-Schwarm oder vielleicht sogar beides, dann stehen deine Chancen gut, einen Plattenvertrag zu bekommen. Hinter solchen Neuveröffentlichungen steckt ein ausgearbeiteter Marketingplan. Die Musik ist dabei eher notwendiges Übel, um die austauschbaren Gesichter möglichst melodiös in den Köpfen der starsüchtigen Kids zu verankern.
Vielleicht kommt sie ja wieder, die Zeit, in der richtige Künstler mit Ecken und Kanten gefragt sind. Aber eigentlich sollte ich froh darüber sein, dass die musikalische Revolution noch etwas auf sich warten lässt, denn schließlich bin ich im Augenblick Sänger einer Boygroup, dem Künstlichsten, was die Branche zu bieten hat.

Zwei Stunden lang drehen wir im Maritim-Hotel in Stuttgart unser Vorstellungsvideo. Erst werden wir im Pool gefilmt, dann ich am Piano mit den Jungs hinter mir und schließlich noch alle an der Bar. Jeder muss sich kurz vorstellen. Ich versuche möglichst locker rüberzukommen. Für meine drei Sätze brauche ich trotzdem fünfzehn Minuten.
»Erst dachte ich, was denn das für drei braun gebrannte Schnösel sind . . .«
Ein kleiner Auszug aus meinem geistreichen Monolog. Die geschnittene Fassung ist vier Minuten lang und zum Totlachen. Mit diesem Werk könnten wir bestimmt den Raab der Woche für die nächsten sechs Monate abonnieren. Das Ganze wirkt wie eine billige Parodie auf alle Boygroups dieser Welt. Als Realitysoap hätten wir bestimmt eine Topquote. Die Bildqualität ist so schlecht, wie man es von Heimvideos kennt. Und vor Aufregung hab ich fast eine Oktave höher gesprochen.

»Kommt ein bisschen schwul rüber.« Darin sind sich Sascha und Boris einig. »Eure Lippenbewegungen sehen auch nicht gerade synchron aus«, gebe ich zurück.
Obwohl wir nicht richtig zufrieden sind, packen wir den Kurzfilm zu unserem Promotionpaket. Auffallen werden wir mit dem Video auf jeden Fall.

4. Kapitel | **The Big Deal**

Metronom ist interessiert«, schreit Sascha aufgeregt in die Leitung. »Die wollen sogar, dass ihr in einer Fernsehserie mitspielt.«

Bevor ich es fassen kann, hat er schon wieder aufgelegt. Das Tuten klingt in meinen Ohren wie eine zauberhafte Sinfonie. Ich kann es nicht glauben und wähle aufgeregt Boris' Nummer. Auch er ist happy über diese Nachricht. Geschlagene zwei Stunden reden wir darüber, wie alles weitergehen könnte. Wir träumen im Duett von einer großen Fernsehrolle, von einem Platz in den Charts, von Promi-Partys, Ruhm, Fans und natürlich Geld. Erst als ich den Hörer auf die Gabel lege und das Summen in meinem Kopf aufhört, bemerke ich, dass wir keinen Moment über Musik gesprochen haben. Nein, seit einigen Stunden geht es darum, Schauspieler zu sein und nicht mehr Sänger. Für Timo wäre es vielleicht wirklich besser, sich aufs Sprechen zu beschränken. Er ist der Einzige, den ich für einen hoffnungslosen Fall halte, denn er trifft absolut gar keinen Ton.

Ingo will nicht aufgeben. Er möchte die Stimmen der Jungs genauer unter die Lupe nehmen. Vielleicht ist ja doch noch irgendwas zu retten. Aber nach einer Stunde mit Timo in der Gesangskabine rastet er aus.

»Erik, mach was!«, schreit er mich an.

»Leider kann ich nicht zaubern«, antworte ich und schüttle den Kopf.

»Stell dich auf ihn in Kabine und sing ihm lange in Ohr, bis er beste Töne aufschlägt.«

Ich stelle mich neben ihn und beginne zu singen. Timo hat

Schweiß auf der Stirn und wirkt geknickt. Verzweifelt versucht er sich an meine Stimme anzulehnen, doch kein Ton ist richtig. Ingo glotzt mit seinen großen Augen durch die Glasscheibe, als könne er es nicht fassen. Sein ungarisches Temperament wirkt nicht unbedingt motivierend. Immer wieder bellt er bescheuerte Ratschläge in das Talkback-Mikrofon.
»Der muss große Ohren machen!«, schreit er Timo an.
Sosehr sich Timo auch anstrengt, es ist hoffnungslos. Boris und Dirk sind zwar auch keine Heldentenöre, aber sie haben mittlerweile wenigstens eine passable Trefferquote.
Ingo ist mit seinem Ungarisch am Ende, er beordert eine Gesangslehrerin ins Studio. Sie soll mit den Jungs üben. Andrea ist sehr voluminös, um nicht zu sagen, dick. Ihre Stimme ist unglaublich. Jeder Ton ist so stark, so dicht, als würde er die Luft eines ganzen Raumes bündeln. Sie erinnert mich an diese wohlgenährten Opern-Diven, bei denen der ganze Körper beim Singen mitschwingt.
»Beruhige dich«, fordert sie Ingo auf. »Wenn du die Jungs so quälst, bekommen sie höchstens eine Stimmbandentzündung.«

Dreimal in der Woche versucht die neue Gesangslehrerin verzweifelt den rauen Kehlen der Jungs richtige Töne zu entlocken. Jeden Sonntag hält Ingo dann die Entwicklung, so es eine gibt, auf CD fest. Andrea, die schon jahrelang Unterricht gibt, macht sich Sorgen um Timo. Durch die Blume und sehr überlegt, erklärt sie Ingo, warum manche Leute eben gar nicht singen können, auch wenn sie hundert Stunden Gesangsunterricht nehmen. Für Timo eine harte Wahrheit. Doch wir alle müssen zurzeit mit Enttäuschungen kämpfen.

Metronom will uns nicht mehr. Auch die Pläne mit der Dailysoap sind wieder vom Tisch. Eine zufrieden stellende Erklärung gibt es nicht. Wir würden eben doch nicht in ihr Konzept passen. Sascha nimmt diese Nachricht ganz gefasst auf, als hätte er nichts anderes erwartet. Alle anderen, auch den Optimisten Boris, wirft die Absage wieder ein Stück zurück. Zwei Wochen machen wir Pause. Boris fliegt in den Urlaub in die Dominikanische Republik, wieder neuen Mut tanken, wie er sagt. Er hinterlässt uns eine Notrufnummer.
»Nur für den Fall, dass sich irgendwer für uns interessiert.« Er seufzt, als wäre das völlig unwahrscheinlich.
Ich habe schon fast alle Hoffnungen begraben, dass es noch jemanden in der Plattenindustrie gibt, dem unsere Musik und unser Auftreten gefallen könnte. Meine Freunde, die ich in der letzten Zeit mit spannenden Geschichten aus meinem Boygroup-Vorbereitungscamp unterhalten habe, bereite ich schon einmal darauf vor, dass die Sache mit dem Teenie-Star wohl flachfällt. Ich bewundere die Menschen, die solche Vorhaben geheim halten können und erst dann etwas erzählen, wenn es wirklich spruchreif ist. Ich für meinen Teil bin ein Plappermaul und lasse auch gerne andere Menschen an meiner Entwicklung teilhaben. Sebastian schicke ich eine E-Mail.
Mein Opa sagt, dass Träume nur dann in Erfüllung gehen, wenn man nicht nur daran glaubt, sondern auch daran arbeitet. Er versteht nicht, warum ich den Kopf hängen lasse. Wir gehen zusammen, wie so oft in letzter Zeit, an den kleinen See. Der Weg durch den Park strengt ihn an. Er atmet schwer. Aber er hört mir zu. Wir sitzen noch lange auf der morschen Holzbank und reden. Opa glaubt an mich. Das tut gut. Warum kann ich nicht so fest an mich glauben?

Zwei Wochen sind vorbei. Als ich am Samstag leicht angedudelt nachts nach Hause komme, hat Sascha eine kurze Nachricht hinterlassen.
»Morgen früh um zehn im Studio, es gibt Neuigkeiten.« Er will wohl das Projekt endgültig abschließen, ist mein erster Gedanke. Eigentlich hätte ich ihm mehr Durchhaltevermögen zugetraut. Doch in letzter Zeit musste er viel Geld für unsere Präsentationsmappen und die Fahrten zu den Plattenfirmen ausgeben. Vielleicht ist er einfach pleite. Mit tiefen Ringen unter den Augen tauche ich am nächsten Morgen im Studio auf. Ich bin gespannt, wie unser zukünftiger Exmanager das Ende unserer Boygroup formuliert. Ich komme einige Minuten zu spät, die anderen sind schon da – und sie lachen. Vielleicht aus Verzweiflung, denke ich, oder weil sie froh darüber sind, endlich wieder mehr Freizeit zu haben. Ich schiebe die Türe auf und Sascha kommt mir mit schnellen Schritten entgegen. Seine Wangen sind knallrot und in der Hand hält er einen Brief, mit dem er mir wie ein Wahnsinniger vor der Nase herumfuchtelt. Schon seit Monaten habe ich keine so ausgelassene Stimmung mehr erlebt.
»Wir haben einen Vorstellungstermin bei Rinestar Music in Frankfurt«, schreit mir Boris entgegen. Wenige Sekunden später befinde ich mich Ringelreihe tanzend in Saschas Büro. Nach einer halben Stunde hat sich die Euphorie wieder gelegt und wir machen uns daran, einen Schlachtplan für den Tag X auszuarbeiten. Eine Woche haben wir Zeit. Und statt singen oder tanzen lautet der erste Tagesordnungspunkt Klamotten kaufen. Ich hab mich bereits daran gewöhnt, dass die Verpackung bei Boygroups wichtiger ist als der Inhalt. Auch ich hasse dieses scheinheilige Gerede von den inneren Werten, doch ob eine schöne Fassade allein ausreicht?

Im trendigsten Klamottenladen Stuttgarts sollen wir uns ein neues Outfit zulegen. Die Preise sind hoch, die Qualität ist schlecht, aber der Stil ist dennoch außergewöhnlich, nicht mit dem Einheitsgrau meiner Alltagsgarderobe zu vergleichen. Der Inhaber, der selbst in so einem Outfit steckt, will uns beim Aussuchen helfen. Immer wenn er auf meine Person zu sprechen kommt, sagt er nur: »Das ist schwierig.«
»Willst du vielleicht mal dieses Teil anprobieren?« Boris streckt mir eine Hose entgegen, die sich anfühlt wie ein doppelwandiger Fahrradschlauch.
»Ich glaub, darin werde ich ganz schön schwitzen«, versuche ich abzulehnen.
»Egal, Hauptsache, es sieht geil aus!«, brüllt Dirk gut gelaunt aus der Umkleidekabine.
Ich zwänge mich mit Gewalt in die enge Gummihose. Sie fühlt sich an wie ein extra starkes Ganzkörperkondom ohne Gleitfilm. Nur leider bekomme ich den Hosenladen nicht zu. »Könnte mal jemand an der Hose ziehen, ich glaub, ich komme da nicht mehr alleine raus«, rufe ich verzweifelt aus der Kabine. Der Verkäufer zieht den Vorhang zur Seite und starrt mich entsetzt an. Er befreit mich nach mehreren Anläufen vom eng anliegenden Gummischlauch und einem Teil meiner Beinbehaarung. Er sieht angewidert aus und für einen kurzen Moment hab ich die Befürchtung, dass er mich rausschmeißt. Aber dann schickt er seinen Kollegen zu mir. Der scheint besser mit Spezialfällen umgehen zu können.
Meinen Bandkollegen macht der Klamottenkauf sichtlich Spaß. Sie präsentieren sich wie Models, die nur darauf warten, für Joop oder Versace über den Laufsteg zu schreiten.
Neben meinem Selbstbewusstsein lasse ich auch knapp 350

Euro liegen. Eine schwarz-weiß karierte Hose, ein weißes Hemd, ein enges schwarzes Lackjäckchen und schwarze Schuhe, deren Stil irgendwo zwischen Arbeitsschuh und Dockers liegt, ist mein Outfit für den Besuch bei Rinestar Music.

In einem Chrysler Van mit getönten Scheiben brechen wir schon um halb acht Richtung Frankfurt auf. Sascha hat noch darauf bestanden, mit mir zum Friseur zu gehen. Der hat verzweifelt versucht meine widerspenstigen Naturlocken zu zähmen. Am Ende sind meine Haare nur noch zwei Millimeter kurz. Dass so ein Radikalschnitt 30 Euro kostet, kann ich nicht verstehen. Mit meinem Langhaarschneider hätte ich bestimmt dasselbe Ergebnis erzielt.
Zum ersten Mal sind wir alle gestylt: Mein neues Hemd kratzt, meine Lackjacke spannt und meine Schuhe drücken, aber sonst geht es mir relativ gut. Mit Entspannungsmusik will Ingo uns die Nervosität vor diesem wichtigen Termin nehmen. Leider redet er die ganze Fahrt über und macht damit alle Bemühungen zunichte.

Unsere Rollen, ja unseren ganzen Auftritt haben wir bis ins Detail durchgesprochen. In Kurzform: Sascha soll reden, wir nett lächeln und am besten nur auf Fragen antworten, die direkt an uns gerichtet sind. Und um Himmels willen soll keiner von uns auf die Idee kommen, mitzusingen, falls wir unseren Song anhören. Wir wären aufgeschmissen, wenn wir uns a cappella präsentieren müssten. Seit gestern Abend wissen wir auch, wie unsere Band von nun an heißen soll: *Call Us*. Sascha findet den Namen super. Die Jungs und ich mussten lachen, erst dann haben wir kapiert, dass unser Manager es ernst meint.

In der imposanten Eingangshalle von Rinestar Music gibt es einige Monitore, auf denen die aktuellen Musikvideos der hauseigenen Gruppen zu sehen sind. Dann ist da noch eine Playstation, die wohl für frustrierte, wartende Künstler aufgestellt wurde. Die riesige Lobby könnte auch zu einer großen Bank gehören. Kein Zweifel: Hier wird Geld verdient.
Wir müssen nicht warten. Die Frau am Empfang streckt uns kleine Kärtchen mit unseren Vornamen entgegen. Wir sollen sie gut sichtbar an unserer Kleidung befestigen.
Ein junger Mann, der sich als Sven vorstellt, holt uns ab. Wir folgen ihm zum Fahrstuhl. Sven ist vielleicht gerade mal einen Meter 70 groß, seine Haare sind mindestens genauso kurz wie meine. Um nicht ganz so brav auszusehen, hat er einen kleinen Streifen direkt an der Stirn länger wachsen lassen. Manchmal lugt er wie ein treuer Hund unter diesem Sichtschutz hervor. Auf seinem schwarzen T-Shirt ist ein Comic-baby zu sehen, das etwas ganz Seltsames tut (was eigentlich zensiert werden sollte). Damit will er wohl sein ansonsten recht biederes Aussehen kaschieren. Er führt uns an goldenen Schallplatten und offenen Büroräumen vorbei. Überall hört man Musik. Wir bleiben vor einem Sitzungszimmer stehen. Sven öffnet uns die Türe. An der Wand hängt eine Tafel, auf der mit Leuchtstift die neuesten Chartplatzierungen der Rinestar-Music-Künstler notiert sind. Ein ovaler Holztisch mit Getränken und Keksen steht bereit. Am Kopf des Tisches sind ein großer Monitor und eine Stereoanlage in die Wand eingelassen. Alles sieht sehr nobel aus.
Sven ist der A&R, dem wir diese Einladung zu verdanken haben. Nachdem er sich noch einmal vorgestellt hat, setzen wir uns alle hin. Ich fühle mich wie bei einer großen Verhandlung.

Auf der einen Seite sitzen Sascha, Ingo und wir vier, auf der anderen Sven.
»Euer Video ist der Knaller, wir haben uns alle köstlich amüsiert«, beginnt er das Gespräch. »Deshalb haben wir euch auch eingeladen.«
Kurze Stille. Sascha holt erst einmal Luft und räuspert sich.
»Wir wollten halt keine 08/15-Bewerbung losschicken.«
»Das ist euch auch gelungen«, sagt Sven und lächelt.
Ingo sitzt wie wir stumm da und beobachtet gespannt die Abtastphase der beiden. Nach fünf Minuten kommt noch ein Kollege von Sven hinzu. Er setzt sich zu ihm und scannt jeden Einzelnen von uns ab. Vor lauter Nervosität trete ich mit meinem Fuß gegen den Metallsockel des Tisches. Ein lauter Schlag hallt durch das Zimmer, als wolle ich die erste Runde einläuten. Hochrot entschuldige ich meine akustische Einlage.
Anderthalb Stunden dauert die Besprechung und bis auf meinen Namen und die Entschuldigung sage ich nichts. Sascha redet dafür fast pausenlos, ich fühle mich wie ein Kamel auf einem orientalischen Markt. Sven verzieht keine Miene und auch sein Kollege ist damit beschäftigt, in Stasi-Manier zuzuhören, nur ab und zu ringt er sich ein mitleidiges Lächeln ab.
»Ihr müsst entschuldigen, wir erwarten noch eine andere Boygroup, die sich bei uns beworben hat«, beendet Sven die Sitzung. »Wenn ich mich nicht täusche, ist einer davon BRAVO-Boy des Jahres«, fügt sein Kollege hinzu.
Mit diesem süffisanten Seitenhieb begleitet er uns zum Aufzug.
Auf der Rückfahrt löst sich die Spannung. Sascha und Ingo sind zufrieden mit unserem Auftritt.
»Und dank Glück wollten nicht Cappella-Stimmen hören«, lacht Ingo.

»Ich frage mich nur, was diese komische Verabschiedung sollte?«, brummt Boris nachdenklich.
»Einer ist sogar Boy des Jahres«, äffen wir Svens Kollegen im Chor nach. Als Erinnerung an diesen Tag hänge ich das Namensschildchen über mein Klavier. Ich bin nicht abergläubisch, aber vielleicht hilft's ja.
Natürlich wissen meine Freunde von diesem Termin. Rund vier Stunden bin ich damit beschäftigt, alle neugierigen Fragen zu beantworten. Ich freue mich über jeden Anruf, auch von Leuten, die ich beinahe schon vergessen hatte. Als Letztes rufe ich Sebastian an. Mit ihm kann ich am besten sprechen.

»Wie, du hast nichts gesagt?«, fragt Sebastian verwundert.
»Nö, eigentlich hat nur Sascha geredet. Es ging sowieso nur um Kohle und wie man Zeitschriften dazu bringen könnte, über uns zu schreiben. Timo, unser Nesthäkchen, sei ein Joker, hat dieser Typ von der Plattenfirma gesagt. Durch seine Fotos in der BRAVO wären die sicher bereit, über die Band zu schreiben.«
»Und die hat nicht interessiert, ob ihr eure Songs selbst schreibt oder dass deine Kollegen noch auf der Suche nach ihrer Stimme sind?«
»Nö, ich musste ja auch nicht vortanzen.«
»Dass so eine riesige Firma wie Rinestar Music sich mit so wenig abspeisen lässt, finde ich echt komisch. Bist du sicher, dass die nicht einfach 'ne Band zum Abschreiben suchen?«
»Wie zum Abschreiben?«, frage ich verdutzt.
»Die machen bestimmt mega Kohle mit anderen Gruppen und wollen halt keine Steuern zahlen. Deshalb nehmen sie euch unter Vertrag, geben richtig Geld aus und sparen sogar noch Steuern.«

»Geld ausgeben und Steuern sparen? Was ist das denn für eine kranke Idee?«
»Du bist eben doch Künstler.« Ich höre an Sebastians Tonfall, dass er lächelt. »Ganz einfach: Stell dir vor, du hast eine Million auf dem Konto. Wenn du jetzt wählen könntest, die Hälfte ans Finanzamt zu überweisen oder mit dem Geld ein großes Tonstudio zu bauen . . .«
»Dann würde ich natürlich ein Tonstudio bauen«, unterbreche ich ihn.
»Und warum würdest du das tun? – Natürlich um weniger Steuern zu bezahlen.«
»Das ist total bescheuert. Wenn ich deine beschissene Theorie richtig verstehe, sind wir für die Plattenbosse keine angehenden Stars, sondern eine Art Geldvernichtungsmaschine, die auf keinen Fall erfolgreich sein darf.«
»Jetzt hast du's kapiert.«
Unsere Band ein Steuersparmodell. Daran kann und will ich nicht glauben. So denkt doch kein normaler Mensch.

Die nächsten drei Wochen sind eine Qual. Rinestar Music will sich mit der Entscheidung noch etwas Zeit lassen und wir sitzen auf heißen Kohlen. Nur die Wochenenden sind ausgefüllter als vorher. Ich gehe endlich wieder bis in die Puppen weg und bin auf vielen coolen Partys. Es stört mich nicht, dass sich alle für die Boygroup interessieren. Vor allem bei den Mädchen kann ich mit eindrucksvollen Schilderungen Pluspunkte sammeln.
Ich nehme eine Auszeit vom ständigen Problemewälzen, will mich einfach nur amüsieren. Zwar kann ich in so einer Phase keine Songs schreiben (zumindest keine, zu denen ich später einmal stehen könnte), aber vielleicht ist das ja auch gut so.

Manchmal muss man sich eben vom Leben treiben lassen und nicht verzweifelt nach schwarzen Gedanken suchen, nur weil man sie schon als ständiger Begleiter akzeptiert hat. Songs werden ja auch nicht besser, indem man sich den schwierigsten Weg vom Vers zum Refrain aussucht.
Im Augenblick fühle ich mich so leicht und unbeschwert wie ein Song von Dieter Bohlen. Menschen wie Dirk, die nur deshalb berühmt werden wollen, um möglichst viele Frauen ins Bett zu bekommen, kann ich im Augenblick besser verstehen.

»Rinestar Music will uns haben!« Triumphierend verkündet Sascha die Entscheidung am Telefon.
Ich bin außer mir vor Freude, kann es gar nicht glauben.
»Bist du ganz sicher?«, frage ich misstrauisch.
»Ja! Heute Morgen sind die Verträge gekommen. Jetzt kann eigentlich nichts mehr schief gehen. Wenn du's nicht glaubst, dann komm einfach vorbei.«
Wie ein Besessener rase ich nach Stuttgart. Ignoriere sämtliche roten Ampeln und hupenden Mitmenschen. In der Rekordzeit von 13 Minuten erreiche ich das Studio.

»Viel länger hätten wir auch nicht mehr durchgehalten«, sagt Dirk und drückt mir ein Sektglas in die Hand.
Wir lachen und quasseln durcheinander wie kleine Kinder.
»Wir werden es den anderen zeigen«, ist sich Sascha sicher. »Die müssen sich warm anziehen.«
An diesem Abend ist das kleine Hinterhofstudio mit so viel positiver Energie geladen, dass wir damit eine ganze Stadt versorgen könnten. Obwohl wir total verschieden sind, fühlen wir uns zusammengehörig wie nie zuvor.

»Ich hab bis heute niemandem von diesem Projekt erzählt«, unterbricht Boris das allgemeine Gequassel. »Ja, wirklich, nicht einmal meine Mutter weiß davon, obwohl ich oft mit ihr telefoniere. Ich hatte viel zu große Angst, dass alles schief geht und sich die Leute über mich lustig machen.«

Wir schauen ihn erstaunt an. Seine Augen sehen glasig aus, als würden jeden Moment kleine Freudentränen herunterkullern.

»Bei mir weiß es die ganze Familie und auch den meisten Freunden hab ich von euch erzählt«, verrät Dirk und nippt zufrieden an seinem Sektglas. »Ich glaub, ich hätte auswandern müssen, wenn wir nicht einmal einen Plattenvertrag bekommen hätten.«

Sogar sein Vater, der Pastor, habe für ihn gebetet. Wenn der wüsste, was im Kopf seines Sohnes für weltliche Phantasien rumschwirren, hätte er sicher seinen Segen verweigert.

Timo lächelt beseelt und genießt die Wirkung des Sektes.

»Das wird eine geile Zeit, lasst uns drauf anstoßen.« Er erhebt sein Glas.

Es klingt wie die Ankündigung eines neuen Lebensabschnitts.

Sascha hält nicht viel von solchen Trinkgelagen, aber heute scheint ihm das nichts auszumachen.

Mein Handy klingelt und Jens ist am Apparat.

»Bist du schon wieder auf einer Party?«, fragt er etwas erstaunt.

»Das kann man so sagen.« Es fällt mir schwer, klar zu denken, drei Gläser Sekt attackieren mein Sprachzentrum. Ich reiße mich zusammen und gehe vor die Türe, wo es still ist. »Wir haben einen Deal!«, singe ich wie ein kleines Kind in die Leitung.

»Also, du bist jetzt reich und kannst dir endlich selbst gute

Platten kaufen?«, fragt mein Bruder nüchtern. Jens hat manchmal die Emotionalität einer Hausstaubmilbe. Anstatt sich mit mir zu freuen, was er, da bin ich mir sicher, in seinem tiefsten Innern tut, kann er sich auch dieses Mal einen zynischen Kommentar nicht verkneifen.

»Soweit ich das kapiert habe, müssen wir unsere Miete auch weiterhin selbst bezahlen. Aber deine Plattensammlung reicht ja schließlich auch für zwei«, versuche ich zu kontern.

Ehrlich gesagt, hab ich noch nie viele CDs gekauft, Jens hat einen riesigen Schrank mit Platten von Leuten wie Peter Gabriel, *Pink Floyd* und *Deep Purple,* eben echte Künstler, wie er sagt. Künstler, die etwas zu erzählen haben und Musik nicht als Gelddruckmaschine sehen. Jens interessiert sich nicht nur für ihre Songs, sondern auch für die Biografien, die hinter den großen Melodien stecken. Ich liebe es, wenn er eine seltene Platte ganz vorsichtig aus der Hülle zieht und mit einem feinen Pinsel die Staubkörner aus den Rillen schiebt. Bevor er dann die Nadel aufsetzt, dreht er sich noch einmal zu mir um und erzählt mit ernster Stimme, wie dieses »Jahrhundertwerk«, wie er einige seiner Raritäten nennt, entstanden ist. Soll ich mir das entgehen lassen? Und überhaupt: Musik gemeinsam zu genießen macht einfach mehr Spaß.

»Und wann zeigt ihr eure durchtrainierten Bodys auf VIVA?«, fragt mein Bruder.

»Keine Ahnung«, antworte ich. »Wir wollen uns im Augenblick erst mal über den Plattendeal freuen.«

In den kommenden Wochen stellt sich heraus, dass Sascha und unser Anwalt nicht den erhofften Big Deal an Land ziehen konnten, sondern eher eine Sparversion. Ein Musikvideo steht

auf jeden Fall vorerst nicht zur Debatte. Zu hoch seien die Kosten, so die einfache Begründung. Und bei VIVA und MTV würden jede Woche haufenweise Clips abgelehnt.
Eine Boygroup ohne Video ist aber wie der Playboy ohne nackte Frauen. Völlig unbefriedigend.

»Erst müsst ihr übers Radio kommen«, erklärt Sven seinen Masterplan am Telefon. Wir alle sitzen um den kleinen Lautsprecher herum und üben uns in stummer Enttäuschung.
»Wir haben erst vorige Woche fast hundertfünfzigtausend Euro verloren, weil zwei Acts von VIVA und MTV endgültig abgelehnt wurden. Und das war kein Scheiß, kann ich euch versichern«, verteidigt sich Sven.
»Ich dachte immer, Rinestar Music und andere große Plattenfirmen hätten selbst jemanden in diesem Auswahlgremium sitzen«, sagt Sascha und blickt genervt auf das Telefon.
»Zurzeit gibt es sechzig Neuvorstellungen pro Woche, davon bekommen gerade mal fünf bis zehn Videos eine Chance. Wenn du jetzt davon ausgehst, dass darunter auch noch Leute wie Robbie Williams oder Kylie Minogue sind, die als Hitgaranten einfach gespielt werden müssen, dann bleibt nicht viel Platz für Newcomer wie euch.«
Nach diesem aufschlussreichen Gespräch hat sich die Euphorie der letzten Wochen wieder auf ein Minimum reduziert.

Zwar bekommen wir einige tausend Euro Vorschuss, von denen sollen aber erst mal nur Ingo und Sascha profitieren. Das Geld reiche gerade mal für die Produktionskosten, die Arbeitszeit von Ingo sei noch gar nicht eingerechnet, erklärt uns unser Manager seine Entscheidung. Aber er sei schon dabei, Auftrit-

te für uns zu organisieren, mit denen wir Kohle verdienen könnten, versucht er uns zu beruhigen.
Mein Kontostand ist kritisch und ich bange bei jedem Geldabheben davor, dass meine Karte eingezogen wird. Die Klamotten und meine neue Leidenschaft für teure Cocktails tun ihr Übriges zu meiner maroden Haushaltslage. Ich nehme mir vor zu sparen, bis wir mit der Band ein bisschen Geld verdienen.
Timo lebt noch bei seinen Eltern und fährt mit dem Auto seiner Mutter durch die Gegend und Boris verdient als Polizist ohnehin nicht schlecht. Dirk verkauft überteuerte Gewürze auf irgendwelchen Haushaltsmessen. Er hat manchmal ein ganzes Bündel Scheine in der Hosentasche. Seine Geschäfte gehen gut. Er trägt immer die neuesten Sneakers und seine eng anliegenden Hemden sehen auch nicht gerade billig aus.

5. Kapitel | **Die Sache mit den Fotos**

Seit der Vertrag mit Rinestar Music unter Dach und Fach ist, versucht Sascha unsere Gesichter in den angesagten Teenie-Magazinen unterzubringen. Er erklärt den verantwortlichen, meist weiblichen Redakteurinnen, dass wir auch für sexy Shootings zu haben seien. So mit eingeölten nackten Oberkörpern auf einer grünen Wiese. Da fehlen dann nur noch Kühe mit großen Eutern im Hintergrund. Auch der BRAVO bietet er uns, »den süßen Teenagertraum«, an. Timo soll tatsächlich unser Joker sein, weil er schon ein paar Mal in der Sportausgabe zu sehen war, aber trotzdem lehnen sie ab. Die BRAVO ist nur exklusiv an uns interessiert. Exklusivität sei aber total Scheiße, sagt Sascha. Wenn's dann nicht klappt, ist man bei den anderen Zeitschriften für immer unten durch. Höchstens mit der Bild-Zeitung würde er so einen Deal machen, denn die hätten wirklich Macht. Aber die winken ab.
Nach längerem Suchen ist die *Teenpage!*, ein junges Magazin mit Sitz in München, an uns interessiert. Sascha schickt der Chefredakteurin Blumen, damit ist die Zusammenarbeit beschlossene Sache. In drei Wochen sollen wir von einem Topfotografen einen ganzen Tag lang abgelichtet werden.
Unser Manager ist total zielstrebig, aus jeder Niederlage zieht er neue Energie. Er bombardiert Fernsehsender, Zeitschriften und Konzertagenturen mit Faxen, E-Mails und Telefonaten, als müsse er die Welt retten. Sascha entwickelt sich immer mehr zum rasenden Smalltalker, der geschickt ein Netz aus Halbwahrheiten und Wünschen um unsere Gruppe herumspinnt. Auf dem Papier sind wir bereits jetzt schon, bevor überhaupt

jemand etwas von uns gehört hat, Stars. Auch das unterscheidet uns grundlegend von meiner Rockband. Wenn ich überlege, wie gut Volker und der Rest der Band mit ihren Instrumenten umgehen können und was für tolle Songs wir gemeinsam geschrieben haben, dann müssten wir eigenlich längst Plattenmillionäre sein und nicht für hundert Euro in Jugendhäusern auftreten. Vielleicht ist das das Geheimrezept: erfolgreich zu sein, *bevor* man auf die Bühne geht.

Die Ausbeute der Fotosession soll, um Geld zu sparen, für das Plattencover und für ein bis zwei Ausgaben von *Teenpage*! reichen.

Wir alle haben noch unser erstes Fotoshooting in Erinnerung und Sascha lässt mich bei einer Einsatzbesprechung spüren, dass ihm bei dem Gedanken an meinen letzten Auftritt angst und bange vor diesem Termin ist.

»Glaubst du, dass du das hinbekommst?«, fragt er mich, als stünde ein Desaster bevor. »Bei unserem ersten Fotoshooting sah das ja noch nicht so gut aus.«

»Du wirst das schon schaffen«, ermutigt mich Boris.

»Ich habe immerhin noch zwei Wochen Zeit. Und durch das Fitnesstraining hab ich bereits ein paar Kilo abgenommen«, versuche ich Saschas Bedenken zu zerschlagen. Wie ein Musterschüler unterstreiche ich meine Aussage mit einem selbstsicheren Lächeln. Doch so richtig überzeugen kann ich ihn damit nicht. Timo bietet mir seine Hilfe an. Ich soll doch einfach mal vorbeikommen. Er würde auch öfter neue Gesichtsausdrücke vor dem Spiegel üben. Ich lehne ab und behaupte, dass mein Bruder mit seiner Kamera vorbeikäme. Zwar ist Jens tatsächlich ein guter Fotograf, aber für so einen Schwachsinn könnte

ich ihn wohl nie begeistern. Ich bin fest entschlossen, die Operation Boygroup und die Vorbereitung auf mein erstes großes Fotoshooting selbst durchzuziehen.
Vor dem Spiegel trainiere ich alle möglichen Posen. Den Romantiker hab ich schon ganz gut drauf. Jetzt fehlen nur noch der Latin Lover, der Sehnsüchtige, der Schüchterne und natürlich der unwiderstehliche Supermacho. Zwar kann ich mich nicht länger als zehn Sekunden ernst nehmen, aber beim Fotografieren wird ja mit Hundertstel gearbeitet. Spätestens nach einer halben Stunde leidet mein Zwerchfell unter den verschiedenen Eriks und ich muss eine kurze Pause einlegen. Seltsam, wie schwierig es ist, jemand anderen als sich selbst darzustellen.
Langsam dämmert mir, wie so ein Leben im Rampenlicht aussehen könnte. Für das Mitglied einer Boygroup bedeutet das sicherlich, sich ständig so zu zeigen, wie es im Steckbrief neben dem BRAVO-Starschnitt steht. Ich habe sogar davon gehört, dass manche Künstler vertraglich dazu verpflichtet sind, immer denselben Haarschnitt zu tragen. Die sind dann so 'ne Art lebendes Markenzeichen – mit Wiedererkennungswert.
Meinem Ausbildungsleiter erzähle ich von dem Plattenvertrag. Er ist beeindruckt, aber auch irgendwie besorgt. Weil ich meinen kompletten Urlaub bereits aufgebraucht habe, handeln wir einen Deal aus, wie ich Boygroup und die letzten sieben Monate meiner Ausbildung durchziehen kann. Zwar sei ihm klar, dass ich wahrscheinlich nie wieder für eine Versicherung arbeiten würde, aber so ein Abschluss gebe mir ja auch für die Zukunft Sicherheit. Meine Eltern sagen dasselbe, trotzdem war ich an diesem Freitag eigentlich fest entschlossen zu kündigen, einen Schlusstrich unter das Kapitel Bürohengst zu ziehen und endlich mit meinem richtigen Leben zu beginnen.

Mein Ausbildungsleiter lässt jedoch nicht locker. Ich mache also weiter. Kann jetzt unbezahlten Urlaub nehmen, so oft ich will, und muss auch nicht in den Außendienst gehen. Meine Eltern sind beruhigt, als ich ihnen von der großzügigen Sonderregelung erzähle. Überhaupt frage ich mich, warum Eltern immer so eine große Angst davor haben, dass ihre Kinder versagen könnten? Dass sie keinen Job finden? Dass sie ihr Leben nicht auf die Reihe kriegen?
Warum können meine Eltern nicht einfach mal zuhören, verstehen, dass ich anders bin, ein Musiker, ein Sänger, vielleicht sogar ein Star. Und eben kein Versicherungskaufmann. Ist es denn so schwierig, loszulassen? Mir zu vertrauen? Zu sagen, dass ich es schaffen werde? Dass meine Träume in Erfüllung gehen? Ich bin ihnen dankbar dafür, auf der Welt zu sein. In diesem Körper zu stecken. Glücklich werde ich aber nur, wenn ich meinen Gefühlen folge und nicht ihren Vorstellungen.

Für das Fotoshooting starten wir noch einmal einen Klamotten-Großeinkauf, ich bin pleite und greife nun sogar meine eiserne Reserve, den Bausparvertrag, an. Pleite sein hat aber auch etwas Gutes. Ich lerne die kleinen Zulagen meines Opas wieder richtig zu schätzen. Er findet die Sache mit der Boygroup toll. Dass ich statt der Gitarre jetzt erst mal andere Sachen kaufe, macht ihm nichts aus. Niemals würde er mich bevormunden.
Meine Eltern will ich nicht anpumpen. Wie die meisten Menschen glauben auch sie, dass ein Plattenvertrag wie bares Geld ist und jeder erst einmal einen dicken Vorschuss kassiert. Ich versuche sie nicht zu enttäuschen und schaue mit den neuen Klamotten bei ihnen vorbei. Obwohl eigentlich noch nichts

passiert ist, sehe ich schon jetzt den elterlichen Stolz in ihren Blicken. Ich nehme es ihnen nicht übel, dass sie schon sämtlichen Nachbarn von meiner großen Showkarriere erzählt haben. Nur Autogramme will ich noch keine geben.

Auch Sascha hat sich etwas mehr von dem Plattenvertrag erhofft. Diverse Remixe, die bezahlt werden müssen, zehren am Vorschuss und seiner guten Laune. Eine House-, eine Techno-Version und natürlich ein Track fürs Radio müssen neu produziert und abgemischt werden. Ingo sitzt Tag und Nacht im Studio und »reißt Hintern auf«, wie er sagt. Er findet es cool, all seine Dance-Samples auf einer CD verbraten zu dürfen.
Mich persönlich regt es immer total auf, dass ich fast sechs Euro für einen Song und seine meist überflüssigen Variationen bezahlen soll. Denn wer interessiert sich schon für die Techno-Ausgabe von »Kiss you forever«?

Unsere Single soll der Appetithappen sein, erklärt uns Sven am Telefon. Wenn die einschlägt, gibt es entweder eine zweite Single oder gleich ein ganzes Album. Echte Hits, die Ingo, wie er behauptet, »haufenweise in Kopf parkt«, sollen wir uns für den Longplayer aufsparen. Wohl deshalb packen wir zu den drei Versionen auch noch einen Song, der wirklich schlecht ist: »Liberty«. Billigster Pop mit noch billigerem Text. Sollte es ein Album geben, dann wäre dieser Song wohl nur als Hiddentrack zu hören. Für Leute, die vergessen den CD-Player abzuschalten.
Ich hätte nie geglaubt, jemals so einen musikalischen Sondermüll einzusingen. Nicht einmal der beste Sänger der Welt hätte den Zeilen »Everybody needs some liberty, everybody needs some love« Leben einhauchen können, ohne dabei an einem

Lachkrampf zu ersticken. Es ist einfach unmöglich, aus einer belanglosen Melodie und solchen bescheuerten Zeilen einen brauchbaren Song zu zaubern. Ich vergewaltige meine Stimme und besinne mich darauf, dass so eben der steinige Weg zum Popstar aussieht. Etwa siebzigmal singe ich den Refrain und zwanzigmal gibt Ingo sein Bestes, bis sich das Ergebnis wie eine echte Boygroup mit unterschiedlichen Stimmen (und Dialekten) anhört. Um Zeit und Nerven zu sparen, sind die drei Jungs Statisten. Aus Solidarität setzen sie sich in den Vorraum, während ich mir in der Gesangskabine ein »Liberty« herauswürge.

Ingo ist oft unfreiwillig komisch. Sein gebrochenes Deutsch und seine schwachsinnigen Kommandos können nervtötend sein.

»Du härter singen, mehr mit große Stimme!« Wer solche Sätze an den Kopf geknallt bekommt, braucht nach längerer Zeit einen Psychologen.

Als ich seine »Hilfestellungen« zum zehnten Mal falsch interpretiere, platzt ihm der Kragen. Er schreit mich an: »Willst mich in Arsch führen?«, und hämmert auf das Mischpult.

»Nein, ich hab den letzten Satz nur nicht richtig verstanden«, hauche ich ganz ruhig in das Mikrofon. »Es ist schwierig, deine Ausdrucksweise richtig zu deuten«, versuche ich ihn zu besänftigen. Doch der Deeskalationsversuch misslingt.

»Glaubst du besonders groß, nur weil Töne wirfst?«, faucht er ins Mikro. »Du noch viel anders denken.« Beleidigt kehrt er mir den Rücken und verschwindet in den Vorraum.

Sascha wird zum Schlichter und Dolmetscher berufen. Er setzt sich hinter das Mischpult und schaltet meinen Kopfhörer ab. Durch die Scheibe sehe ich, wie er wild gestikulierend mit Ingo spricht.

»Ich bleib bis zum Ende der Aufnahmen und versuch zu übersetzen«, knurrt Sascha genervt in die Gegensprechanlage.
Eine gute Lösung, denke ich. Sascha kennt Ingo schon seit etlichen Jahren, er kann die passende Übersetzung zum unverständlichen Kauderwelsch liefern. Nach und nach entspannt sich die Lage.

Die Simultanübersetzung funktioniert und nach einer Stunde sind alle Stimmen im Kasten, auch der Chor. Von diesem Tag an ist mein Verhältnis zu Ingo schlechter. Für ihn bin ich nur noch der arrogante Sänger, der sich nichts von ihm sagen lassen will. Glücklicherweise muss ich für die anderen Versionen von »Kiss you forever« nicht mehr neu einsingen. Deshalb bleiben weitere Konflikte vorerst aus. Leider möchte unsere Plattenfirma unbedingt noch eine größere Auswahl an echten B-Songs haben (das sind solche Songs wie »Liberty«, die im Zeitalter der Vinylschallplatten auf der B-Seite gelandet sind). Deshalb soll der Gospelchor unserer Gesangslehrerin noch einen Titel beisteuern.
»In my soul« heißt das Stück, aber auch dieses Mal darf ich weder den Text noch die Musik selber schreiben. Diese kreative Aufgabe, die, ganz nebenbei erwähnt, am meisten Geld einbringt, bleibt Andrea, Sascha und Ingo vorbehalten.
Das heißt: Andrea schreibt Text und Musik, Sascha und Ingo setzen später einfach ihre Namen darunter. So funktioniert das eben.

Es ist Sonntag. Ich bin erst um drei Uhr ins Bett gekommen, das Telefon klingelt, die Leuchtziffern meiner Uhr zeigen 7.12 Uhr. Ich will eigentlich nicht abnehmen, doch irgendwie habe

ich ein schlechtes Gefühl. Ganz aufgeregt und mit zittriger Stimme, bittet mich meine Oma sofort zu kommen.
»Deinem Großvater geht es ganz schlecht, er will dich unbedingt sehen«, sagt sie.
Mein Puls beginnt zu rasen, wie ein Gestörter fahre ich die sechs Kilometer nach Vaihingen. Meine Oma öffnet mir mit einem leeren Blick.
»Ich habe den Notarzt verständigt«, sagt sie ganz leise. »Im Schlafzimmer – da liegt er, ich glaube, du kommst zu spät.«
Sein Gesicht ist blass, die Augen weit aufgerissen. Er atmet nicht mehr. Wie eine leblose Hülle liegt er da. Ich habe noch nie zuvor einen Toten gesehen.

»Wir konnten leider nichts mehr für ihn tun.« Mitleidig tastet der Notarzt eine halbe Stunde später nach der zittrigen Hand meiner Großmutter, die einfach nur dasteht, ihre Augen starr auf die Wand gerichtet. Kein Wort kommt über ihre Lippen. Ihr Mund ist leicht geöffnet, wie bei einem stummen Schrei. Der Arzt setzt sich hin, schaut auf seine Uhr und trägt die Zeit in den Totenschein ein.
»Den Durchschlag lasse ich Ihnen da. Für die Versicherung. Wenn Sie wollen, kann ich Ihnen auch eine Beruhigungsspritze geben.« Noch einmal greift er nach ihrer Hand. Fast unmerklich schüttelt sie den Kopf.
Tausend Tränen ergießen sich in das Sofakissen meines Opas, das ich mir, als ob ich mich schützen will, vor das Gesicht halte. Wenig später kommt mein Vater und schickt mich nach Hause. Er sagt, das sei zu viel für mich. Aber für welchen Menschen ist so ein Anblick nicht zu viel.
Durch den Türspalt schaue ich noch einmal ins Schlafzimmer.

Ich frage mich, wo mein Opa jetzt ist. Noch immer in dem starren Körper? Einfach nur stumm? Oder weit weg in einer neuen Welt, einer anderen Dimension? Ein Zeichen. Ich wünsche mir einfach nur ein letztes Zeichen, einen Abschiedsgruß, eine letzte Berührung, will nur wissen, dass es ihm gut geht, wo er jetzt auch immer sein mag. Wenn er mit mir spricht, werde ich ihn hören. Er wird immer für mich da sein, wenn ich ihn brauche, hat er gesagt. Er darf nicht einfach sterben. Jetzt doch noch nicht. Ich habe noch so viel zu erzählen.
Wie in Trance fahre ich an diesem Morgen nach Hause. Meine Augen hören nicht auf zu weinen. Ich werfe mich aufs Bett. Was für ein beschissener Alptraum! Meine Not komplettiert sich noch durch die Tatsache, dass ich ausgerechnet heute diesen Gospelsong aufnehmen soll.
»Ich kann nicht singen!«, schreie ich hysterisch in den Telefonhörer. »Mein Opa ist gestorben.«
Es folgt eine Pause, Sascha ist sprachlos.
»Ich weiß, dass so etwas ganz schön wehtut«, sagt er langsam. »Aber die Aufnahmen sind verdammt wichtig und dein Opa hätte sicherlich nicht gewollt, dass du alles hinwirfst.« Er sagt das so, als wäre mein kleiner Wellensittich gestorben. Nach zehn Minuten und zwei weiteren Wutausbrüchen gebe ich auf.
Verständnis gibt es keines, nur leere Worte und irgendwelche Plattitüden, die ich schon zigmal gehört habe. Ich hasse mein Leben.

Nach zwei Takes ist mein Part im Kasten. Leider hält Sascha sein Versprechen nicht. Ich hatte ihn darum gebeten, eine Widmung für meinen Großvater in das CD-Booklet drucken zu lassen. Scheinbar ist selbst das zu viel verlangt.

»In my soul« hat all den Schmerz von mir bekommen, den ich an diesem Tag gespürt habe. Für einen kurzen Moment will ich sogar das Handtuch werfen und das Projekt Boygroup begraben. Seit mein Opa gestorben ist, stelle ich mir immer häufiger die Frage, warum ich Erfolg, Geld und Anerkennung hinterherhechle wie ein hirnloser Idiot. Mach ich das für mein enttäuschtes Ego oder sehne ich mich einfach nur nach einem einzigartigen Leben, nach der Chance, mich aus der Masse zu erheben und von den anderen bewundert zu werden? Vielleicht ist es auch nur die Angst, gewöhnlich zu sein, ein unbeachtetes Leben zu führen und irgendwann ganz still und leise von diesem Planeten zu verschwinden, wie ein altes Schiff, das im Sturm kentert und keine Spur in den Weiten des Ozeans zurücklässt. Ein kleiner Nachruf wäre schon nicht schlecht, es muss ja nicht unbedingt in der Tagesschau sein.

In zwei Monaten soll unsere erste Single erscheinen.
Sascha drängt darauf, dass wir die Zusammenarbeit endlich mit einem Vertrag besiegeln. Neun Seiten und unglaublich viele Paragraphen liegen nun vor mir. Es wird ernst, denke ich. Ich habe absolut keine Ahnung, was gerecht oder ungerecht ist oder vielleicht sogar ungesetzlich. Einen Anwalt kann ich mir nicht leisten. Es gibt nur einen Punkt in dieser Paragraphensammlung, der für mich nachvollziehbar ist: die prozentuale Beteiligung. Und die ist so gering, dass, selbst wenn ich mit der utopischen Zahl von einer Million verkauften CDs rechne, nur ein vergleichbar geringer Betrag für mich und die Jungs übrig bleibt. Ein Prozent pro verkaufter CD soll jeder von uns bekommen. Und dieses Hundertstel wird nicht etwa von den knapp sechs Euro genommen, die man im Laden dafür bezahlt.

Der so genannte Händlerabgabepreis ist Berechnungsgrundlage und der liegt etwa bei vier Euro! Im Klartext bleiben nach all den Abzügen, die es sonst noch gibt und von denen ich vorher noch nie was gehört hatte, etwa vier Cent pro Scheibe für mich übrig. Der große Reichtum, von dem wir alle insgeheim träumen, liegt also in weiter Ferne.
Bei genauerem Hinsehen enpuppt sich der Vertrag als kleine Frechheit. Die Fronten müssen geklärt werden, darin sind die Jungs und ich uns einig.

»Das könnt ihr nicht mit uns machen, da werde ich ja als Polizist schneller reich als mit diesem Vertrag.« Boris zeigt Sascha das aberwitzige Ergebnis auf seinem Taschenrechner.
»Ihr müsst aber auch bedenken, dass es durchaus eine Steigerung geben kann, wenn alles gut läuft und wir die Anfangskosten wieder eingespielt haben«, versucht er uns zu beruhigen.
»Leider kann ich von guten Aussichten meine Miete nicht bezahlen«, geht nun auch Dirk in die Offensive.
»Ihr bekommt eine Chance, von der Millionen Menschen träumen. Ihr könnt berühmt werden, dafür müsst ihr eben auch etwas mit euren Forderungen zurückstecken. Und wenn alles gut läuft, werdet ihr bei den Auftritten einiges verdienen.«
Ingo steht im Türrahmen und macht sich durch ein Räuspern bemerkbar. »Wenn ihr kein Bock, dann holen neue Jungs«, sagt er selbstsicher, als warteten vor dem Studio schon die nächsten Boys auf ihre Chance. »Und die wenig reden und singen groß!«
Volltreffer. Mit dieser Aussage hat Ingo unser Gespräch auf Kindergartenniveau gebracht. Ich überlege mit meinem großen Bruder zu drohen.

Nächtelang quälen wir uns durch diesen Vertrag. Zum ersten Mal kann ich mir vorstellen, wie Tarifverhandlungen ablaufen. Zu einem Punkt gibt es nur eine mündliche Vereinbarung, weil diese Klausel wahrscheinlich von jedem Gericht als sittenwidrig und somit unwirksam eingestuft werden würde. Es geht um die Liebe. Genauer gesagt, um die Freundin, die mit Beginn der Boygroup-Karriere keiner von uns haben darf – zumindest nicht offiziell. Timo ist schon seit einigen Jahren in festen Händen, dennoch erklärt er sich damit einverstanden, dies in Zukunft geheim zu halten. Boris, Dirk und ich müssten im Augenblick ja nicht einmal lügen, weil wir ja sowieso Singles sind.
Dieser »Liebesparagraph« sei für uns überlebenswichtig, sagt Sascha. Alle großen Boybands hätten so angefangen.
Unsere weiblichen Fans sollen bei ihren ersten erotischen Träumen an uns denken und nicht an die Konkurrenz. Sex spielt eben auch für die Verkaufszahlen eine große Rolle. Warum sonst wurde Frauenschwarm George Michael in Videoclips und Zeitungsinterviews jahrelang als Hetero dargestellt, obwohl er schwul ist? Doch nur deshalb, weil damit die Illusion vieler Frauen zerstört worden wäre und wahrscheinlich die Verkaufszahlen darunter gelitten hätten. Sex sells, oder – wenn man es falsch macht – auch nicht.
Laut Absprache muss ich also für die kommenden drei Jahre Single bleiben. Meine letzte Beziehung war zwar wirklich schlimm, aber so schlimm, dass ich deshalb ins Kloster gegangen wäre?

Nach einem dreitägigen Verhandlungsmarathon und fünf Krisengesprächen ist der Vertrag unter Dach und Fach. Fast alles ist so geblieben, wie Sascha es wollte. Wir haben das Machtspiel verloren. Am Ende hat Timo zuerst den Schwanz eingezogen und alles unterschrieben. Dirk, Boris und ich sind nachgezogen. Wenigstens konnten wir noch ein paar zusätzliche Prozente für eventuelle Auftritte und das Merchandising herausschlagen. Sollte es T-Shirts oder sogar Bettwäsche von uns geben, dann verdiene ich etwa zwölf Cent pro Teil.

Sascha hat den Kampf gewonnen, er musste uns nicht einmal eine Ersatzmannschaft vorstellen. Am Ende steht fest, dass es nur zwei Szenarien gibt, die für uns infrage kommen: Erstens, wir floppen und verdienen gar nichts. Zweitens, wir werden Stars und verdienen genügend Geld an Auftritten und Merchandising. Spätestens dann sind wir nicht mehr austauschbar und können größere Forderungen an Sascha und die Plattenfirma stellen.

Dazwischen gibt es eigentlich nichts. Nur so vor sich hin dümpeln will keiner von uns. Ganz oder gar nicht. Sascha rät uns davon ab, einen Anwalt zu beauftragen. Mit welchem Geld auch?

Mein Gefühl sagt mir zwar, dass der Deal nicht fair ist. Aber die Chance auf einen Plattenvertrag und auf ein spannendes Leben lähmen meinen Willen, sich bis zur letzten Konsequenz gegen das Unrecht aufzulehnen. Geld war für mich noch nie die Motivation, irgendwas zu tun. Auch die Versicherungslehre bringe ich nur aus Feigheit zu Ende und weil meine Eltern sonst durchdrehen.

Ich fühle mich gerädert, als wir am Dienstagmorgen zum Fotoshooting nach München fahren. Zwar sind die neuen Klamotten ganz okay, aber trotzdem ist mir etwas mulmig. In den letzten Nächten habe ich wenig geschlafen, weil mir im Traum ständig ein Fotograf begegnete, der mir wütend sein riesiges Teleobjektiv auf den Kopf schlug. Aber es ist nicht nur das mehrstündige Fotoshooting, das mich beunruhigt, sondern auch die ersten Interviews. Wir haben uns gut darauf vorbereitet, rede ich mir Mut zu.

Eine junge Journalistin war letztens im Studio aufgetaucht und hatte uns zwei Stunden mit Fragen bombardiert. Wir zogen uns ganz gut aus der Affäre, der einzige Nachteil war, dass dieses Gespräch niemals zu lesen sein wird. Denn das Ganze war gestellt – von Sascha ohne unser Wissen inszeniert.

Wir erreichen die alte Fabrikhalle am Rande von München. Alles steht schon bereit, nur wir, die Helden dieses sonnigen Tages, haben noch keine Ahnung, wo unser Platz sein wird. Sogar ein richtiges Büffet haben die Assistenten des Fotografen auf einem Tapeziertisch angerichtet. Das riesige Atelier sieht wie eine klischeehafte Filmkulisse aus. Eine Wand ist aus durchsichtigem Milchglas. Die Sonne scheint dagegen und der Raum erstrahlt in einem sanften weißen Licht. Aus überdimensionalen Boxen kommt fröhliche Popmusik und an den glatten Betonwänden hängen Zeichnungen und Hochglanzfotos, als seien sie Trophäen eines erfolgreichen Jägers. Vor einem weißen Stoffhintergrund stehen große Schirme und Reflektoren, die die gebündelten Strahlen der Blitzanlage in der richtigen Stärke auf unsere Gesichter lenken sollen. Es ist nicht kalt. Trotzdem bildet sich auf meinen nackten Armen Gänsehaut. Ich bin aufgeregt und mein Körper spielt verrückt. Neugierige, unbekannte Gesichter mustern uns wie eine Lieferung Frischfleisch, über deren Qualität man sich noch nicht im Klaren ist. Ganz professionell schieben wir unsere bunte Kleiderauswahl in die große Halle. Meinen drei Kollegen scheint das alles nicht

so viel auszumachen. Sie schütteln Hände, stellen sich vor und lächeln, als wäre es völlig normal, dass mindestens acht Leute nur auf uns gewartet haben. Mein Magen spinnt und ich verschwinde auf dem Klo. Vor dem Spiegel mache ich noch einmal die Macho-Pose, dann kehre ich zurück aufs Schlachtfeld.
Zuerst muss jeder in die Maske. Als die Visagistin mein sommerprossiges Gesicht sieht, ist sie entzückt.
»Das sieht ja süß aus«, sagt sie immer wieder und pudert meine feuchte Nase. Ich bin total verkrampft und versuche zu lächeln.
»Alles klar?«, fragt Dirk.
»Alles bestens«, sage ich und tue so, als würde ich mein Makeup kontrollieren. Nichts ist klar, denke ich. Lägen jetzt irgendwo Drogen herum, ich würde sie alle ausprobieren.

Die Gruppenfotos sind bescheuert. Wir müssen Rosen in den Mund nehmen, uns umarmen und dabei möglichst ungezwungen in die Kamera lächeln. Wie das alles auf einmal gehen soll, ist mir schleierhaft. Doch nach drei Filmen und achtmal Nachpudern ist das erste Motiv im Kasten.
Der Fotograf ist so dünn wie die magersüchtigen Models, die er für gewöhnlich ablichtet. Seine Wangen sind blass und eingefallen. Er scheucht seine Assistenten durch die Gegend, als seien sie seine Leibeigenen. Immer wieder verharrt er regungslos hinter der Kamera, blickt durch den Lichtschacht und drückt ab. Dann korrigiert er wieder unsere Haltung, sagt der Visagistin, dass Boris immer noch glänzt, und drückt erneut, ohne Vorwarnung, auf den Auslöser. Nun sollen wir unsere Oberkörper freimachen und möglichst cool in die Kamera glotzen. Zum Glück war ich in den letzten Wochen einige Male im

Fitnessstudio, mein Bauch ist so trainiert wie nie zuvor. Zwar bin ich von dem Waschbrett Til Schweigers noch weit entfernt, aber schwabbeln tut auch nichts mehr.
Der Fotograf ist ganz außer sich und auch seine Assistenten begutachten uns mit Stielaugen. Komischerweise macht es mir heute nicht so viel aus, fotografiert zu werden. Bei den Gruppenfotos fühle ich mich mittlerweile ganz sicher, doch nun kommen die Porträts. Jeder wird alleine in verschiedenen Outfits und Posen abgelichtet. Mir drücken sie einen grünen, lebensgroßen Papp-Kaktus in die Hand.
»Mach mal irgendwas Lustiges damit«, fordert mich der Fotograf auf.
Ich habe keine bessere Idee, als dieses grüne Ungetüm quer zu nehmen und es wie eine Gitarre zu behandeln. Sascha und der Fotograf sind begeistert. Ich soll so weitermachen. Ich gebe alles und bin froh, dass mich keiner meiner Freunde so sehen kann. Nach zwanzig Minuten ist mein Soloauftritt vorbei. Sascha klopft mir anerkennend auf die Schulter.
Zwei Redakteurinnen von der *Teenpage*! sind auch schon da. Die Interviews werden nicht – wie wir es geprobt haben – gemeinsam gegeben, sondern einzeln. Als ich an der Reihe bin, gehe ich noch einmal unsere Kennenlernstory durch: Bei einem Fotoshooting auf Mallorca haben sich Boris und Timo zum ersten Mal getroffen. Dann kam Dirk dazu. Mich haben sie auf einer Geburtstagsparty singen gehört. Den dreien hat meine Stimme so gut gefallen, dass sie mich bei dem Projekt dabeihaben wollten.
Wir haben diese Geschichte so oft wiederholt, dass ich sie mittlerweile beinahe selbst glaube. Fast jede Boygroup hat so ein Märchen auf Lager. Damit wollen die Macher jeglichen Cas-

ting-Gerüchten entgegensteuern. Obwohl dank Superstars und Co. diese Art der Bandgründung ja immer beliebter wird.
Die allererste Frage, die ich in meinem noch jungen Popstarleben beantworten muss, hat nichts mit der Gruppe, geschweige denn mit unserer Musik zu tun. Es geht um das erste Mal. Es geht um Sex. Was um Gottes willen hat denn Geschlechtsverkehr mit unserem Song zu tun? Vielleicht als Vorspiel? Oder Hintergrundmusik? Keine Ahnung. Aber meine Phantasie kennt diesbezüglich keine Grenzen. Und so erfinde ich eine romantische Geschichte von meinem ersten Mal, auf dass alle weiblichen Teenager mir zu Füßen liegen. »Wir haben uns hemmungslos am Strand von Westerland geliebt«, beginne ich. »Unsere beiden Körper eng umschlungen . . .«
Dieses perfekte erste Mal ist nicht die einzige Lüge, die bald am Kiosk zu kaufen sein wird. Es gibt noch ein weiteres Debüt. Ganz selbstbewusst diktiere ich mein neues Geburtsdatum. Offiziell hab ich jetzt zwei Jahre dazugewonnen. Ich darf nicht vergessen meine Verwandten davon in Kenntnis zu setzten.
Auch Dirk hat kein Problem damit, möglichst interessant von seinem phantastischen ersten Mal zu erzählen. Man kommt sich bescheuert vor, wenn da jemand vor einem sitzt und Fragen stellt, als sei man bereits ein Star. Ich fühle mich wichtig. Es gefällt mir, mit so viel Respekt behandelt zu werden.
Der Tag vergeht wie im Flug. Alles klappt, keiner verplappert sich. Und meine Alpträume, in denen mich der Fotograf erschlagen hat, bleiben Fiktion eines geschädigten Egos. Zufrieden fahren wir wieder zurück. Sascha ist gut gelaunt.
»Ein großes Lob an euch alle! Und vor allem an dich, Erik, du hast dich richtig gut angestellt«, grinst er mich an. »Nach unse-

rem Fotoshooting im Studio hatte ich schon Bedenken, dass etwas schief geht.«
Ich nicke selbstzufrieden, als hätte ich nichts anderes erwartet. Die Stimmung ist gut und jeder erzählt noch einmal seine Version vom ersten Mal. Boris und Timo haben tatsächlich die Wahrheit erzählt, ihr intimes Geheimnis wird in wenigen Wochen auf sämtlichen Schulhöfen von neugierigen Teenagern gelüftet.
»Ich glaub, die Redakteurin hätte mindestens einen von uns vernascht, wenn da nicht die große Fensterscheibe gewesen wäre«, sagt Dirk und schließt seine Augen, als sehnte er sich nach diesem Erlebnis.
»Das war sicher nur der Vorgeschmack auf die willigen Groupies, die in Zukunft vor unseren Hotelzimmern stehen werden.« Auch in Timos Augen kann ich wieder diesen Ich-kriegsie-alle-Blick sehen.
Auch ich wäre gut aussehenden Fans nicht abgeneigt, die auf der Suche nach einem kleinen Abenteuer sind. Aber ich hasse nichts mehr, als solche Phantasien mit dem Megafon vor der ganzen Welt auszubreiten. Ich bin kein Moralist, dafür bietet das Leben viel zu viele Reize, trotzdem finde ich es schön, Geheimnisse zu haben.
»Ob Wahrheit oder nicht«, unterbricht uns Sascha, »es wäre gut, wenn ihr euch eure Erste-Mal-Story merken könntet. Nicht dass in einer anderen Zeitschrift plötzlich eine neue Version steht.«

6. Kapitel | **Die Bretter, die die Welt bedeuten**

Unser erstes Konzert ist in Aussicht. Wir werden bei einem Benefizabend auftreten. Ein VIVA-Moderator soll uns ankündigen. Mehr als dreitausend Zuschauer werden erwartet, zumindest hat Sascha das in unserem Plan eingetragen. Dort stehen seit neuem auch wieder viele große »T«. »T« steht für Tanzen, für mich ist »T« gleichbedeutend mit Tragödie.
Ingos Freundin, die in ihrem früheren Leben wohl Gymnastiklehrerin war, soll mit uns neue Choreografien einstudieren. Caro ist eine winzige Person, die sich nur unwesentlich besser ausdrücken kann als ihr Freund. Sie arbeitet in einer Diskothek an der Bar und trägt meistens enge schwarze Tops und beigefarbene Leggins. Mit Push-up-BHs versucht sie ihre kleinen Brüste zu einem ansehnlichen Dekolletee aufzubauen, richtig anturnend sieht das nicht aus.
»Mach's doch mal wie Boris – und lass deine Hand nicht immer so runterhängen«, rügt mich Caro genervt, als sei ich ein Bewegungskrüppel. Die ständigen Ermahnungen gehen mir auf die Nerven. Gut, meine Drehung sieht vielleicht nicht aus wie die von John Travolta, aber unsere Vorturnerin zu imitieren wäre wirklich der falsche Weg in die Profiliga. Wir sind uns auf Anhieb unsympathisch. Sie wirkt auf mich wie ein billiges Gogo-Girl und unsere Choreografie sieht aus wie die langsame Form eines indianischen Befruchtungstanzes, gepaart mit diversen Kampfsportarten. Das Einzige, was bei diesen rhythmischen Leibesübungen funktioniert, sind meine Lachmuskeln. Mit meinen kleinen Anfällen mache ich unsere Kooperation noch schwieriger. Sogar Boris ermahnt mich endlich mit dem kindi-

schen Gelächter aufzuhören. Ich versuche mich zusammenzureißen, aber immer wenn Caro beim Einzählen (fünf bis acht!) über eine Zahl stolpert und dadurch jeder an einer anderen Stelle mit der Choreografie beginnt, durchzuckt ein kleiner Impuls mein Zwerchfell.
Viermal in der Woche ziehen wir das volle Programm durch. Am Samstag, bei unserer großen Premiere, soll alles perfekt aussehen. Wäre das große »T« nicht, könnte ich mich auf die Feuertaufe freuen. Aber mit dem finalen Kniefall habe ich noch etwas Probleme. Vor dem heimischen Spiegel übe ich stundenlang den waghalsigen Sprung auf mein mittlerweile blaues Knie. Trotzdem ist Caro nie mit meiner Vorführung einverstanden. Immer wieder sagt sie, meine Bewegungen müssten härter sein, einfach männlicher aussehen und nicht so schwuchtelig.
Weil ich mich nicht mehr länger Caros mitleidigen Blicken aussetzen will, beginne ich damit, mein Hometraining auszuweiten. Ich beobachte mich selbst und versuche mir abgespreizte Finger beim Teetrinken und runde Gesten abzugewöhnen. Aber die Verwandlung zum coolen Helden ist nicht einfach. Ich fühle mich wie der Cowboy aus der Marlboro-Werbung. Oder wie Superman, der, um die Welt zu retten, seinen biederen Anzug gegen den roten, hautengen Latexoverall eintauschen will und vom Reißverschluss gestoppt wird. Mein Gang wird schwerer, meine Blicke stählern und meine Bewegungen eckig. Der Macho-Erik darf jetzt auch laut rülpsen und an der Tankstelle mit Kennerblick in Pornoheften schmökern.
Ingo und Sascha schauen sich bei einigen Proben den Ladykiller-Erik an, entscheiden sich aber schließlich gegen mein neues Ich. Das Käuferpotenzial unserer schwulen Mitmenschen

hätten wir bisher völlig vernachlässigt, so die einfache Erklärung.

Im Augenblick fehlt uns das Geld, um Gogo-Caro gegen einen echten Choreografen einzutauschen. Sascha und Ingo halten nicht viel von solchen Investitionen. Die Outfits seien wichtiger, behaupten sie. Vielleicht sollte ich darüber froh sein. Sonst müsste ich wohl Sonderschichten einlegen, um mit Timo und Boris mithalten zu können. Nur Grobmotoriker Dirk tanzt in meiner Liga. Eine Kombination aus seinen Robot-Moves und meiner Gummi-Performance würden den perfekten Tänzer ergeben.

Weiß unsere Plattenfirma nicht, unter welchen Umständen wir uns auf die kommende Zeit im Rampenlicht vorbereiten? Sind wir tatsächlich nur ein Abschreibeobjekt, das nicht schnell genug gegen die Wand fahren kann? Auf jeden Fall muss denen klar sein, dass wir mit den anderen Baukastenbands nicht mithalten können. Die singenden Schwiegersöhne aus Übersee beschäftigen einen ganzen Stab erstklassiger Leute und haben einfach mehr Kohle. Bei Erstliga-Boygroups steht am Anfang eben nicht nur die Idee, sondern auch das nötige Kleingeld, um die Gruppe für das Pop-Business fit zu machen. So ähnlich wie bei einem Unternehmen: Zuerst wird investiert, um später einmal Gewinne einzufahren. Unser »Unternehmen« steht ständig kurz vor der Pleite. Wir hoffen trotzdem bald Geld zu verdienen, aber manchmal fühlen wir uns wie eine mittelmäßige Fußballmannschaft, die in einem riesigen Stadion gegen Bayern München antreten soll.
Wenigstens in einem Punkt ähneln wir den Super-Bands aus

England und Amerika: Auch wir werden niemals die Welt mit unserer Musik bereichern. Unsere Texte werden nicht auf Poetry-Slams als Gedichte vorgetragen und unsere Melodien werden niemanden zum Weinen bringen. Kein Verlag wird die Noten von »Liberty« abdrucken und wahrscheinlich scheitern wir sogar an ganz normalen Karaoke-Bars.
Unsere Suche nach einer geeigneten Plattform für den Verkauf von CDs, T-Shirts und Postern ist unter diesen Umständen also alles andere als einfach. Eine internationale Karriere mit Welttournee und hunderten von Groupies ist und bleibt ein unerreichbarer Traum, doch das scheint Sascha nicht zu interessieren. Er glaubt, auch mit vier mittelmäßigen Boys den großen Reibach machen zu können. Zumindest in good old Germany.
Vielleicht geht es in Amerika beim Casten von Boygroups ja deshalb ungleich härter zu als in Deutschland. Investoren wie Lou Pearlman wollen das ganz große Ding drehen und nicht nur im eigenen Land abräumen. Wobei die *Backstreet Boy*s und Co. ja zuerst in Deutschland berühmt waren. Weil's einfacher ging.
Der kleine Umweg über Europa lohnt sich für viele Bands. Hier sind sie schneller auf den Titelseiten der Magazine und ihre Songs klettern so schnell in die Charts, als seien wir musikalisches Entwicklungsland.
»Heute habe ich Gäste aus Übersee bei mir in der Sendung!« Klar hört sich so eine Ankündigung interessant an. Und ein Interview auf Englisch verbreitet auch beim kleinsten Lokalsender internationales Flair. Den Teenagern scheint es nicht viel auszumachen, eine Art Probepublikum zu sein, bevor man wieder ins eigene Land zurückkehrt, um dort, mit dem Status

eines internationalen Stars und genügend Kleingeld, für Furore zu sorgen. Kaum ist man in den Billboardcharts, fliegt man nur noch zu Preisverleihungen an den Ursprung des Erfolgs und auch nur dann, wenn man die neue CD promoten darf.

Dreitausend Teenager sollen heute Abend in die Glasarena kommen. Mit meiner Rockband müsste ich ein Jahr auftreten, um so viele Leute zu erreichen. Ich bin aufgeregt. Ein Auftritt vor so vielen neugierigen Augen, davon habe ich bisher nur im Proberaum, bei endlosen Jam-Sessions, geträumt. Würde jetzt noch meine eigene Musik aus den Boxen kommen, dann wäre ich im Paradies. Aber das wird wohl noch eine Weile dauern.
Apropos Rockband. *Chase the Bird* ist Geschichte, ich bin ausgestiegen, hab den Jungs von der Boygroup erzählt. Sie fanden's Scheiße. Volker wollte noch mal mit mir reden. Er hat irgendwas von Glaubwürdigkeit und der Kraft ehrlicher Musik gefaselt. Ich bin hart geblieben. Was sollte ich tun? Nachgeben? Weiterhin in Jugendhäusern spielen? Meine große Chance sausen lassen? Ich hab ihnen meine Texte dagelassen, für einen neuen Sänger, damit sie nicht so lange pausieren müssen. Auch das Mikro hab ich ihnen geschenkt. Keiner hat mich angeschrien oder als Arschloch bezeichnet, was ich durchaus verstanden hätte. Unser neues Programm war ja fast fertig, ein halbes Jahr haben wir umsonst geprobt. Ich werde sie vermissen, meine erste Rockband, und dieses Gefühl, meine eigene Musik zu machen. Am Ende erinnert man sich immer an die schönen Momente. Nicht an die vielen Gigs vor fünf Leuten oder die harten Proben. Zurück bleibt ein Best-of, eine Sammlung von Highlights, die mein Gedächtnis aneinander klebt

und immer wieder abspielt, wie einen großen Song ohne erlösenden Schlussakkord.

Noch drei Stunden bis zu unserem ersten großen Auftritt. Sascha will unbedingt, dass wir noch einen kurzen Soundcheck machen. Wir stellen uns nebeneinander auf die große Bühne, die Mikros an die Lippen gepresst. Den Anfang des Playbacks dürfen wir auf keinen Fall verpassen, das wäre peinlich, alles soll möglichst live aussehen. Doch nichts passiert. Boris schaut zu mir rüber und zuckt mit den Schultern. Der Toningenieur muss irgendetwas falsch verstanden haben.
»Könntest du da rechts außen mal ein bisschen singen, damit ich den Pegel richtig einstellen kann«, fordert der langhaarige Mann Timo über die Lautsprecher auf. Der blickt entsetzt zu mir herüber, als wolle er um Hilfe schreien und im nächsten Moment von der Bühne rennen.
»Alles klar?«, hallt es aus den Boxen. Mit zitternder Stimme und hochrotem Kopf beginnt Timo abwechselnd laut und leise ins Mikro zu sprechen. Die anderen beiden machen es ihm nach. Der Mann hinter dem Mischpult schaut etwas verdutzt, akzeptiert aber schließlich die sonderbare Tonprobe.
Als ich dann ein zartes »Killing me softly« anstimme, spüre ich die neidischen Blicke der drei Sprechakrobaten in meinem Rücken. Am liebsten hätten sie mir das Mikro aus der Hand gerissen. Die Techniker und auch die anderen Bands, die am Bühnenrand stehen, schauen mich an. Ich kann einen Anflug von Bewunderung in ihren Augen erkennen. Ich fühle mich gut, klammere mich an meiner Stimme fest und fliege stolz durch die riesige Halle, vorbei an erstaunten Gesichtern und offenen Mündern, dann verstummt der letzte Ton, das letzte Vibrato

streicht über meine Zunge. Zurück bleibt süße Stille und ein Hauch von Glück.
Als wir in unsere Umkleidekabine zurückkehren, nimmt mich Sascha zur Seite. »Musste das denn wirklich sein, die anderen sind stinksauer. Sollte noch einmal so etwas passieren, dann wirst du gefälligst auch sprechen und nicht singen. Ist das klar?« Er blickt mich mahnend an.
Ich nicke und kehre Sascha den Rücken. Mit einem lauten Knall schlage ich die Türe hinter mir zu. In Zukunft soll ich also so tun, als hätte ich Knoten auf den Stimmbändern. Ich bin sauer. Frage mich, was die anderen erwarten. Soll ich nur noch meine Lippen bewegen, nur damit Gleichstand herrscht? Dann sollen die anderen aber auch so bescheuert tanzen wie ich. Wir sind eine Gruppe, hat Sascha gesagt, da kann nicht jeder sein eigenes Ding machen. Aber nicht mehr singen?
Bei dieser Veranstaltung wimmelt es nur so von »Retortenprodukten«, wie wir es sind. Auf der Bühne gibt es an diesem Abend keine Instrumente. Die Musik kommt aus dem CD-Player. Unzählige Scheinwerfer hängen unter der Decke. Sie pulsieren oder huschen als bunte Spots durch die Halle. Jeder Auftritt bekommt sein eigenes Lichtspiel. Livemusiker würden wahrscheinlich bei diesem Spektakel durchdrehen und wie auf einem Höllentrip nach den richtigen Akkorden suchen. Die Perfektion der computergesteuerten Show würde nur unnötig durch menschliche Ungenauigkeit gestört.
Auch wir haben keinen Spielraum für Improvisationen. Unsere Lippenbewegungen müssen haarklein der Originalfassung folgen. Und ich soll, so die neueste Regelung, nur am Ende mitsingen, damit die Leute das Gefühl haben, wir hätten alle live gesungen.

Die meisten Gruppen performen wie wir zum Vollplayback. Selbst wenn das eine oder andere Gesangstalent dabei ist, geht man lieber auf Nummer sicher. Alles soll sich so clean anhören wie auf der heimischen Stereoanlage. Live klingen die Stimmen selbst bei guten Sängern nicht so perfekt wie bei der bearbeiteten Studioaufnahme. Und wenn mehrere Gruppen kurz hintereinander auftreten, ist es auch fast unmöglich für den Toningenieur, einen guten Sound hinzubekommen.
Digitale Konsolen, wie sie in großen Tonstudios stehen, können einiges aus einer mittelmäßigen Stimme herausholen. Falsche Töne werden mit wenigen Mausklicken verändert, bis alles perfekt klingt. Aber zaubern können auch die teuersten Geräte nicht, und einzigartige Stimmen, die durch ihre Ehrlichkeit berühren, kommen immer noch von Menschen und nicht von Computern. Das wird sich hoffentlich niemals ändern.

Wir sind »die Newcomer des Abends«, sagt der Moderator im Vorgespräch und erzählt stolz von seiner Idee, uns als »die schwäbische Antwort auf *N'Sync*« anzukündigen.
»Auf keinen Fall!«, sagt Sascha empört. »Dann könntest du die Jungs ja gleich als volkstümliche Mundart-Boys vorstellen. Wir sind keine Komiker! Also überleg dir bitte etwas anderes.« Mit hochrotem Kopf steht unser Manager da und versucht sich zu beruhigen. Der Moderator ist etwas erschrocken, fängt sich aber wieder und beginnt zu grinsen. »Hey, mal ganz locker, das war ja nur ein Witz.«
Wenn es um unser Image geht, versteht Sascha überhaupt keinen Spaß. Es sei wichtig für unsere Karriere, nicht wie die Gruppe vom Lande rüberzukommen, sonst hätten wir keine Chance bei den Teenies. Deshalb haben Dirk und Boris auf der

Bühne neben dem allgemeinen Singverbot auch noch ein Sprechverbot bekommen. Timo oder ich sollen die Songs ankündigen. Langsam erinnert Saschas Verbotsliste an ein Mönchsgelübde. Kein Alkohol, keine Joints oder sonstige Drogen, keine Groupies, keine Freundin, keine Wahrheit. Keinen Spaß? Zumindest an diesem Abend verzichten wir auf eine Revolte.

Die Aufregung pumpt ständig neues Adrenalin in meine Adern. So spannend hab ich mir diese Entdeckungsreise nicht vorgestellt. Nicht einmal mit meiner Rockband war ich so nervös wie heute Abend, obwohl vergleichsweise wenig schief gehen kann. Bin ich vielleicht deshalb so nervös, weil ich zum ersten Mal mit Musik, aber ohne Leben auf die Bühne gehe? Ohne meine Band? Ohne meine rote Gitarre? Ohne das Gefühl, etwas von mir zu erzählen? Ich muss das durchziehen.

Kurze Zeit später schreiten wir, begleitet von einem Kamerateam, wie echte Stars, mit roten Rosen in der Hand, durch einen langen Korridor, der direkt hinter dem Bühnenaufgang endet. Der Moderator kündigt uns an. Zum ersten Mal kann ich das Kreischen der Mädchen hören, die sich gegen die Bühnenabsperrung drängen. Obwohl alle gemütlich zuschauen könnten, wird gedrückt und geschubst, als wäre die erste Reihe mit irgendwelchen Sonderrechten verbunden. Vielleicht geht es darum, als Erste umzukippen, um vor unseren Augen in den Backstagebereich getragen zu werden. Aber warum sollten diese Girls ausgerechnet bei unserem ersten Auftritt so etwas tun? Wir sind doch noch völlig unbekannt. Oder ist das Wort »Boygroup« zwangsläufig mit Hysterie verbunden? Ein Schlüsselwort, das bei Teenagern zum nervlichen Overkill führt?

Der Kniefall klappt. Ich bin erleichtert. Meine Rose werfe ich, ohne zu zielen, in die Menge. Die Mädchen kämpfen darum, als wäre sie eine unausgesprochene Einladung zu sämtlichen Aftershow-Partys. Gesichter kann ich nur erkennen, wenn die tanzenden Scheinwerfer für einen kurzen Moment erstarren und ein paar Köpfe aus der schwarzen Masse herausragen. Ein lautes Kreischen übertönt an manchen Stellen die Musik. Meine Bandkollegen erheben den Rosenwurf zur Zeremonie. Für kurze Zeit bin ich von diesem Schauspiel fasziniert und vergesse beinahe meine Lippen zu bewegen. So extrem habe ich mir das nicht vorgestellt. Timo springt von der Bühne, direkt vor die aufgebrachten Teenies, und reicht einigen sehnsüchtig dreinblickenden die Hand wie ein Superstar. Die Mädchen sind außer sich und umklammern seinen Arm, als wollten sie ihn nicht mehr loslassen. Ein Security-Mann kann ihn gerade noch rechtzeitig, vor dem finalen Refrain, losreißen. Auch die letzte Drehung ist synchron und die Menge applaudiert und schreit nach einer Zugabe. Sascha hat hoffentlich nicht bemerkt, dass ich vor lauter Aufregung vergessen habe am Ende live mitzusingen. Bei dem Lärm hätte sowieso keiner etwas gehört, versuch ich mich zu beruhigen. Zum ersten Mal brüllen die Mädchen unseren Bandnamen: *Call Us*. Ich weiß nicht, ob ich lachen oder weinen soll. Durch mein Gehirn rasen tausend Informationen, die nicht wissen, wo sie andocken sollen, was für ein Signal sie an meinen Körper weitergeben müssen. Ein Schub Glückshormone wird freigesetzt und verwandelt mein Gesicht in eine starre, grinsende Maske. Plötzlich wird mir übel, ich spüre, wie mein Magen rebelliert, immer noch ist es laut. Wir stehen hinter der Bühne. Ich suche nach Ordnung, nach einem klaren Gedanken im undurchdringlichen Chaos. Der Moderator stürmt raus vors Publikum und kündigt die nächste Band an. Geschafft! Unser erster Auftritt ist vorbei. Wie in Trance schwebe ich durch den dunklen Korridor zurück in die Umkleidekabine. Die Türe geht zu. Für einen kurzen Moment ist es still wie im Zentrum eines Tornados, als wäre es nur eine Frage von Sekunden, bis die Welt von der Kraft des Sturms zerrissen wird. Aber nichts passiert. Ich setze mich hin. Mein weißes Hemd ist nass geschwitzt. Mein Gesicht knallrot und mein Puls rast immer noch. Ich versuche tief durchzuatmen. Fühle mich wie ein gehetztes Tier, das endlich seine Verfolger abgeschüttelt hat.

»Super, ihr wart echt spitze!«, ruft Sascha begeistert. »Hört ihr die Mädchen? Die schreien EUREN Namen!« Er öffnet die Kabinentüre und tatsächlich kann ich die fordernden Choralgesänge hören, die gedämpft durch den kleinen Spalt dringen.

»Die wollten gar nicht mehr loslassen«, erzählt Timo stolz. »Ich hab schon gedacht, dass sie mir mein Hemd runterreißen.« Triumphierend zeigt er auf ein ausgerissenes Knopfloch. »Die sind ganz schön wild für ihr Alter.«

»Habt ihr gehört, wie die nach einer Zugabe geschrien haben?«, fragt Boris mit aufgerissenen Augen. Auch er kann es nicht fassen, dass ein paar Dutzend Teenager so einen Lärm veranstalten, obwohl wir doch eigentlich noch völlig unbekannt sind.

Jetzt reden alle durcheinander.

Auch Ingo hat sich, ohne unser Wissen, den Auftritt angeschaut: »Das großes Kino gewesen. Starke Abtritt.« Er streckt jedem von uns seine flache rechte Hand für ein bescheuertes »Give-me-five« entgegen. Meine Hand hält er kurz fest und schaut mir in die Augen. »Gut gewackelt.« Er lächelt anerkennend. Ich lächele zurück.

»So, jetzt könnt ihr Autogramme geben«, sagt Sascha und begleitet uns mit stolzgeschwellter Brust zum Mischpult. Wir stellen uns hinter die Absperrung. Keine zwei Sekunden später entdecken uns die ersten Mädchen. Sie lassen sich alles unterschreiben, vom T-Shirt über die Hand bis zum Programmheft. Sascha besorgt uns Stifte – und Autogrammkarten. Die habe er schon vor zwei Tagen von Rinestar Music bekommen, sagt er, aber jetzt sei der richtige Zeitpunkt, sie einzuweihen. Er hält den Stapel in die Luft, als sei er ein Pokal. Dann beginnt er damit, die Karten an unsere ersten Fans zu verteilen.

Es ist schon ein komisches Gefühl, seinen Vornamen in ein Poesiealbum direkt neben die Seite mit den *Backstreet Boy*s zu kritzeln.

Viele Fans wollen, dass wir etwas Außergewöhnliches in ihren Alben, auf Taschen und Autogrammkarten hinterlassen. Etwas, mit dem sie bei ihren Freundinnen angeben können. Auf dem Schulhof wird dann ausgehandelt, welche Boys »in« und welche Unterschriften am begehrtesten sind. Wir wollen es mit den anderen Bands aufnehmen. Fast unbemerkt, aber dennoch spürbar, kriecht ein wohliges Gefühl in meinen Körper. Es ist schön, im Mittelpunkt zu stehen und von anderen begehrt zu werden. Ich genieße diesen kurzen, erhabenen Moment und inhaliere ihn wie eine frische Brise Bergluft. Glück! Ist das Glück? Wenn ja, dann will ich es hinauszögern, am liebsten einfrieren und in kleinen Portionen auftauen. Es ist komisch, ich glaube, echtes Glück ist ein Zustand, bei dem Ebbe im Gehirn herrscht, bevor eine Flut von Gedanken die Schönheit des Augenblicks hinwegspült.

Im Backstagebereich wartet ein Kamerateam auf uns. Auftre-

ten, Autogramme geben und jetzt auch noch ein Fernsehinterview. Wir sind auf der Überholspur, denke ich. So muss das Leben aussehen.
»Ich bin jetzt hier am Tisch einer neuen Band«, beginnt der junge Moderator das Interview. »Wie fühlt ihr euch nach diesem gelungenen Auftritt?«
»Das Publikum war echt spitze!« Dirks Stimme überschlägt sich fast vor Begeisterung.
»Wie ist eure Band denn entstanden und seit wann kennt ihr euch?« Grinsend streckt der Moderator mir das Mikro entgegen – als wüsste er, welche Lügengeschichte ich ihm gleich auftischen werde.
»Also, ähm . . .« Ich stocke. Timo schaut mich entsetzt an und beginnt zu reden: »Ja. Erik ist als Letzter zu unserer Band gestoßen, wir haben ihn auf einer Geburtstagsparty entdeckt.«
Ich nicke beipflichtend. Am liebsten wäre ich im Erdboden versunken. Mein Aussetzer war die einzige Panne an diesem Abend, ansonsten hat alles geklappt. Niemand wollte uns a capella singen hören.

»Du solltest dir das endlich mal in den Kopf reinhämmern«, faucht mich Sascha vorwurfsvoll an, als wir im Van zurückfahren.
»Das war ja nur ein kleiner Regionalsender«, beruhige ich ihn.
»Ist doch nicht so tragisch«, sagt Timo. »Dichter sind halt manchmal in einer anderen Welt.«
Dirk und Boris lachen. Und auch Sascha muss grinsen.

Um drei Uhr bin ich zu Hause. Alles ist ruhig. Ich bin nicht müde. Mein Körper fühlt sich zwar schlapp an, aber mein Kopf kann einfach nicht abschalten. Ich setze mich an den Computer und schreibe eine E-Mail.

Hallo, Sebastian,
unser erster Auftritt hat geklappt. Hab meine Lippen bewegt und die Stimmbänder geschont, Küsschen von schönen Frauen (bloß keinen Neid) bekommen und Autogramme gegeben. Bin wahrscheinlich schon ein Star. Habe unsere ersten Fans kennen gelernt. Echte Groupies hab ich noch nicht gesehen.
Gute Nacht und bis bald.
Erik (der neue Star am Boygroup-Himmel)

7. Kapitel | **Alles Lüge?!**

Alles läuft planmäßig. Seit einigen Wochen haben wir sogar unseren eigenen Fanclub. Jessica hat ihn gegründet. Sie ist achtzehn und eigentlich großer DJ-Bobo-Fan. Jessi, wie Sascha sie nennt, reist dem Schweizer hinterher und schreibt ihre Erlebnisse in ein Fanjournal. Trotz ihres großen Erfolgs sei die Gruppe nicht abgehoben, schwärmt sie. Uns findet Jessi »spannend«, was auch immer spannend bedeutet. Deshalb möchte das braunhaarige Mädchen von jetzt an unsere Fans betreuen. Von DJ Bobo gebe es ohnehin schon viele Fanclubs und wir würden in ihrer Nähe wohnen, erklärt sie ihren Entschluss.
Jessi ist einfach süß. Sie ist ein Sonnenschein und glücklicherweise nun immer häufiger an unserer Seite. Leider durchschaut sie das miese Spiel von Sascha nicht. Der ist Spezialist im Ausnutzen von netten Menschen. Jessi ist für ihn der billige Handlanger, den man gut für wirkungsvolle Fanaktionen einsetzen kann. Schon vor dem ersten Interview diktiert uns Sascha, wie wir mit ihr umgehen sollen. »Sie darf nichts von euren falschen Geburtsdaten und den erfundenen Lebensläufen erfahren«, ermahnt er uns. »Und lasst die Hände von ihr! Dieser Kontakt soll seinen Zweck erfüllen, nicht mehr!«
Ich hab keinen Bock darauf, sie anzulügen.

Jeder soll von Jessi für das erste Fanjournal befragt werden. In wenigen Wochen wird es voll mit Fotos und exklusiven Storys in kleiner Auflage verschickt. Bisher gibt es etwa dreißig Mädchen, die das Fanjournal abonnieren wollen. Jessi hat gesagt,

dass spätestens mit der ersten Story in der *Teenpage*! haufenweise Girls Mitglied im Fanclub werden wollen. Bei DJ Bobo war das genau so.
Ich bin an der Reihe, Jessi sitzt mir ganz alleine gegenüber. Ich habe ein mulmiges Gefühl. Es ist anders als bei dem *Teenpage*!-Interview. Ich finde sie ungeheuer sympathisch, wie sie mich neugierig anschaut. Sie trägt einen kurzen Rock und hält einen Kassettenrekorder in der Hand. Ich will ihr keine blöde Phantasiegeschichte erzählen. Sie gehört doch zu den »Guten«.
Dann lüge ich doch und hasse mich dafür. Es fällt mir schwer, aber trotzdem halte ich mich an unsere Abmachung – bis auf einen Punkt. Ich offenbare ihr mein richtiges Geburtsdatum.
»Das hab ich mir fast gedacht«, sagt sie mit einem verständnisvollen Lächeln. Ich war mir sicher, sie würde sauer sein und womöglich wutentbrannt zu Sascha rennen. Aber nichts passiert. Als gehörten bei Boygroups Alterskorrekturen zum guten Ton, wirkt Jessi nicht im Geringsten schockiert.
»Hauptsache, sonst hat mich Sascha nicht angelogen.«

Vier Wochen bevor unsere Single in den Läden steht, wird es ernst. Jetzt gehen wir täglich zu mindestens drei Radiosendern. Niemand soll an uns vorbeikommen. Mit unserem Van reisen wir quer durch die Republik. Nachts schlafen wir in Hotels. Oft sogar in richtig teuren. Sascha sagt, das sei ein gutes Zeichen, weil die Plattenfirma uns auch in billigen Absteigen einquartieren könnte. Aber die Bosse seien von uns und unseren Starqualitäten überzeugt.
Es ist nicht leicht, jeden Morgen in einem anderen Hotelbett, in einer anderen Stadt aufzuwachen. Ich fühle mich wie einer die-

ser japanischen Touristen, die in zehn Tagen alle Sehenswürdigkeiten in Europa anschauen möchten. Aussteigen, abdrücken, weiterfahren. Es bleibt keine Zeit für Details. Keine Zeit, irgendetwas zu vermissen, außer meine Gitarre. Manchmal, wenn wir morgens durch eine fremde Stadt fahren und überall Menschen mit mürrischen Gesichtern wie willenlose Roboter zur Arbeit rennen, bin ich froh darüber, nicht mehr an meinem Schreibtisch in der Versicherung zu sitzen. Mein neues Leben ist viel spannender. Die Ausnahmeregelung mit dem unbezahlten Urlaub lässt meinen Kontostand immer tiefer sinken, aber ich konnte mich noch nie gleichzeitig auf mehrere Sachen konzentrieren.

Im Augenblick machen wir viele Gratisauftritte in irgendwelchen Teenie-Diskotheken, nur um möglichst oft unseren Song gespielt zu bekommen. Der Geldautomat spuckt nur noch widerwillig ein paar Scheine aus. Meine Notfallreserven sind fast aufgebraucht. Seit fünf Wochen fehlt mir mein Ausbildungsgehalt. Letzten Dienstag habe ich zwischen zwei Auftritten vor der Industrie- und Handelskammer die mündliche Prüfung abgelegt, irgendwie hatten die Mitleid, obwohl ich nicht wusste, was ein Todesfallbonus ist. Jetzt habe ich eine abgeschlossene Berufsausbildung. Mehr können meine Eltern nicht von mir erwarten.
Es ist schon seltsam, in teuren Hotels zu schlafen, wo der Griff in die Minibar ein kleines Vermögen kostet. Süßigkeiten, Zigaretten und Pay-TV müssen wir selbst bezahlen. Alkohol ist sowieso tabu. Sascha geht alle zwei Tage mit einer großen Liste zu Aldi. Natürlich ohne uns. Als angehende Stars dürfen wir nur noch getarnt in solchen Läden einkaufen.

Die Tage ähneln sich. Aufstehen. Rein in den Van. Erstes Interview. Weiterfahren. Zweites Interview. Pause bei McDonald's. Drittes Interview. Auftritt in einer Kinderdisco und zurück ins Hotel. Es bleibt kaum Zeit für Kontakte zur Außenwelt.

»Heute sind bei mir vier Jungs aus Stuttgart zu Gast, sie wollen die Herzen der Mädchen erobern . . .« So oder so ähnlich werden wir bei vielen Sendern angekündigt. Meistens sitzt der Moderator vor einem kleinen Mischpult, das Mikrofon dicht an seinen Lippen. Wir nehmen gegenüber Platz und sind per Kopfhörer mit ihm verbunden. Es ist faszinierend, zu wissen, dass die eigene Stimme nicht nur in diesem Studio bleibt, sondern in zigtausend Autos und Wohnzimmern gehört wird. Man bekommt das Gefühl, jeder Satz müsse perfekt und von großer Bedeutung sein. Mein Kopf konstruiert am Fließband bescheuerte Antworten. »Es hat sehr lange gedauert, bis wir uns, äh, unsere Musik gut gefunden haben.« Keiner von uns bleibt von diesen Aussetzern verschont. Sie sind mittlerweile Teil unserer Inszenierung. Kritischen Radiomoderatoren wird mit so einem Versprecher (ob echt oder nicht) meist der Wind aus den Segeln genommen. Ein kollektiver Lachanfall verbindet. Danach werden die Fragen harmloser. Klar gibt es auch Moderatoren, die nur ein Ziel haben: unser Image mit Fangfragen zu durchlöchern. Aber ich mag es, solchen verbalen Attacken mit Ironie zu begegnen. »Wir sind nicht gecastet, sonst hätten wir auch noch einen Blonden in unserer Gruppe.« Mit dieser Antwort habe ich schon so manchen Angriff vereitelt.
Heute blieb alles friedlich. Vor zwei Radiostationen standen sogar ein paar Mädchen und warteten auf Autogramme und Fotos. Meine Unterschrift habe ich mittlerweile optimiert. Oh-

ne einmal abzusetzen, kritzele ich meinen Namen auf alles, was länger als zwei Sekunden stillhält. Sascha zieht uns für gewöhnlich nach ein paar Minuten weg von den Fans. Wir tun so, als würde es uns Leid tun, so früh gehen zu müssen. Dabei ist alles abgesprochen. Dirks Frage »Hat jemand einen roten Stift« ist für Sascha das Signal, uns schnellstmöglich in den Van zu ziehen. Die Mädchen sind nach so einer Aktion fest davon überzeugt, dass nur der blöde Manager an unserem hektischen Aufbruch schuld ist. Wir wären sicher noch geblieben. »Die sollen das Gefühl haben, ihr seid etwas Besonderes und nicht die Jungs von nebenan«, hat uns Sascha diese Taktik erklärt. Wahrscheinlich hat er Recht. Stars, die einem so nahe kommen, dass man ihre Pickel sieht, können erschrecken.

In der Hotellobby steht ein Computer. Der Nachtportier begrüßt mich mit einem freundlichen Lächeln, als ich mich vor den Monitor setze. Es ist kurz vor elf, Sascha und die anderen sind noch in den Pool gegangen. Ich möchte meine E-Mails checken. Eine neue Nachricht. Ich bin froh. Sebastian hat geschrieben.

Hallo, du treulose Tomate!
Ich hab euren Song im Radio gehört. Klingt echt wie Boygroup. Das SWR-Interview war auch ganz lustig. Sogar meine Schwester gibt vor ihren Freundinnen damit an, dich zu kennen, ihr steht also kurz vor dem Durchbruch. Was hat das eigentlich mit dieser Jessi auf sich, von der du mir erzählt hast? Läuft da was? Dein erster Groupie?
Übrigens hat Peppen angerufen, er plant so 'ne Art

Schulbandrevival, darfst du so was oder sind wir dir zu schlecht?
Grüße Sebastian

»Gehören Sie zur Musikgruppe?«
Ich drehe mich um. Hinter mir steht der Nachtportier. Er hält einen Zettel in der Hand. »Eine Frau Jessica ist am Telefon und würde gerne mit jemandem von Ihrer Band sprechen.«
Ich gehe in die kleine Telefonkabine, es klingelt, ich nehme den Hörer ab.
»Hallo, hier ist Erik.«
»Äh, Erik? Ist Sascha nicht da?« Jessica wundert sich.
»Der ist mit den anderen im Pool.«
»Egal. Das kann ich auch dir sagen. Eure *Teenpage*!-Story erscheint morgen. Ich war gerade auf deren Homepage. Dort ist ein kleines Foto von euch und eine Ankündigung für die kommende Ausgabe, die morgen erscheint.«
Ich muss schlucken. »Wie sieht das Bild denn aus?«
»Gut. Ihr kommt alle sehr hübsch rüber. Die roten Rosen sind vielleicht etwas schleimig, aber ich glaube, die Mädchen werden drauf stehen.«
»Und meine Haltung?«
»Wie, deine Haltung?«
»Ja, äh«, stammle ich, »ist da irgendwas komisch?«
»Beruhig dich. Alles bestens. Du kommst gut rüber.«
»Und die Porträts? Sind im Internet auch andere Fotos?«
»Nö, nur ein Gruppenbild. Den Rest gibt's nur im Heft.«
Es ist kurz still. Mein Herz schlägt schneller.
»Warum bist du so aufgeregt?« Jetzt klingt Jessicas Stimme besorgt.

»Nur so«, versuche ich abzuwiegeln. Nach einer kurzen Verabschiedung lege ich auf. Ich gehe noch einmal zurück zum Computer. Bin noch immer aufgeregt. Tatsächlich: Das Bild sieht okay aus. Ich gehe in mein Zimmer. Sascha und die anderen sind noch immer im Pool. Ich bitte den Nachtportier mich um halb sieben aufzuwecken. Ich möchte noch vor dem Frühstück zum Kiosk, um als Erster die Fotos zu sehen.
Um sechs Uhr bin ich wach. Ich ziehe mich leise an, damit Dirk nicht aufwacht. Auf Zehenspitzen schleiche ich zur Türe. Der Kiosk ist um die Ecke – und macht dummerweise erst um halb acht auf. Ich beschließe eine Tankstelle zu suchen. Kurz vor halb sieben stehe ich in einem dieser Vierundzwanzigstunden-Shops vor einem meterlangen Zeitschriftenregal. Wieder bin ich nervös. Hastig suche ich nach Jugendzeitschriften. Meine Hände zittern vor Aufregung. Bin ich total bekloppt, wegen ein paar Fotos so durchzudrehen? Die Session war doch gut, oder nicht? Endlich. Es gibt drei Exemplare der *Teenpage!*. Wie ein Junkie auf Entzug ziehe ich sie alle hektisch aus dem Regal und gehe damit direkt zur Kasse. Die alte Frau blickt mich etwas verwundert an, fährt dann aber, ohne etwas zu sagen, mit dem Scanner über die Zeitschriften. Ich bezahle und stürze aus der Türe. Auf keinen Fall wollte ich schon im Laden die Bilder anschauen. Mein Auftritt war ja auch so schon peinlich genug. Ich gehe zurück ins Hotel und setze mich in die Lobby. Das Licht ist noch immer gedämpft. Vor mir auf dem Glastisch liegen die drei Exemplare. Auf dem Cover kann ich unseren Namen lesen, daneben steht »die neuen Shooting-Stars«. Bin ich jetzt berühmt? Gehören Magenkrämpfe dazu, wenn man das erste Mal in einer Zeitschrift zu sehen ist? Ich blättere rasch auf Seite vierzehn und es stockt mir fast der Atem. Das bin ich. Auf ei-

ner halben Seite ist ein lustiges Vollporträt von mir zu sehen. Meine drei Kollegen sind nur in Briefmarkengröße abgebildet. Da stehe ich in kurzen Shorts mit einem Pappkaktus in der Hand und lache. Ich kann einen kleinen Freudenschrei nicht unterdrücken. Ich könnte die Welt umarmen. Habe mich umsonst mit Alpträumen gequält. Ich finde mich gar nicht so übel. Aber wie werden die anderen reagieren, wenn sie die Bilder sehen? Sind sie sauer, weil sie den Kürzeren gezogen haben? Weil die von der Teenpage! mich, den Sänger, als Aufmacher genommen haben? Und nicht sie, die erfahrenen Models? Das kann mir doch eigentlich auch egal sein. Ich habe keine Zeit mehr, nachzudenken, Timo steht vor mir, er entdeckt die Zeitschriften und setzt sich neben mich. Nach fünf Sekunden verschwindet das selbstsichere Lächeln aus seinem Gesicht und er runzelt die Stirn. »Das verstehe ich nicht!«
»Was verstehst du nicht?«
»Warum haben die ausgerechnet dich als Aufmacher genommen? Ich dachte, es reicht, wenn du alle Stimmen einsingst.« Timo ist sauer. Sein Tonfall ist vorwurfsvoll, als wäre ich für die Story verantwortlich.
»Das ist doch scheißegal!«, sage ich. »Glaubst du etwa, wir verkaufen jetzt weniger Scheiben, nur weil mein Porträt am größten ist?« Am liebsten hätte ich ihm gesagt, dass es ja vielleicht an seinem platten Nasenhöcker liegen könnte, aber ich halte mich zurück.
Für einen kurzen Moment ist es still. Ich verspüre große Lust, Timo eine reinzuschlagen. Für was hält der sich? Warum führt er sich auf, als könne das Ganze nur ein Irrtum sein? Als wäre es völlig undenkbar, dass mein Amateur-Gesicht größer als das der »Profis« abgebildet ist?

»Die dachten wohl, wir seien dein Background-Chor.« Timo wirft die Zeitschrift wütend zurück zu den anderen. Ich schweige. Es wäre jetzt sicher der falsche Zeitpunkt, ihm zu erklären, dass seine Stimme nicht einmal für diesen Part ausreichen würde.

Sascha findet es völlig okay, dass ich der Aufmacher bin. Schließlich sei ich eben der Leadsänger. Dirk und Boris sind zwar auch kurz genervt, nur so klein abgedruckt zu sein, aber sauer sind sie deshalb noch lange nicht. Sascha erklärt Teelöffel schwingend, dass wir ein Team sind und nur zusammen erfolgreich sein können. Jeder nickt und auch Timo scheint den ersten Schock überwunden zu haben.

Unser Team kämpft sich im Augenblick nicht nur durch Interviews, sondern auch durch sämtliche Dorf-Diskotheken. Auf der Bühne geht noch ziemlich viel schief. Mal beginnt das Playback an der falschen Stelle, mal stolpert einer bei der Choreografie oder – was noch peinlicher ist – das Mikro der Jungs ist zu früh auf und sie versuchen mitzusingen. Bei einem Auftritt befindet sich der CD-Player direkt auf der wackeligen Bühne. Als wir mit unserer Choreografie beginnen, springt die CD einige Sekunden zurück. Geistesgegenwärtig versuchen wir an der neuen alten Stelle weiterzumachen. Doch es passiert noch einmal dasselbe. Es muss aussehen, als würden vier Marionetten von einem unsichtbaren Puppenspieler hektisch hin und her gezerrt. Sascha gibt uns Handzeichen. Wir sollen einfach stehen bleiben. Die Mädchen vor der Bühne schauen zwar etwas verwundert, ignorieren aber den Zwischenfall. Manchmal glaube ich, die wollen gar nicht kapieren, dass sie belogen werden. Die wollen uns zujubeln und wir sollen dafür so tun, als seien wir Stars. Die Rollen sind verteilt.

Nach zwölf Tagen Stress haben wir endlich zwei Tage frei. Meine Klamotten miefen bestialisch. Auf Tour war keine Zeit, sie zu waschen. Nur kurz trocknen lassen und dann wieder anziehen. Vier verschiedene Outfits sind bei dem schwülen Wetter einfach zu wenig.
Als ich mit meinem Auto vom Studio nach Hause fahre, passiert etwas Seltsames: Unser Song läuft im Radio! Zum ersten Mal höre ich, wie der Moderator unseren Namen ganz selbstverständlich ins Mikrofon spricht, als seien wir bereits Teil dieser anderen Welt. Als hätte man uns eine Lizenz für die erste Liga gegeben. Aber wie lange ist die Probezeit? Wer sagt uns, wann wir es geschafft haben?
Wenn man sein Lied während eines Interviews hört, ist es ganz anders. Meist rieselt es nur leise aus dem Kopfhörer. Oft unterhält man sich mit dem Moderator, bespricht die nächsten Fragen. Der Song beginnt. Mein Herz bleibt beinahe stehen. Ich drehe den Regler ganz auf und beginne mitzusingen. »Hey, das ist meine Stimme!«, möchte ich am liebsten all den Menschen sagen, die auf der Straße unterwegs sind. Ich fühle mich unheimlich gut, als hätte ich etwas ganz Besonderes erreicht. Mir ist zum Heulen zu Mute. Ich bin im Radio. Wer kann mich jetzt noch aufhalten? Ich mache eine Vollbremsung und komme quietschend vor dem Zebrastreifen zum Stehen. Eine alte Frau wäre vor Schreck beinahe zur Seite gesprungen. Sie zeigt mir einen Vogel. Ich lächele. Sie flucht. Das Lied ist zu Ende und ich bin wieder zu Hause. Zu Hause in der Realität meiner schäbigen Einzimmerwohnung.
Der Anrufbeantworter blinkt. Mein Bruder, meine Eltern und

Vivi, ein Mädchen aus meiner Abi-Klasse, haben eine Nachricht hinterlassen. Ich werde später zurückrufen. Jetzt habe ich keine Lust, stundenlang Fragen zu beantworten. Ich setze mich auf mein zerwühltes Bett und nehme die Gitarre aus dem Ständer. Als ich gerade den ersten Akkord spielen möchte, klingelt es an der Türe. Ich habe leider keinen Spion, aber wozu auch? Nach kurzem Zögern mache ich auf. Vor mir stehen Tina und Mari, zwei Mädchen aus der Nachbarschaft. Sie halten die *Teenpa*ge! in der Hand.

»Du bist doch der da?«, fragt mich Tina, als würde sie mich nicht mehr kennen.

»Ja. Klar bin ich das.« Ich wundere mich. Sie ist die kleine Schwester eines ehemaligen Mitschülers. Was will sie wohl von mir?

»Gibst du uns ein Autogramm?« Die beiden schauen mich erwartungsvoll an.

Ich habe noch einen schwarzen Filzstift in der Hose und unterschreibe irritiert auf der Seite mit meinem Foto.

»Du. Ich habe noch eine Frage. Andi hat gesagt, das Interview ist bestimmt gelogen.«

»Hat er das?« Ich versuche Zeit zu schinden. Wenn ich jetzt damit beginne, den Kreis der Eingeweihten aus Sentimentalitätsgründen auf meine Nachbarschaft auszuweiten, dann weiß bestimmt bald die ganze Stadt Bescheid.

»Das ist alles wahr!« Jetzt versuche ich eine ernste Miene aufzusetzen, um jegliche Zweifel zu beseitigen. Ich werde später Andi anrufen und fragen, was die Scheiße soll. Es klappt. Die beiden Mädchen sind zufrieden.

»Könnt ihr mir einen Gefallen tun? Erzählt bitte nicht euren Freundinnen, wo ich wohne.«

Sie nicken. Ich schließe die Türe.
Genau sechsunddreißig Stunden habe ich nun Zeit, mich der Realität meiner unaufgeräumten, stickigen Wohnung zu stellen. Ich habe die Wahl zwischen einer groß angelegten Aufräumaktion mit anschließendem Wäschewaschen, könnte mich aber auch einfach ins Bett legen. Ich entscheide mich für Letzeres und mache den Fernseher an. Abschalten geht nicht. Ist das hier mein Zuhause? Ist das der Ort, an den ich gerne zurückkehre? Ich trinke ein Bier und schau mir einen kitschigen Liebesfilm an. Denke an Jessica, würde sie jetzt gerne anrufen. Fühle mich irgendwie zu ihr hingezogen. Alles Schwachsinn. Mein neues Leben ist verwirrend.

Nach ein paar Wochen steht fest, wer die Mädchen-Herzen am stärksten berührt. Es ist Timo. Ausgerechnet Timo. Warum nicht Boris oder Dirk?
Wir bekommen Fanpost, täglich vier bis fünf Briefe. Der Artikel in der *Teenpag*e! ist gut angekommen, hat die Redakteurin gesagt.
»Wie viele Briefe habt ihr bekommen?«, fragt Timo fast jede Woche, als müssten wir uns für unsere magere Ausbeute rechtfertigen.
»Du bist halt einfach das Nesthäkchen«, sagt Boris dann meistens, als sei es ihm egal, im Fanranking nicht auf der Poleposition zu stehen.
Dirk ist da anders. Ihm geht es ähnlich wie mir. Bisher hat er Timos Anspielungen ignoriert, aber heute platzt ihm der Kragen.
»Und wie sieht es mit deiner Stimme aus?« Dirk wird laut, seine Augen sind zusammengekniffen, wie bei einer Raubkatze, die ihre Beute anvisiert. Timo antwortet nicht, er schaut belei-

digt nach unten, dreht sich genervt um und geht zu seinem Wagen.
»Der nie singende Amsel, aber Stalüren«, sagt Ingo, als er ihn wegfahren sieht. »Weiberschwarm ohne Eier.«
Sascha beordert den Ausreißer wieder zurück und hält uns eine zwanzigminütige Standpauke. Am Ende sind die Wogen geglättet. Fanpost und Stimmschwächen sollen zukünftig kein Thema mehr sein. Von Fangeschenken ist keine Rede, obwohl mit jedem Auftritt die Zahl der kleinen Präsente wächst. Auch hier ist Timo der ultimative Abräumer. Ich ärgere mich darüber, versuche aber mit Vernunft gegen dieses Gefühl anzukämpfen. Unser Nesthäkchen genießt die liebevoll verpackten Aufmerksamkeiten. Sie sind ein guter Ausgleich für die lädierten Stimmbänder. Wenn wir a cappella singen, kann ich in seinen Augen lesen, wie sehr er mich für mein Talent bewundert. Ich wüsste gerne, wie viele Teddys und Liebesbriefe ihm ein Tausch wert wären. Belasse es aber bei dem Gedanken, die Lage ist ohnehin schon angespannt genug.
Was fasziniert die Mädchen an Timo? Ist es seine braune Haut? Sind es seine schwarzen glatten Haare? Oder vielleicht sein Lächeln? Wahrscheinlich eine Kombination aus all dem. Was mache ich falsch? Bin ich nicht cool genug? Daran kann es wohl kaum liegen, auch Dirk und Boris kommen nicht an ihn heran, wenn es um die Anzahl der Fans geht.

Unser Tourplan wird wenige Tage vor der Veröffentlichung auf die ganze Republik ausgeweitet. Zurück bleiben nur Momentaufnahmen. Die langen Van-Fahrten zehren an meinen Nerven. Ich erlebe sie meistens in einem unruhigen Halbschlaf voller wirrer Gedanken. Zwar hatte ich mir felsenfest vorgenommen, mich und meine Gehirnzellen mit Musiktheorie und Vom-Blatt-Singen zu stimulieren, aber sind wir erst einmal auf der Autobahn, verwerfe ich all die guten Vorsätze und lasse mich sanft in den Halbschlaf schaukeln, bis an einer Raststätte, vor einer Radiostation, einer Teenie-Diskothek oder einem Hotel die Türen aufgehen und ich wie schlaftrunken den nächsten Programmpunkt erwarte. Glücklicherweise sind wir nicht länger als drei Wochen am Stück unterwegs, sonst würde ich wohl durchdrehen. Den anderen, bis auf Timo, geht es nicht viel besser. Spätestens nach zwei Wochen bekommen wir eine Art Lagerkoller und streiten uns. Der Anlass kann noch so belanglos sein. Selbst wenn die drei Kollegen meine besten Freunde wären – unser rollender Big-Brother-Container bietet wenig Raum für Individualisten. Vielleicht ist es aber auch einfach die steigende Nervosität kurz vor der Veröffentlichung, die uns allen zu schaffen macht.

Timo ist der Einzige von uns, der es liebt, jeden Tag in einem anderen Hotelbett aufzuwachen. Er ist wie geschaffen für ein Leben on the Road. Im Gegensatz zu mir traut er sich auch, hübsche Mädchen anzusprechen. Er kennt die Tricks, die man braucht, um kleine Abenteuer ins Rollen zu bringen. Ich beobachte ihn. Auf diesem Gebiet mache ich ziemlich viele Fehler. Ich treffe immer nur Mädchen, die von mir Liebe auf Ewigkeit wollen. Dabei sehne ich mich manchmal nach einem spannenden One-Night-Stand.

Wir sitzen in der Hotellobby und Timo hat wieder diesen Eroberer-Blick aufgesetzt. Er mustert den Raum und bleibt am Po einer schlanken jungen Frau hängen, die sich elegant auf einem der schwarzen Ledersessel räkelt. Lasziv schlägt sie ihre Beine übereinander, streicht sich mit ihrer Hand durch die langen

braunen Haare und lässt dabei ihren Kopf in den Nacken fallen. Timo und ich müssen aussehen wie sabbernde Hunde kurz vor dem Essen.
»Ist Sascha schon ins Bett gegangen?«, fragt Timo flüsternd, als hätte er bereits einen geheimen Schlachtplan für die Operation Hormonstau ausgeheckt. Ihm geht es wie uns allen.
Timo stupst mich an. »Hey, pennst du, oder was?«
»Äh«, stammle ich, »Sascha? Der hatte keine Lust mehr. Wir sollen halt nicht zu lange machen.« Kaum habe ich ihm das gesagt, verschwindet er auch schon in Richtung Traumfrau. Ich kann nicht verstehen, was er zu ihr sagt. Es kann aber nicht schlecht gewesen sein. Keine zehn Sekunden später setzt er sich in den Sessel direkt neben sie. Er ordert zwei Cocktails. Boris und Dirk kommen aus der Bar, sie schauen neidisch zu Timo und seiner Eroberung herüber.
Die Getränke bezahlt an diesem Abend der Konzertveranstalter und Sascha, unser Bewacher, ist schon im Bett. Beste Voraussetzungen für einen kleinen, hochprozentigen Umtrunk.
»Timo, willst du nicht mit uns anstoßen?«, ruft Boris mit erhobenem Glas. »Jetzt nicht, später vielleicht.« Schon wendet er sich wieder seiner attraktiven Nebensitzerin zu.
»Um wie viel wetten wir, dass da noch was geht?« Dirk zwinkert mir zu.
»Das glaube ich nicht«, erwidere ich, »so wie der vorher mit seiner Freundin gesprochen hat . . .« Vor einigen Stunden wurde ich zufällig Zeuge eines Telefonats unseres Nesthäkchens mit seiner Freundin. Das war die geballte Ladung Liebesschwüre. Von »ich vermisse dich so sehr« bis »du bist die tollste Frau, die ich kenne«. Vielleicht wusste er zu diesem Zeitpunkt noch nichts von diesem Prachtexemplar in der Hotellobby.

Es ist schon kurz nach zwei und der übermüdete Barkeeper sehnt sich nach seinem Feierabend. Timo hat sein Gewissen mit reichlich Alkohol betäubt. Nun steht er auf und wankt mit seiner Eroberung Richtung Fahrstuhl.
»Hab ich's nicht gesagt, der braucht heute kein Pay-TV mehr!« Dirk rollt die Augen und leckt sich mit der Zunge über die Lippen. Auch ich bin angedudelt, um nicht zu sagen total blau, und auch Dirk spricht nicht mehr ganz unfallfrei.
Den eigentlichen Akt habe ich nicht miterlebt. Wie ich später erfahre, soll er in einem der Konferenzräume auf dem Teppichboden stattgefunden haben.
Timo hat sich, was den Alkohol betrifft, zu viel zugemutet. Er muss auch noch die Minibar geleert haben, jedenfalls ist es etwa vier Uhr dreißig, als ich Schreie auf dem Gang höre. Ich mache das Licht an, gehe zur Türe und sehe, wie Timo splitterfasernackt über den Gang rennt. Er schreit. Boris rennt hinter ihm her, kann ihn aber nicht aufhalten. Der Nachtportier, der in seinem früheren Leben bestimmt Boxer war, bringt Timo mit einer geschwungenen Rechten zur Strecke. Er liegt nun friedlich auf dem grünen Teppich und sabbert aus dem Mund. Er ist ohnmächtig. Er atmet noch. Boris, der Nachtportier, und ich packen ihn an Armen und Beinen und schleppen ihn zurück in sein Zimmer. Er riecht nach Kotze. Wir setzen ihn in die Badewanne und richten den Brauseschwall mit kaltem Wasser auf sein Gesicht. Er öffnet die Augen und fuchtelt noch etwas benommen mit seinen Armen herum.
»Was, was macht ihr mit mir?« Timo lallt und es fällt ihm schwer, seinen Kopf gerade zu halten.
»Mindestens drei Promille«, konstatiert der Nachtportier nüchtern.

»Sollen wir einen Krankenwagen rufen?«, frage ich besorgt.
»Spinnst du!«, raunt mich Boris an. »Wenn Sascha davon erfährt, fliegt er aus der Band.« Genau in diesem Moment schießt ein übel riechender, lauwarmer Schwall Kotze aus Timos Mund und trifft mein T-Shirt. Mir wird schlecht. Ich reiße mir das Shirt vom Körper und feure es zu Timo in die Wanne. Der öffnet kurz seine Augen und lacht, lacht wie ein Verrückter. Ich hätte große Lust, mit ihm abzurechnen, aber die geschwollene Nase von der Boxeinlage des Nachtportiers soll Denkzettel genug sein.
»Zum Glück ist Sascha im untersten Stockwerk«, sagt Boris und atmet tief durch. Wir duschen Timo noch einmal ab und legen ihn dann auf das Bett. Der Portier bringt uns einen roten Plastikeimer. Timo schnarcht. Ich gehe zurück auf mein Zimmer, Boris bleibt die ganze Nacht neben Timo sitzen und überprüft immer wieder seinen Puls.

Wie verabredet gehen wir um neun zum Frühstück. Timo ist noch nicht ganz wiederhergestellt, deshalb soll er noch im Bett bleiben, bis wir uns eine gute Story für seine verbeulte Nase ausgedacht haben.
»Das gibt Ärger«, sagt Dirk. Er zeigt auf Sascha, der sich mit dem Portier unterhält. Sein Gesichtsausdruck verheißt nichts Gutes. Er kommt zu uns an den Tisch.
»Wo ist Timo?«, schnaubt er wütend, als würde er gleich in die Luft gehen.
»Ich glaub, der hat sich noch mal kurz hingelegt«, antwortet Boris ruhig.
»Was ist heute Nacht passiert?«
Keiner macht den Mund auf. Wir sitzen da und spielen die Ahnungslosen.

»Hier!« Wütend streckt er uns eine dreiseitige Rechnung entgegen. Ich kann nur die fett gedruckte Summe erkennen: sechshundertachtzig Euro!
»Ihr habt siebzehn Cocktails getrunken, neunzehn Ramazotti, vier Gläser Champagner und dann steht da noch was von einem Bettlaken. Kann mir vielleicht mal irgendjemand erklären, was heute Nacht los war?«
Boris, Dirk und ich sind immer noch sprachlos. Warum bekommt Sascha eine Rechnung? Der Veranstalter wollte doch die Getränke bezahlen.
»Ihr habt wohl gedacht, wenn ich ins Bett gehe, könnt ihr eine kostenlose Sauferei veranstalten?« Sein Gesicht glüht vor Aufregung und seine roten Haare sehen aus, als gingen sie jeden Moment in Flammen auf. »Für die Zukunft. Nur nicht alkoholische Getränke werden vom Veranstalter bezahlt, das habe ich extra so vereinbart!«
»Scheiße!« Dirk sagt, was wir alle denken. »Und was hast du jetzt vor?«, fragt er Sascha.
»Die Rechnung werdet ihr bezahlen, und wenn noch einmal so etwas passiert, dann suche ich mir andere . . .«, er macht bewusst eine kurze Pause, ». . . Popstars.«

Es ist still. Unheimlich still. Nach zwölf Tagen höre ich mich mal wieder atmen.
Keine Musik, einfach nichts. Kein Geplapper, keine kreischenden Mädchen. Nur ich allein. Für 18 Stunden.
Meine Wohnung erstickt im Chaos. Ich gehe auf den Balkon und schaue durch das große, schmutzige Fenster in mein Zimmer. Mein »Zuhause«, denke ich. Das schwache orangefarbene Licht legt sich wie ein zarter Schleier über das Klavier, den

kleinen Tisch und mein ungemachtes Bett. Stillleben. Ein Kunstwerk. Mein Zimmer ist ein verdammtes Kunstwerk. Kein Geräusch. Nur der kaputte Wasserhahn. Niemand würde sich hier wohl fühlen. Ich auch nicht. Alles viel zu eng. Und plötzlich vermisse ich den Lärm, die Menschen, die sich für mich interessieren, ja sogar die Jungs. Als hätte ich tagelang laute Musik gehört und dann abgeschaltet. Ich könnte mit Freunden weggehen, ihnen die besten Storys von meiner Boygroup erzählen. Die wollen jedes Detail aus meinem neuen Leben wissen. Ich bin spannend. Aber wie lange noch? Würde am liebsten Phil Collins anrufen und ihn um Rat bitten. Gibt es denn keinen Selbsthilfeverein für angehende Stars? Kein Internetforum für nachdenkliche Musiker? Werde ich überhaupt berühmt? Ich muss berühmt werden! Wie soll das sonst alles weitergehen?

Unser Fanclub wächst von Woche zu Woche. Jessica gehört schon bald, natürlich ohne dass Sascha davon weiß, zum verschworenen Kreis der Insider. In letzter Zeit habe ich immer häufiger das Bedürfnis, bei ihr anzurufen. Mit ihr kann ich über all die Erlebnisse sprechen, sie ist nicht so wie die anderen an irgendwelchen bunten Stargeschichten interessiert, die ich ehrlicherweise noch gar nicht erzählen kann. Heimlich rufe ich sie jetzt auch an, wenn wir auf Tour sind. Es tut richtig gut, einen Verbündeten zu haben. Jessica sagt zwar, sie fände mich nett, aber im Gegensatz zu mir kann sie sich nicht vorstellen, das aus uns was werden könnte. Wüsste Sascha von unserer engen Freundschaft, er würde ausflippen. Ich bin verliebt! Total verknallt. Sehne mich nach Jessica, nach ihrem Lachen, ihren schönen braunen Augen, ihrer fröhlichen Art. Kann keinen

Tag ohne ihre Stimme sein. Etwas Blödereres hätte mir nicht passieren können. Wieso verliebe ich mich ausgerechnet in Jessica? Sascha wird mich köpfen. Aber es läuft ja gar nichts außer reden. Stundenlang hänge ich am Telefon. Würde am liebsten durch die Leitung kriechen, sie umarmen, sie küssen, einfach nur festhalten. Aber dieser blöde schwarze Plastikhörer verwandelt sich niemals in dieses wundervolle Mädchen. Verdammt, kann mich denn keiner zu ihr rüberbeamen?
Am Telefon werde ich nun direkter, Sascha kann mich mal. Was ist, wenn Jessica DIE Frau ist, der Volltreffer, dem man nur einmal im Leben begegnet?
»Das geht nicht!«, sagt Jessica, als ich sie um ein Date bitte.
»Warum nicht, findest du mich blöd?«
»Witzig. Sehr witzig, deshalb telefoniere ich wahrscheinlich stundenlang mit dir, weil ich dich blöd finde.« Jessica ist genervt, will sich auf keinen Fall mit mir treffen. Ich bettle, flehe sie an, behaupte, dass ich mir die Marathon-Telefongespräche nicht mehr leisten kann. Die von ihr errichtete Mauer beginnt zu bröckeln. Sie fragt, was passiert, wenn Sascha von unserem Geheimtreffen erfährt. Ich versuche sie zu beruhigen. Erzähle ihr von einer Kneipe, wo uns niemand kennt. Sie zögert. Will sich das Ganze noch einmal durch den Kopf gehen lassen. Sie sagt, ich soll mir keine falschen Hoffnungen machen. Keine falschen Hoffnungen? Mann, ich würde durchdrehen, wenn ich von ihr einen Korb bekäme oder sie rein zufällig in Timo verliebt wäre.
Wahrscheinlich würde ich ihn dann erschießen oder mich mit ihm duellieren. Rücken an Rücken, jeder geht zehn Schritte, dreht sich dann um und schießt. Vielleicht würden wir beide draufgehen und womöglich wäre Sascha der lachende Dritte.

Blödsinn. Ist Jessica überhaupt in irgendjemanden verliebt? Ich will es wissen, versuche mir vorzustellen, wie dieser Schmerz sich anfühlen könnte, eine Abfuhr zu bekommen. Wieso muss alles immer so kompliziert sein? Warum kann Jessica nicht einfach sagen, ob sie mehr als nur Freundschaft für mich empfindet?

Warten, mein ganzes Leben ist eine beschissene Haltestelle ohne Fahrplan. Ich warte darauf, geliebt zu werden, während ich darauf warte, ein Popstar zu sein, um wiederum darauf zu warten, ein Soloalbum zu machen. Angenommen, ich werde hundert Jahre alt, dann habe ich bestimmt ein Drittel meines Lebens mit Warten verbracht. Ich bin verrückt! Und nachdem Jessica sich endlich mit mir treffen will, noch verrückter.

Pünktlich kommt sie in die kleine Kneipe in der Altstadt. Jessica ist nicht alleine. Wie besprochen bringt sie ihre Freundin mit, damit wir im Notfall behaupten können uns zufällig getroffen zu haben. Ihre Anstandsdame muss sich bescheuert vorkommen. Meine Blicke kleben an Jessicas Augen. An ihren fein geschwungenen Lippen und ihren Worten. Sie erzählt, wie blöd sie sich dabei vorkommt, Sascha zu belügen. Ich nicke, obwohl mir unser Supermanager im Moment scheißegal ist. Wir reden belangloses Zeug. Über die Boygroup, über Musik. Darüber, dass bald unsere CD im Laden steht. Kein Wort über Gefühle, die uns betreffen. Kein Zeichen, keine noch so kleine Berührung, nur Blabla. Ich drehe gleich durch. Mein Körper glüht und in meinem Magen kribbelt es so wahnsinnig, als hätte ich ein ganzes Volk roter Waldameisen verschluckt. Muss ich erst vor ihr liegen und krepieren, damit sie endlich sagt, was sie für mich empfindet? Soll ich meine Gitarre holen, mich auf den Tisch stellen und »More than words« singen? Oder soll ich mich einfach auf sie stürzen und ihr einen wilden Kuss auf die Lippen drücken, so wie in diesen alten Kitschfilmen? Aber wahrscheinlich entpuppt sich ihre Freundin als Karate-Kämpferin und streckt mich mit einem brutalen Nackenschlag nieder.

Nichts passiert. Nach zwei Stunden Gelaber verabschieden wir uns. Wir umarmen uns kurz, ich hauche einen zärtlichen Kuss einmal links und einmal rechts an ihrer Wange vorbei. Ich spüre ihre zarte Haut. Für den Bruchteil einer Sekunde schließe ich die Augen, inhaliere den süßlichen Duft ihres Parfums und streichle ihr einmal kurz über den schlanken Rücken. Sie schaut mir in die Augen und sagt nichts. Ich spüre die zärtliche Berührung ihrer Hand. Dann ist alles vorbei. Ein letzter sehnsüchtiger Blick, ein gehauchtes »Tschüss« und sie verschwindet um die Ecke. Die Straße ist leer, noch ein paar Sekunden höre ich das Klappern ihrer Absätze auf dem Kopfsteinpflaster. Es wird immer leiser, im Kopf komponiere ich eine Abschiedsmelodie. Dann ist es plötzlich still. Unheimlich still. Ein kalter Schauer läuft mir über den Rücken. Ich fühle mich schwerelos. Das muss Glück sein.

Meine Telefonrechnungen in den Hotels werden immer höher. Seit unserem Treffen hat sich etwas verändert. Jessica hat sich verändert. Ich spüre, dass sie es auch will. Dass sie bereit dazu ist, mich in den Olymp ihres Herzens vorzulassen. Wir malen uns aus, wie wir zusammen in den Urlaub auf eine einsame Insel fahren, nur wir beide. Ich schreibe ihr einen schmalzigen Lovesong. Will ihn aber nicht vorspielen. Nehme ihn mit meinem Kassettenrekorder auf. Ich mobilisiere meine letzten Er-

sparnisse, um ihre Stimme zu hören. Vergesse beinahe, dass ich ja eigentlich berühmt werden möchte.
»Um Gottes willen, hast du aber eine hohe Rechnung, da muss was Schlimmes passiert sein!« Sascha blickt mich besorgt an.
»Halb so wild, mein Bruder steckt gerade in einer Beziehungskrise. Ich versuche ihm zu helfen.« Sascha scheint mir zu glauben.
»Wenn die Krise noch stärker wird, sollte er dir ein Handy schenken.«
Ich nicke und gehe zum Van. Ich möchte Jessica unbedingt alleine treffen, ohne ihre Freundin. Bis ich abends diese Forderung durchgebracht habe, landen acht Euro in der Hotelkasse. Mittlerweile hat sich die Lage verschlimmert, unsere Gesichter sind in sämtlichen Magazinen abgebildet und immer mehr Menschen sprechen mich auf die Gruppe an. Sogar meine Nachbarn fordern ein Autogramm mit Extrawidmung. Ich finde das seltsam, weil ich bis auf diverse Vollplayback-Auftritte rein musikalisch nichts gezeigt habe. Unser Song läuft zwar seit einigen Wochen immer wieder im Radio, aber die richtige CD, mit Cover und allem, was dazugehört, steht erst in ein paar Tagen in den Läden. Scheinbar werden die Menschen anspruchsloser, wenn es darum geht, einen Star in der Nachbarschaft zu haben. Ich fühle mich im Augenblick nicht einmal wie ein Sternchen. In meinem Heimatort grüßen mich jetzt auch Menschen, die normalerweise nur glatt geschniegelte Schlipsträger mit Aktenköfferchen akzeptieren. Es passiert häufiger, dass Mädchen mit dem Finger auf mich zeigen und dann mit ihrer Freundin tuscheln. Diese Situation macht es schwierig, Jessica ganz normal kennen zu lernen. Unser Treffen ohne Anstandsdame findet in meinem Auto statt, wir unterhalten uns

(ganz ehrlich!). Ich bin mir sicher, dass Jessica auch etwas für mich empfindet. Wir halten Händchen. Küssen uns. Schauen uns an. Immer wieder sagt Jessica, dass es riesigen Ärger geben wird, wenn Sascha davon erfährt. Das ist mir alles egal, ich will nur mit ihr zusammen sein. Jede freie Minute verbringen wir eng umschlungen. Hätten wir geahnt, wie schwierig Boygroup und feste Beziehung unter einen Hut zu bringen sind, wären wir wahrscheinlich noch in dieser Nacht durchgebrannt. Geflohen bis ans Ende der Welt.

8. Kapitel | **Die Veröffentlichung**

Seit einigen Tagen steht unsere CD in den Plattenläden. Alles hat sich verzögert und der Zeitplan ist völlig durcheinander geraten. Ausgerechnet jetzt sind wir nicht mehr so massiv in den Medien. Die Zeitschriften warten darauf, dass wir uns bewähren, erst dann soll es Fortsetzungsgeschichten geben. Jeden Tag bekommen wir von Sven die neuesten Auslieferungszahlen mitgeteilt. Wie viele CDs wir tatsächlich verkaufen, kann erst mal nur geschätzt werden. Selbst wenn die Händler pro Tag vier- bis fünfhundert Stück bestellen, bedeutet das nicht, dass wir tatsächlich diese Menge verkaufen. Jessica leidet mit mir. Obwohl sie sich eigentlich darüber freuen könnte, dass unsere Band in diesem Jahr wohl noch nicht auf Welttournee gehen wird. Trotzdem bin ich kaum zu Hause. Und wenn, bleiben uns immer nur ein paar Stunden auf der Rückbank meines Autos. Öffentliche Plätze, Theater oder Kinos sind tabu. Schließlich bin ich Single.

»Wir müssen in die Charts!« Sascha hat tiefe Ringe unter den Augen. Er könnte sich sein Handy auch ans rechte Ohr tackern, den ganzen Tag läuft er quasselnd durch die Gegend. Wir geben Autogrammstunden, oft sind nur zwanzig Mädchen da. Sascha ist überfordert. Er fährt uns mit dem Van von Ort zu Ort und muss auch noch den ganzen Bürokram erledigen. Sein Gesicht ist eingefallen, Ingo schafft es nicht einmal, die eingehenden Faxe richtig zu ordnen. Er bringt es fertig, den Redakteur einer glücklicherweise kleinen Zeitschrift als Arschloch zu bezeichnen, nur weil der ihn fragt, ob wir auch mit etablierten Produzenten zusammenarbeiten. Unser Traum vom Top Ten-Hit droht

vom Chaos zerstört zu werden. Jessica soll helfen den Bürokram zu ordnen. In wenigen Wochen soll sie mit uns auf Tour gehen, sich um die Fans kümmern und Kontakt zu den Zeitschriften halten. Ich kann es kaum erwarten, sie in meiner Nähe zu haben.
Auf dem Weg nach Hamburg machen wir zwei Stunden Pause. Ich gehe in einen riesigen Plattenladen, will endlich sehen, ob es unsere CD wirklich überall zu kaufen gibt.
Niemand erkennt mich, als ich vor dem Regal mit den Neuerscheinungen stehen bleibe. Da liegt ein großer Stapel mit unseren CDs. Er sieht völlig unberührt aus, wie ein kleiner Turm, den man nicht zerstören darf. Ich spiele mit dem Gedanken, meine eigene CD in die Hand zu nehmen und wie ein Marktschreier anzupreisen: »Holt euch die Newcomer des Jahres! Wer drei kauft, kriegt eine gratis!« In Deutschland leben mehr als 80 Millionen Menschen, warum kommt keiner auf die Idee, unsere CD zu kaufen? Leider ist dieses erschütternde Bild repräsentativ für die ganze Republik. Meine erste Single ein Ladenhüter! Der erhoffte Chart-Entry bleibt aus. Einmal in der Woche gibt es die aktuellen Media-Control-Charts und wir erscheinen nicht einmal auf der Warteliste. Der Traum, über Nacht zum Star zu werden, ist zerplatzt. Unser Tourbus schlängelt sich wie ein schwarzer Leichenwagen durch Ortschaften ohne Namen, ohne Bedeutung. Wie soll das jetzt weitergehen? Abends sitzen wir in der Hotellobby und starren auf unsere Gläser. Wir reden kaum. Boris versucht uns mit irgendwelchen Witzen aufzuheitern, aber wir fühlen uns leer, ausgebrannt und erschöpft von den letzten Wochen. Wir einigen uns darauf, dass Rinestar Music an diesem Desaster schuld ist. Ich denke an Sebastians Erklärung mit dem Abschreibeobjekt. Ja, wahrscheinlich sind wir einfach nur eine unbedeutende Zahl in der Bilanz, vielleicht haben wir bereits

genug Verluste eingefahren, damit dieser Scheiß-Konzern keine Steuern bezahlen muss. Haben unseren Teil der Abmachung erfüllt und müssen nun Platz für die echten Stars machen. Für irgendeine tolle Band, die ein Musikvideo bekommt, einen Choreografen, einen Stylisten, einen richtigen Manager und natürlich den Top Ten-Produzenten aus den Staaten. Das Leben ist unfair! Vielleicht sollten wir demonstrieren, sollten mit riesigen Plakaten vor die Zentrale von Rinestar Music ziehen und mit Trillerpfeifen unserer Forderung nach mehr Geld, besserer Betreuung und angemessenen Arbeitszeiten Ausdruck verleihen. Bestimmt würden sämtliche Fernsehsender die Story als Aufmacher bringen – und ganz bestimmt bekämen wir dann nie wieder einen Plattenvertrag!
Wir verschieben die Demo und betreiben Ursachenforschung.
»Rinestar Music hat herausgefunden, dass unser CD-Cover zu schleimig aussieht«, erklärt uns Sascha. »In zwei Tagen gibt es noch einmal ein Fotoshooting. Sven möchte eine neue Ausgabe auf den Markt werfen, mit besserem Cover.«
»Und was ist mit einem Video, nur durch Liveauftritte und ein paar Zeitschriften kriegt doch trotzdem keiner was davon mit!«
Genervt schlägt Boris mit der Faust gegen die Tischkante. Wir sitzen da wie die Jünger einer Sekte, die die Prophezeiungen ihres Gurus zum ersten Mal infrage stellen. Auch Dirk, der sich normalerweise nur darüber aufregt, wenn der hoteleigene Pornokanal eine Wiederholung zeigt, ist total gereizt, als bereue er seine Entscheidung, nicht weiterstudiert zu haben. Vor kurzem musste er auch noch sein Auto verkaufen, seinen geliebten Audi. Er ist pleite.
»Wollt ihr jetzt schon aufgeben?« Sascha kneift seine Augen zusammen und runzelt bedrohlich die Stirn. »So ist das eben,

Star wird man nicht über Nacht. Man muss dafür kämpfen.« Er steht auf und schüttelt den Kopf. »Was seid ihr denn für Memmen! Kaum gibt's Probleme, da wollt ihr schon den Schwanz einziehen.« Er macht eine kurze Pause. »Ich möchte, dass ihr jetzt noch härter arbeitet!«

Vier Augenpaare schauen ihn misstrauisch an. Sind wir eigentlich völlig bescheuert, den Worten eines 22-jährigen Möchtegern-Managers und eines verrückten Ungarn zu glauben? Es ist schön, eine Vision zu haben – aber wann ist der richtige Zeitpunkt, um aufzugeben, zu kapitulieren? Muss man sich schämen, wenn man eine falsche Entscheidung getroffen hat? Vielleicht arbeiten wir ja wirklich nicht hart genug? Vielleicht spüren die Menschen, dass unsere Musik nicht ehrlich gemeint ist, dass wir eben nur berühmt werden wollen, ohne etwas dafür zu tun. Keiner von uns sieht in dieser Boygroup die große Erfüllung. Für uns alle soll sie nur ein Schritt in Richtung Selbstverwirklichung sein. So kann das doch nicht funktionieren! Andererseits – kann ich mir kaum vorstellen, dass Modern Talking ihre Musik geliebt haben. Und trotzdem haben die wahnsinnig viele Platten verkauft.

Es ist Anfang November. Zwei Monate sind seit der CD-Veröffentlichung vergangen. Es gibt nicht mehr so viele Konzerte wie zu Beginn, aber jetzt steht die alte CD mit neuer Verpackung in den Läden. Unser Joker?! Wir haben endlich eine richtige Choreografin und üben in einem großen Spiegelsaal. Diesen Luxus bezahlt nicht etwa die Plattenfirma, sondern wir selbst. Genauer gesagt, hat uns Boris' Bruder einen zinslosen Kredit eingeräumt, weil den Bankberatern unsere CD zu wenig Sicherheit bot.

Es hat auch seinen Vorteil, dass unser Durchmarsch an die Spitze der Charts ins Stocken geraten ist: Jessica! Weil wir in nächster Zeit nur an den Wochenenden auftreten, treffen wir uns fast jeden Tag. Wir warten, bis es dunkel ist, was wegen der blöden Sommerzeit bis zehn Uhr dauert. Ich setze mich in mein Auto, fahre die dreißig Kilometer zu unserem Treffpunkt, einem einsam gelegenen Waldparkplatz, und nach wenigen Minuten klopft Jessica an die Scheibe. Von ihr aus sind es nur ein paar hundert Meter bis hierher – sie kommt mit dem Fahrrad. Wir küssen uns. Endlich. Stellen uns vor, wie Paparazzi uns gefolgt sind, um ein Foto zu schießen. Einen Schnappschuss, der am nächsten Tag als Aufmacher in der Bildzeitung erscheint. Aber ich bin ja nicht berühmt. Zum Glück! Wir vereinbaren Codewörter, kleine Sätze, die wir benutzen wollen, falls die anderen in der Nähe sind. Falls Jessica zu unseren nächsten Auftritten mitkommt. Wir fühlen uns wie zwei Spione auf geheimer Mission. Alles ist neu. Alles ist spannend. Wir sind die Hauptdarsteller in unserem eigenen Film.

»Könntest du mal kurz im Studio vorbeikommen, wir müssen etwas Wichtiges besprechen«, sagt Sascha mit leiser Stimme in den Telefonhörer. Er klingt erschöpft, ausgebrannt von all den durchgearbeiteten Nächten.
»Ich dachte, wir hätten frei?«
»Ja, schon, aber ihr müsst noch etwas erledigen.«
Ich verabschiede mich, ohne nachzuhaken. Steht es denn wirklich so schlecht um uns? Wahrscheinlich gibt es wieder irgendwelche Hiobsbotschaften. Vermutlich macht die Plattenfirma Druck. Vielleicht will Sven uns rausschmeißen.
Ich frage mich, wie oft ich schon diese fünfzehn Stufen zum

Studio hinuntergegangen bin und wie oft ich dieser weißen Stahltür gegenübergestanden habe. Ich erinnere mich daran, welche Erwartungen mich hierher führten. Ich wollte zeigen, dass ich singen kann. War auf der Suche nach Anerkennung, nach einem neuen Ziel, einer Perspektive, die mich aus der Mittelmäßigkeit herausreißt.

»Du bist der Erste«, begrüßt mich Sascha und reißt die Türe auf. Ich setze mich auf das rote Sofa, Sascha verschwindet in seinem Büro.

»Was gibt es denn so Wichtiges?«, rufe ich ihm hinterher.

»Warte noch, bis die anderen kommen, sonst muss ich fünfmal anfangen.«

Dirk, Boris und Timo erscheinen eine Viertelstunde später.

»Wir sind noch kurz im Bräunungsstudio gewesen«, entschuldigt sich Timo und schaut mich vorwurfsvoll an. Wir hatten vereinbart, dass ich mich, während die anderen beim Gesangsunterricht sind, um meine Hautbräune kümmere. Ich habe aber mehr Lust, mich mit Jessica zu treffen, als unter den heißen Röhren zu grillen. Meine Sommersprossen sind wieder verblasst. Vielleicht sollten wir unser Geheimtreffen das nächste Mal in ein Sonnenstudio verlegen.

»Könnt ihr mal ins Büro kommen?« Sascha hat seinen Schreibtisch abgeräumt und ist damit beschäftigt, ein großes Poster mit den aktuellen Singlecharts an die Wand zu pinnen.

»Willst du uns jetzt zeigen, welche Gruppen besser sind als wir?« Boris setzt sich genervt auf einen Klappstuhl.

»Einen Moment noch . . .« Sascha zieht einen gelben Marker aus der Schublade. »Ich hab eine gute Nachricht für euch«, plötzlich hat Sascha wieder dieses Lausbubengrinsen aufgesetzt, ich glaub, jetzt dreht er völlig durch. »Ihr seid zwar nicht

in den Top-100«, er klopft mit dem Stift auf das Poster, »aber schaut mal genauer hin.«
Wir stehen da, als wollten wir mit unseren Blicken ein Loch in das Plakat brennen. Sascha markiert mit dem Leuchtstift einen kleinen Punkt am unteren Rand. »Ihr steht auf der Warteliste!«, brüllt er los. Jetzt kann ich es auch erkennen. Da steht unser Name: *Call Us*.
»Das neue Cover hat voll eingeschlagen. Jetzt sind die Charts zum Greifen nah.« Sascha ballt die Faust zur Siegerpose. »Ich hab mit Sven telefoniert, wahrscheinlich steigt ihr in zwei Wochen in die Top-100 ein. Deshalb muss jetzt schnell ein Video gedreht werden.«
Ein Video? Wir bekommen ein Musikvideo wie die anderen großen Stars? Wir können es doch noch schaffen, reich und berühmt zu werden. Ich lache – die anderen lachen –, mein Herz bleibt kurz stehen, um sich wieder neu einzugrooven. Um meinen Beat of life zu beschleunigen. Ein kleiner Schub Glückshormone nimmt den Kampf gegen die dunkle Macht des Zweifelns auf, schnappt sich den Übeltäter und ersäuft ihn mit einer gewaltigen Armee von Söldnern, von unbarmherzigen Kämpfern, die nur eines wollen: gewinnen. Um jeden Preis. Wie oft kann ein normaler Mensch diese Ups and Downs ertragen, ohne dass ihm eine Sicherung durchbrennt? Ohne Drogen zu nehmen? Ohne ins Irrenhaus zu kommen? Ohne abzustumpfen?

Wir bekommen Drehbuchvorschläge. Jeden einzelnen lesen wir durch. Fast alle Ideen sind zum Gähnen. Wir am Strand, im Pool oder in einem noblen Hotelzimmer. Möglichst romatische Aufnahmen und ein Mädchen, das wir alle anhimmeln. Einfach schrecklich langweilig! Am Ende entscheiden wir uns für eine Liebesgeschichte in einer Londoner Hotelsuite. Nichts Schmutziges, eine völlig harmlose Romanze. Doch Sven gibt uns zu verstehen, dass ihm die dafür notwendigen siebzigtausend Euro einfach zu viel für uns Newcomer sind. Er schlägt eine Lowbudget-Bluebox-Produktion vor, mit einem bekannten Gesicht aus der Musikbranche als Gaststar. Unsere Begeisterung hält sich in Grenzen. Wieder haben wir das Gefühl, von unserer Plattenfirma nicht ernst genommen zu werden. Die wollen kein Risiko eingehen. Eine andere deutsche Boygroup namens *Conduction*, die auch bei Rinestar Music unter Vertrag ist, entert vor uns die Charts. Nun sind wir die ungeliebte Konkurrenz im eigenen Haus. Sascha will sich nicht geschlagen geben, nach zähen Verhandlungen sollen wir eine Art Kompromiss-Video drehen. Nicht richtig billig, aber auch nicht in Hollywood-Qualität. Das ist unsere letzte Chance. Wenn VIVA und MTV uns ablehnen, ist alles vorbei. Eine bekannte Moderatorin soll eine Hauptrolle in unserem B-Movie bekommen. Durch ihren Auftritt will Sven verhindern, dass unser Kurzfilm abgelehnt und zu teurem Sondermüll wird. Am Abend vor dem Dreh lernen wir in Bad Homburg unseren Joker – Manu – kennen, ganz ungezwungen bei einem Essen. Ich bin überrascht und beeindruckt von der schönen Asiatin, die so gar keine Starallüren an den Tag legt. Jetzt freue ich mich fast auf den Dreh.

Bepackt mit unseren Klamotten, betreten wir um halb acht am nächsten Morgen das riesige Produktionsstudio am anderen Ende von Bad Homburg.
»Wo sind denn die Requisiten?« Dirk reibt sich die Augen und schaut Sascha ungläubig an.

»Ihr müsst schon ein bisschen eure Phantasie anstrengen. Hier vor diesem blauen Hintergrund werdet ihr tanzen. Die Kulisse soll eben erst im Computer erschaffen werden, ist das denn so schwer zu begreifen?«

Wir blicken ihn verwundert an, als hätte er uns soeben die Urknalltheorie erklärt. Vielleicht sollten wir Drogen nehmen, um unserem Geist vorzugaukeln, die blauen Stoffbahnen seien eine Stadt. Klar hab ich auch schon mal von den Möglichkeiten der Bluebox gehört, aber sich so ganz ohne Orientierung zu bewegen ist bestimmt nicht leicht. Aber sicher billig.

Die Geschichte, die sich der Regisseur für sein und unser erstes Musikvideo ausgedacht hat, ist schnell erzählt. Wir bewegen uns in einer unwirklichen, futuristischen Welt aus Hochhäusern. Einer Art Metropolis. Ein gigantisches, lebendes Plakat ist an der Fassade eines Wolkenkratzers angebracht. Dieses Plakat zeigt uns vier in XXL. Gegenüber ist unser teurer Gaststar (immerhin bekommt sie dreitausend Euro plus Beteiligung) auf einer anderen Werbetafel zu sehen. Während wir den Song trällern, soll sie auf uns aufmerksam werden. Wir tauschen Blicke aus. Am Ende sollen wir aus dem Plakat steigen und über eine virtuelle Häuserschlucht zu ihr rübergehen. In dieser animierten Welt gibt es entweder keine Schwerkraft oder am Computer muss eine Art Raumschiff *Enterprise* gebastelt werden, das uns heil zu unserer Angebeteten bringt.

Die Visagistin und der Regisseur sind mit unseren Klamotten unzufrieden. Mit Sascha im Schlepptau gehen sie noch einmal los, um neue weiße Hemden zu besorgen, die sich durch unterschiedliche Schnitte und besondere Knöpfe voneinander unterscheiden sollen.

»Wir haben endlich das richtige Outfit für euch«, meint die Vi-

sagistin begeistert, als sie uns zwei Stunden später ihre Beute präsentiert. »Die Hemden waren zwar sauteuer, aber dafür sehen sie echt geil aus. Und erst diese schönen Silberknöpfe.«
Als ich mir mein Zweihundertfünfzig-Euro-Hemd überstreife, suche ich verzweifelt nach etwas Besonderem. Sosehr ich mich auch anstrenge, es ist nichts weiter als ein weißes Hemd von Versace. Vielleicht kann man ja nachträglich am Computer etwas verändern.
Der Kameramann hat nicht allzu viel Geduld. Obwohl selbst Sascha dafür Verständnis hat, dass man sich erst einmal an die Rolle des tanzenden Schauspielers gewöhnen muss.
»Könntet ihr nicht ein bisschen lockerer an die Choreografie rangehen? Ihr steht da wie die ersten Menschen«, sagt der Regisseur und lugt genervt hinter dem Kontrollmonitor hervor. Es ist schwierig, sich die virtuelle Welt selbst im Kopf zusammenzubauen. Bisher haben wir uns noch nicht einmal auf die Größe des Plakats geeinigt. Nur eines steht fest: Ich springe immer wieder aus dem Rahmen. Mit ein paar Markierungen bekommen wir wenigstens dieses Problem in den Griff. Dem Kameramann scheint das mittlerweile egal zu sein, er macht einen Take nach dem anderen. Schnell gibt er sich mit unserer Leistung zufrieden. Immer wieder schaut er auf die Uhr, als vergeude er mit uns seine wertvolle Zeit. Auf einem weiteren Monitor können Sascha und Ingo unseren (aussichtslosen) Kampf mit der imaginären Welt beobachten. Sie sind skeptisch.
»Das sieht aus wie tanzende Roboter ohne Zähne«, fährt uns Ingo in einer Pause an. »Ihr müsst Spaß geben, sonst alles teurer Müll.«
Auch Sascha findet, dass unsere Performance affig aussieht.

Wir sollen an manchen Stellen lieber ganz ohne Choreografie tanzen, sagt er. Mit diesen Tipps gehen wir erneut ans Werk. Weder der Regisseur noch der Kameramann gehören zu der Sorte Mensch, die einen motivieren können. Zwar prügeln sie wie am Fließband eine Szene nach der anderen durch, sagen aber nie konkret, was wir noch verbessern können. Wir hängen irgendwo zwischen Zeit und Raum und Ingos intellektuellen Ratschlägen fest. Die genervten Blicke des Drehteams sind alles andere als aufbauend. Ich frage mich, ob die Bezahlung noch schlechter als unsere Show ist.

Als Manu an der Reihe ist, zeigt sich schnell, wie viel Erfahrung sie bereits vor der Kamera gesammelt hat. Sie flirtet in die Öffnung des Objektivs, als sei da irgendwo ihr Freund versteckt.

»Super! Spitze!« Der Kameramann ist begeistert von ihrem Spiel. Wir stehen mit offenen Mündern da und sind gefangen von der Professionalität, mit der sie ihre Rolle spielt. Sie lacht, macht eine Drehung, blinkt dann wieder mit einem aufreizenden Blick Richtung Kamera und geht zwei Schritte. Die hohen schwarzen Stiefel und ihr kurzer Rock versprühen so viel Sexappeal, dass sich in der Halle rasch ein hoch konzentrierter Dunst aus frisch produziertem Testosteron verbreitet.

Bei der letzten Szene sollen wir in den nicht vorhandenen Rahmen von Manus Plakat springen, rote Rosenblätter in Form von Papierschnitzeln soll es vom Himmel beziehungsweise einer Leiter regnen. Gerade als wir diese Szene heiß drehen wollen, verabschiedet sich zu unserer Verwunderung der Kameramann.

»Das sieht alles schon ganz gut aus. Wir müssen für einen Moment unterbrechen. Ich muss noch was erledigen.« Wir schauen ihn verdutzt an. Doch bevor wir ein Veto einlegen können, ist er durch den Hinterausgang verschwunden.

Auch der Kameraassistent ist überrascht. »Ich hab keine Ahnung, was der vorhat«, sagt er zum fassungslos dreinblickenden Regisseur. »Der wird sicher gleich zurückkommen.«
Als der Kerl nach zwei Stunden immer noch nicht auftaucht und auch unser Gaststar langsam genervt ist, beginnt Sascha mit Sven eine Diskussion:
»Mach doch was, ihr müsst doch schließlich dafür bezahlen«, pflaumt er ihn an.
»Ich versuche doch schon die ganze Zeit, ihn auf seinem Handy zu erreichen«, verteidigt sich Sven. Fünfzehn Stunden Dreh sind vorbei. Und der Kameramann ist spurlos verschwunden. Manu, die bis vor wenigen Minuten noch Witze erzählt hat, verhandelt nun mit Sven über eine Zusatzgage. Der Regisseur entscheidet, die letzte Szene selbst zu drehen. Nach zwei Minuten gemeinsam in Manus Plakat ist alles vorbei. Die letzte Klappe fällt. Der Kameramann taucht wenige Minuten später am Set auf. Total besoffen. Er lallt und sagt, dass er noch nie so ein schwules Video gedreht habe. Ingo gibt ihm eine Ohrfeige. Der Kameramann torkelt, fällt um und reißt die teure Kamera mit sich. Ich kann hören, wie Glas zersplittert, wahrscheinlich das Objektiv. Der Assistent tritt Ingo mit seinen spitzen Cowboystiefeln in die Eier. Ingo krümmt sich vor Schmerz. Sascha stellt sich zwischen die beiden, Sven kommt dazu. Wir packen schnell unsere Sachen und gehen.
Die Kamera kostet siebzigtausend Euro. Dank Ingo müssen wir jetzt mindestens hundertvierzigtausend CDs verkaufen, bevor wir einen Cent verdienen.

Als wir nach zwei Wochen das teure »Kunstwerk« zu sehen bekommen, sind wir abgrundtief enttäuscht. Alles wirkt so billig.

In meiner Phantasie habe ich mir das Video viel eindrucksvoller und perfekter vorgestellt. Vielleicht hätten wir die Schlägerei aufnehmen sollen, um daraus eine Art Making-of zu machen.

Manu wirkt vor dieser Kulisse, die leider nur wie eine Billigversion von Metropolis aussieht, schlechter als vor dem blauen Vorhang. Sie hatte uns bei der Verabschiedung in ihre Sendung »Interaktiv« eingeladen. Dort fände die Weltpremiere unseres Kurzfilms statt. Aber wahrscheinlich ist sie jetzt von dem miserablen Ergebnis genauso enttäuscht wie wir. Und so geht es uns nicht besser als all den anderen Künstlern, deren Video abgelehnt wird. Unseren Manu-Bonus haben wir mit diesem Film verspielt. Wer schuld an dem Desaster ist, kann auch Sven nicht erklären. Er versucht uns Mut zu machen. Das Video sei ja nicht ganz abgelehnt, in zwei Wochen wird es noch einmal vorgestellt.

Will er den Leuten vielleicht erzählen, wie es aussehen könnte? Oder will er Kohle dafür ausgeben, alle Entscheidungsträger zu bestechen? Ich habe keine Ahnung, was im Kopf unseres A&R vorgeht.

Unsere Single hängt immer noch auf der Warteliste fest. Täglich bekommt Sascha vom Vertrieb von Rinestar Music die aktuellen Zahlen. Ich kann mich kaum daran erinnern, jemals etwas Nervenaufreibenderes miterlebt zu haben. Es ist, als spiele man Roulette und setze immer auf dieselbe Zahl, in der Hoffnung, dass die Kugel an der richtigen Stelle liegen bleibt, bevor man pleite ist.

Wir machen fast jeden Abend, an dem wir uns nicht sehen, eine Telefonkette. Sascha ruft Boris an, der meldet sich bei Timo, bevor dieser Dirk Bescheid gibt. Dann bin ich an der Reihe.

»Zuerst die schlechte Nachricht«, beginnt Dirk das Gespräch. »Wir haben drei CDs weniger als gestern an den Händler gebracht.« Er macht eine kleine Pause. »Wir sind in den Charts!« Immer wieder brüllt er diesen Satz in den Hörer, seine Stimme überschlägt sich, er jauchzt und grölt, als hätte sein Lieblingsverein die deutsche Fußballmeisterschaft gewonnen. »Von null auf 73. Ich kann es nicht fassen. Wir haben es geschafft – Wahnsinn! Erik, bist du noch da?«

Ich versuche ganz cool zu bleiben, habe mir vorgenommen meinen Körper vor übermäßigen Reaktionen zu schützen. Es klappt nicht. »Jäh, jau«, antworte ich erst zurückhaltend, doch dann schreie ich mir mit einem durchdringenden »Jaaaaaaaaaa!« die Ungewissheit der letzten Monate von der Seele. Ich springe in die Luft und reiße dabei fast das Telefonkabel aus der Wand. Dann falle ich auf die Knie und mache eine Becker-Faust, als hätte ich soeben Wimbledon gewonnen. »Sorry, Dirk, aber ich muss meinen Bruder anrufen«, sage ich ganz außer Atem und lege auf. Ich bin so aufgeregt, dass ich mich mindestens fünfmal vertippe, bis ich endlich ein Freizeichen bekomme. Auch Jens gratuliert mir, aber er pflegt wie immer die zurückhaltende Art der Freude. Ich rufe Jessica an. Die weiß schon davon. Sascha hat sie angerufen. Ich will mich mit ihr treffen, sie sagt, Sascha wolle sie sehen, um neue Fanaktionen zu besprechen. Ich bin für einen kurzen Moment enttäuscht, beschließe dann mich selbst zu einem riesigen Eisbecher einzuladen. Die Feier mit den anderen bleibt aus.

Wir bekommen N1-Rotation bei VIVA, das »N« steht für Newcomer. Unser Video wird jeden Tag gespielt – VIVA kann uns nicht mehr ignorieren! Mola kündigt den Clip in seiner Chartshow erstklassig an. Ich bin glücklich, als ich das Video sehe.

Es sieht doch gar nicht so schlimm aus, wie ich am Anfang gedacht habe. Vor lauter Weichzeichner leuchten wir wie weiße Engel. Nur wer mit der Lupe vor dem Fernseher sitzt, kann erkennen, dass wir unterschiedliche Hemden tragen. Aber das ist ja jetzt auch völlig egal. Denn wir sind in den Charts. Parallel zu VIVA laufen Werbespots auf RTL2. Die Marketing-Maschinerie setzt sich in Bewegung. Sogar die Bildzeitung widmet uns, »den Stuttgarter Chartstürmern«, eine halbe Seite.

9. Kapitel | **Die Hamstertour**

Einen Tag nach unserem Chart-Entry sitzen wir im Studio wie die Nationalmannschaft nach der gewonnenen Europameisterschaft. Wir sind entspannt. Auch Boris versprüht endlich mal wieder diesen unbesiegbaren Optimismus, der uns schon so oft mitgerissen hat. An diesem Tag inhaliere ich die Luft wie eine süßliche Droge, ich sauge den herben Geruch der ersten Schneeflocken ein und spüre den kalten Strom, wie er meinen Kopf von all dem Gefühlschaos befreit. Die ganze Welt liegt vor mir wie ein roter Teppich, der nur darauf wartet, die Füße eines neuen Stars zum Erfolg zu führen. Ich bin ausgeglichen, völlig relaxt, als hätte ich nun endlich meinen Lebensplan entschlüsselt. Wenn ich mein Schicksal bestimmen kann, dann möchte ich in solch einem Moment sterben.
Ein Star werden. Ich will verdammt noch mal berühmt sein.

»Leider haben die Promoter unserer Plattenfirma den Chart-Entry verschlafen und nicht gut reagiert, für Autogrammstunden ist es jetzt zu spät. So wie sich die Verkaufszahlen entwickeln, könnte es auch sein, dass wir schon nächste Woche wieder aus den Top-100 rausfliegen.« Mit ernstem Blick zeigt Sascha auf unsere Platzierung. »Ich habe mich noch gestern Abend mit einem anderen Produzenten zusammengesetzt, der mir einen guten Tipp gegeben hat«, fährt Sascha mit seiner Erklärung fort.
Jetzt erst entdecke ich die Ringe unter seinen Augen. Er sieht aus, als hätte er die ganze Nacht wach gelegen und gegrübelt, wie wir unsere Position halten können. Er nimmt einen Schluck

Kaffee, ohne Koffeinschub könnte er jeden Moment vom Stuhl fallen. Dann rollt er eine große Deutschlandkarte auf dem Schreibtisch aus.
»In jedem Bundesland liegt unsere CD im Laden. Damit wir in den Charts bleiben, müssen auch diese Woche wieder ziemlich viele verkauft werden.«
»Worauf willst du hinaus?« Dirk schaut ihn misstrauisch an.
»Der Produzent hat schon einige Acts in den Charts gehalten oder sie sogar weiter nach vorne gebracht, indem er die CDs einfach selbst gekauft hat.«
»Du spinnst! Das ist doch Betrug!«
»Nirgendwo steht, dass es verboten ist, seine eigene CD im Laden zu kaufen«, kontert Sascha.
»Weißt du eigentlich, wie viel tausend Plattenläden es überhaupt in Deutschland gibt?«
»Es ist mir völlig klar, dass wir nicht in jeden Laden gehen können, aber das ist scheinbar auch gar nicht nötig. Offenbar reicht es, die kleinen Geschäfte abzugrasen.«
»Und woher sollen wir das Geld nehmen?«, frage ich.
»Der Produzent will uns die Hamstertour finanzieren, wenn wir auch für ihn einkaufen gehen.«
Stille.
Es ist, als hätte man uns eine schwierige Rechenaufgabe gestellt, die alle Ressourcen, auch die des Sprachzentrums, benötigt, um die richtige Lösung zu finden. Sascha steht auf und pinnt die Karte an die Wand, direkt neben die Chartliste. Dann zieht er einen weißen Zettel aus dem Ablagefach und heftet ihn daneben.
Mit bunten Nadeln markiert er verschiedene Städte. Nach zehn Minuten erkennt man ein System. Jeweils zwei Bundes-

länder bekommen eine Farbe. Auf dem weißen, eng beschriebenen Blatt stehen die Namen kleinerer Plattenläden. Immer wenn er einen Zielort markiert hat, macht er ein Häkchen. »Wir müssen alle mithelfen. Acht Gruppen bekommen jeweils zwei Bundesländer zugeteilt. Dirk, bitte frag deine Brüder, ob sie dabei sind. Wir brauchen einige zusätzliche Helfer, sonst schaffen wir das nicht.«

»Aber was soll uns das denn bringen?«, melde ich mich zurück.

»Geld natürlich. Unsere Gagen werden steigen und wir bekommen noch mehr Auftritte. Ist das denn nichts?«

In den nächsten zwei Stunden telefonieren wir, als ginge es darum, die Welt zu retten. Mein Bruder kommt mit. Am Abend haben wir alle Teams zusammen. Boris muss alleine in Norddeutschland auf Tour gehen.

Baden-Württemberg und Hessen – dort werden Jens und ich in den nächsten Tagen einkaufen. Der Plan ist total verrückt. Ich fühle mich wie das Mitglied einer Gangsterbande, die vor dem großen Coup steht. Gerade jetzt bekomme ich täglich neue Einladungen zu tollen Partys. Ich würde diesen Moment lieber noch etwas auskosten.

Wir sollen das Ganze möglichst unauffällig über die Bühne bringen. Das kann schwierig werden, weil unser Gesicht nicht nur auf dem Cover der CD zu sehen ist, sondern auch im Fernsehen. Es gäbe wohl nichts Peinlicheres, als von einem Fan oder dem Verkäufer erkannt zu werden, wenn man gerade seine eigene CD bezahlen möchte.

Um dieses Risiko zu minimieren, gehen wir, außer Boris, zu zweit auf Tour. Mein Bruder soll die Einkäufe erledigen, während ich im Auto warte.

Es ist kurz nach neun, als wir vor dem ersten Laden in einer Kleinstadt bei Wiesbaden stehen. Ich lasse den Motor laufen, weil es draußen arschkalt ist. Drei CDs soll Jens kaufen, sobald das Schild an der Türe nicht mehr »Closed« zeigt. Wir fühlen uns wie Bankräuber, die in wenigen Momenten mit vorgehaltener Waffe und Strumpfmasken ein Verbrechen begehen wollen.

»Du musst einfach nur die drei CDs kaufen«, sage ich mit belegter Stimme. »Kein Problem«, antwortet mein Bruder. Jens sieht so gar nicht wie der typische Boygroup-Fan aus. Er hat lange Haare und pflegt eher einen intellektuellen Stil. Von ihm würde man erwarten, dass er nach alten *Jethro-Tull-* oder *Genesis*-Platten sucht und nicht nach Plastik-Pop. Er gehört zu den Sammlertypen, die sich nicht für Single-Auskopplungen interessieren, sondern für Longplayer, die man wie ein gutes Buch verschlingt und über Jahrzehnte aufbewahrt. Er fand *Depeche Mo*de immer Scheiße, bis er gemerkt hat, dass diese Art der Popmusik noch eine eigene, unverwechselbare Identität hat und nicht nur eine billige Kopie ist. Seiner Meinung nach (die ich mittlerweile teile) wird es nur noch ganz wenige Bands geben, die Geschichte schreiben. Deren Musiker es verdienen, in der Hall of Fame in Cleveland zu stehen. Von den meisten Künstlern werden nur irgendwelche andere »Leistungen« wie die meisten Schönheitsoperationen oder das teuerste Musikvideo ihre Zeit überdauern.

»Hier hab ich die beiden CDs von euch und die von dem Typen.« Mit diesen Worten reißt mein Bruder die Autotüre auf. »Ich glaub, der hat sich nicht gewundert.« Die anfängliche Nervosität ist verschwunden. Ja, wir haben zeitweise sogar richtig Spaß an dieser Reise. Wir schaffen unser Tagespensum ohne

Probleme. Am Abend gehen wir in eine kleine Pension, die nur wenige Meter vom nächsten Geschäft entfernt in der Fußgängerzone liegt. Ich kann mich nicht daran erinnern, wann wir das letzte Mal zusammen in einem Bett geschlafen haben. Vielleicht als Kinder.
»Als ich dir die Gitarre zur Konfirmation geschenkt habe, hätte ich nie gedacht, dass du einmal bei so einer Boygroup mitmachen würdest. Ich fand die Sachen, die du mit *Chase the Bird* aufgenommen hast, echt okay.«
»Aber die wollten doch gar keinen Plattenvertrag. Die wollten immer nur zum Spaß Musik machen.«
»Ist das denn das Wichtigste, ein Plattenvertrag? Willst du – nur um erfolgreich zu sein – alle Ideale vergessen und wie eine Marionette nach der Pfeife von anderen tanzen? Da ist es ja noch besser, bei einer Versicherung zu arbeiten.«
Ich schweige. Ich suche zwar nach Gegenargumenten, aber tief in mir drin weiß ich, dass er Recht hat. Zum ersten Mal sagt mir mein Bruder an diesem Abend, was er tatsächlich von meinem neuen Job hält. Ich habe es mir zwar gedacht. Aber ausgesprochen klingt so etwas viel härter. Umso mehr bewundere ich ihn dafür, dass er, ohne zu zögern, mitgekommen ist, um mit mir zu verhindern, dass dieser Traum vom Starsein wie eine Seifenblase zerplatzt.

Fünf Tage sind wir nun unterwegs und alles läuft wie am Schnürchen. Die allabendliche Telefonkonferenz klingt, als würden wir für einen Geheimdienst arbeiten und verschlüsselte Zahlencodes austauschen. Unser Kofferraum ist voller CDs. Morgen ist der Tag X, dann wird sich zeigen, ob die Hamstertour, wie wir sie getauft haben, erfolgreich ist.

Mein Bruder hat sich irgendwie den Magen verdorben. Seit einer halben Stunde quält er sich schon auf dem Klo. Immer wieder höre ich eindeutige Geräusche, die nichts Gutes verheißen.
»Erik, komm mal bitte an die Türe.« Seine Stimme hört sich gequält an, als wäre er in einen aussichtslosen Kampf verwickelt und würde in wenigen Augenblicken seinen schweren Verletzungen erliegen.
»Ist dir das Klopapier ausgegangen?«
»Nein, aber ich glaube, dass ich mich heute nicht weiter als fünf Meter von dieser Schüssel entfernen kann.«
»Das ist irgendwie blöd, weil wir in einem der Läden, die heute auf der Liste stehen, schon mal eine Autogrammstunde gegeben haben und mich der Besitzer vielleicht noch kennt.«
Keine Reaktion.
»Es geht nicht. Ich bleibe hier!«, sagt Jens schließlich mit einem entschlossenen Unterton, ein unappetitliches Geräusch unterstreicht seine Aussage.
Der Plattenladen liegt nur zweihundert Meter von der Pension entfernt. Ich ziehe mir den Mantelkragen ins Gesicht, sodass nur noch Augen und Nase zu erkennen sind. Vor anderthalb Monaten habe ich hier in der Fußgängerzone Autogramme geschrieben. Sie hatten zwei Tische vor das Schaufenster gestellt. Es war ein wunderschöner Spätsommertag. Viele Teenies wollten unsere CD mit unseren Unterschriften veredelt haben. Heute ist der Himmel grau, es regnet in Strömen und man sieht nur mürrische Gesichter durch die Fußgängerzone hasten. So schnell können sich die Zeiten ändern. Jetzt soll ich meine eigene CD kaufen, damit das unbeschwerte Gefühl des Sommers wenigstens für einen Moment zu uns zurückkehrt.

Damit wir weiterträumen können. Damit ich dem Tag des Erfolgs, dem Tag des Absprungs, wieder ein Stückchen näher komme.
Ich warte, bis zwei Jugendliche das Geschäft betreten. Dann öffne ich die Türe. Ein schriller Klingelton kündigt meinen Besuch an, ich erschrecke, als hätte man mich dabei ertappt, wie ich eine CD in der Manteltasche verschwinden lasse. Ganz hinten im Laden erspähe ich ein Regal mit den Neuheiten. Ich gehe mit großen Schritten an den Jugendlichen vorbei, die sich von einem Verkäufer beraten lassen. Sie ist nicht da! Nicht unter C, nicht unter einem anderen Buchstaben des Alphabets. Ich kann sie nirgendwo finden.
»Kann ich dir helfen?« Der Verkäufer muss mich beobachtet haben. Er steht direkt hinter mir. Ich spüre seinen Blick im Rücken. Jetzt ist alles vorbei. Ich erkenne seine Stimme. Wenn ich mich jetzt umdrehe, wird er sich erst einmal totlachen und dann der Presse oder anderen Händlern von mir erzählen. Alles wird auffliegen. Und nur weil ich Depp vor dem falschen Regal stehe. Zwei Meter entfernt, entdecke ich plötzlich bei den Neuheiten unseren Schriftzug.
»Alles klar«, antworte ich dem Verkäufer, ohne mich umzudrehen, ich tue so, als müsse ich niesen, und ziehe den Mantelkragen noch weiter ins Gesicht. Hastig greife ich nach den CDs. Ich habe keine andere Wahl. Ich muss zur Kasse gehen. Ich linse rüber und bemerke, wie der Verkäufer mit einem Kollegen tuschelt. Hat er mich doch erkannt? Spürt er, dass ich nervös bin? Ich kenne sein Gesicht noch von der Autogrammstunde. Aber sein älterer Kollege, der nun alleine hinter der Kasse steht, ihn habe ich noch nie gesehen. Kurz entschlossen, lege ich ihm die beiden CDs mit dem Cover nach unten auf die The-

ke. Er tastet mit dem Handscanner den Strichcode ab. Ich lege ihm das Geld passend hin und verschwinde durch die Türe. Vor lauter Aufregung habe ich vergessen, die CDs unseres Sponsors einzukaufen.
Ich kehre zurück in die Pension. Keine zehn Pferde bekommen mich noch einmal in diesen Laden.
Die Telefonkonferenz wird zum Trauerspiel. Unser Manipulationsversuch ist gescheitert. Unsere CD stürzt um 19 Plätze, alles war umsonst. Wir hätten doch noch mehr Scheiben einkaufen müssen, erklärt Sascha nüchtern.

10. Kapitel | **Veränderungen**

Obwohl wir nach zwei Wochen wieder aus den Top 100 fliegen, ebnet uns der Chart-Entry den Weg in größere Hallen. Für unsere Konzertagentur und die Plattenfirma ist es nun leichter, an hochkarätige Veranstaltungen zu kommen. Die Pop Explosion in Düsseldorf ist für alle Newcomer das Ereignis des Jahres.

Jessica kann leider nicht dabei sein. Sascha hat ihr kurzfristig abgesagt, weil die Plattenfirma nicht noch ein Extrazimmer für unsere Fanbeauftragte bezahlen möchte. Er und meine Kollegen haben nicht die leiseste Ahnung von unserer Beziehung. Wir sind total vorsichtig. Sogar Sebastian habe ich erst vor ein paar Wochen von Jessica erzählt. Alles ist im Augenblick so aufregend und hektisch, dass mir kaum Zeit bleibt, sie zu vermissen. Sie ist sauer, hat mich am Telefon gefragt, ob ich sie überhaupt lieben würde oder ob alles nur Spaß, ein kurzer Zeitvertreib für mich gewesen sei, um die Durststrecke mit der Band zu überbrücken. Jessica sagt, dass es vielleicht besser ist, wenn wir Schluss machen und einfach nur gute Freunde bleiben. Sie könnte es nicht ertragen, wenn ich mich plötzlich in so ein Glamour-Girl verlieben würde. Sie hat Angst. Und ich auch. Noch nie war ich von so vielen schönen weiblichen Wesen umgeben wie in den letzten Wochen. Sie sitzen an Hotelbars, warten im Backstagebereich oder räkeln sich am Pool.
Als Teenager habe ich davon geträumt, dass in jeder Zimmertür ein anderes schönes Mädel steht, das mich hineinbittet und mich wild knutschend aufs Bett zerrt. Natürlich ist Jessica

anders. Sie ist nicht nur schön, sondern auch der liebste und sensibelste Mensch, den ich kenne. Trotzdem frage ich mich, ob jedes männliche Wesen diese tickende Zeitbombe in sich trägt, mit deren Explosion alle Gefühle gelähmt und nur noch der Trieb gesteuert wird? Verdammt! Warum muss alles immer so kompliziert sein?

Jeder von uns hat, wie seit unserem Chart-Entry üblich, ein Einzelzimmer bekommen. Diesen neuen Luxus nehme ich gerne an, so kann ich ungestört mit Jessica telefonieren und muss nicht ständig den geräuschvollen sexuellen Phantasien von Dirk oder Boris lauschen. Timo und ich haben es bereits aufgegeben, nach irgendwelchen Gemeinsamkeiten zu suchen. Einzelzimmer machen diesen Prozess noch einfacher.
»Hast du das gesehen? Wenn ich richtig gezählt habe, dann haben *N'Sync* neun Zimmer!« Boris starrt mich fassungslos an. Er beobachtet immer sehr genau, was um uns herum geschieht. Der Polizist in ihm liegt ständig auf der Lauer und sucht nach Ungerechtigkeiten.
Für einen Newcomer sind neun Zimmer eine beachtliche Zahl.
»Die sind mehrere Monate auf Promo-Tour und können nicht wie wir mal kurz nach Hause fahren«, sage ich und starre den fünf amerikanischen Jungs hinterher.
»Die müssen wahrscheinlich nicht mal selbst aufs Klo gehen«, lacht Dirk.
»Die sind eben keine Lowbudget-Combo wie wir«, fügt Timo schnippisch hinzu und verschwindet in seinem Zimmer. Er führt sich manchmal auf wie eine Diva. Seit neuem lässt er sich das Frühstück aufs Zimmer bringen. Im Normalfall muss der Roomservice dann noch zweimal kommen. Weil sein Omelette

nicht mehr warm genug ist oder er noch eine zusätzliche Portion Erdbeermarmelade haben möchte. Timo lässt gerne für sich arbeiten. Nur selten gibt er Trinkgeld oder bedankt sich.
Neidisch schaue ich *N'Sync* hinterher. Sie bewegen sich so selbstsicher, wie man sich wahrscheinlich nur mit einem Mega-Plattendeal im Rücken bewegen kann. Als wären sie mal kurz über den großen Teich geflogen, um sich vor der Grammy-Verleihung aufzuwärmen. Bestimmt wurde schon vor der ersten Single die Welttournee geplant. Klar sind die fünf Jungs eine gut ausgebildete Boygroup, aber Talent allein reicht nicht aus. Die Jungs profitieren vom Erfolg der *Backstreet Boys,* die denselben Manager haben. Sie können sofort eine Stufe höher einsteigen, weil die Schöpfer der Band bei jeder Zeitschrift, jedem Konzertveranstalter und jedem Fernsehsender eine gute Verhandlungsposition haben.
Ihr bekommt die *Backstreet Boy*s nur, wenn ihr auch *N'Sync* auftreten lasst! – Gegen dieses Argument können die Wenigsten etwas ausrichten.
Die fünf Jungs sind sehr freundlich. Mehr als Smalltalk ist nicht drin. Mit Justin, dem Frontmann, habe ich mich in München bei einem Konzert unterhalten. Das war ihr erster Auftritt in Deutschland. Er hat meine Stimme gelobt. Ich hoffe, er hat es ehrlich gemeint. Seit ihre Single in den Charts ist, hat er nur noch ein müdes »Hello, how are you?« für mich übrig. Irgendwann will ich mich mal an der Hotelbar mit ihm betrinken. Dann soll er mir ins Gesicht sagen, wie Scheiße er unsere Band findet. Ehrliche Menschen finde ich sympathisch. Ich hätte auch nichts dagegen, wenn er mir einen Platz in seiner Band anbieten würde.
N' Sync werden von einem Gesangslehrer, Choreografen und

einer Vertreterin ihrer Plattenfirma begleitet. Zwar sind da noch viele andere Menschen, deren Funktion kenne ich aber nicht. Die Jungs sind perfekt auf ein Leben im Rampenlicht vorbereitet. Als hätten sie in einem Erziehungscamp für Boygroups auf den Tag X hingearbeitet. Bei einem Fernsehinterview im Backstagebereich stimmen sie ein A-Cappella an, das so perfekt gesungen ist, wie ich es noch nie von einer Boygroup gehört habe. Boris und die anderen stehen sprachlos neben mir. Sie fragen sich bestimmt, wie man gegen so viel Talent ankommen kann. Ich würde sagen: gar nicht. Nur Timo beeindruckt die Gesangseinlage nicht.
»Hast du gesehen, was Lance für ein schräges Gesicht hat?«, flüstert er mir ins Ohr. »Der sieht auf Fotos so kacke aus, da kann sich doch kein normaler Mensch eine CD von kaufen.« Ich versuche die Aussage zu ignorieren. Doch als er auch den anderen diesen Schwachsinn erzählt, platzt mir der Kragen.
»Bist du etwa ein Topmodel?«, keife ich ihn an. Timo verdreht die Augen und kehrt mir den Rücken.
Jeder von *N'Sync* hat eine phantastische Stimme, selbst der Moderator kriegt seinen Mund erst zu, als der letzte Ton verstummt ist. In diesem Moment wird mir klar, dass sie es viel mehr verdient haben, erfolgreich zu sein, als wir. Auch wenn sie – wie wir – gecastet wurden. Ich beschließe, die für unser Interview geplante Gesangseinlage einfach unter den Tisch fallen zu lassen. Nach dieser perfekten Demonstration würde ich mich für unsere einstimmige Billignummer schämen. Zum Glück gehen *N'Sync* erst nach uns auf die Bühne, sonst hätte ich mich wahrscheinlich nicht einmal mehr mit Mikro nach draußen getraut. Sie können auch perfekt tanzen und als eine der wenigen Bands singen sie an diesem Abend live, trotz an-

strengender Choreografie. Wahrscheinlich werden sie sich über uns schlapplachen, wenn wir mehr oder minder im Takt unserer Ballade herumstapfen.

»Hier sind *Call Us*, die Newcomer aus Stuttgart!«, kündigt uns der Moderator an. Noch bevor wir an der richtigen Position stehen, startet unser Playback. Neuntausend Menschen starren mich nun an. Mein Gesicht wird auf eine große Leinwand projiziert. Die Mädchen beginnen zu kreischen und drücken sich gegen die Absperrgitter. Ich fühle mich wie in einem Traum, es ist, als würde ich aus meinem Körper schlüpfen und mir selbst aus der Vogelperspektive zusehen. Diesmal bleibt das Glücksgefühl aus. Unwohlsein kriecht in meinen Körper und dringt in jeden Muskel. Ich frage mich, was ich hier oben mache? Was passiert, wenn ich einfach stehen bleibe? Wenn ich jetzt zusammenbreche? Ich kann auch wieder von der Bühne gehen. Niemand kann mich aufhalten. Könnte meine Lippen geschlossen lassen und mich stumm an den Bühnenrand setzen. Abwarten, ob jemand meine Auszeit bemerkt. Warten, wer von den Jungs clever genug ist, seinen Mund zu meiner Stimme zu bewegen. Vielleicht sollte ich Anlauf nehmen und kopfüber in die Menge springen. Stage-Diving mit ungewissem Ausgang. Aber ich möchte niemanden verletzen, nur weil ich persönlich gerade das Gefühl habe, auf Stopp drücken zu müssen. Weil mir alles so falsch, so bescheuert vorkommt. Als sei ich Teil einer Inszenierung, Teil eines Theaterstücks, einer komischen Oper. Teil meiner eigenen chaotischen Biografie.

Ich bin zu feige. Halte das Mikrofon dicht an meine Lippen und singe, drehe mich und wippe möglichst cool an der Kamera vorbei. Blicke direkt in das Objektiv und lächle kurz. Lasse niemanden spüren, wie schwer es mir fällt, genau das zu tun, was

jeder von mir erwartet. Was ich von mir selbst erwarte, um weiterzukommen. Um endlich meine eigene Musik zu machen.
Die Sicherheitsleute müssen einige Mädchen rausziehen, weil sie ohnmächtig werden. Die muskulösen Männer zerren ihre leblosen Körper über die Absperrung, als seien sie Fleischbrocken, die, um nicht zu verderben, möglichst schnell in ein Kühllager gebracht werden müssen. Es sieht aus, als verschwinde eine Reihe nach der anderen. Ich stelle mir vor, wie ein Feld mit neuntausend Tragen aussehen könnte, die Bilder erinnern an Krieg, an das Ende einer großen Schlacht. Vielleicht spielen wir heute Abend unsere Zugabe im Ruheraum des DRK.
Die Verlockung ist groß, die Popularität unserer Boygroup nach dem Ausmaß dieser »Katastrophe« zu bemessen. Nur für die Statistik: *N'Sync* hat an diesem Abend neunzehn zu neun gegen uns gewonnen.
Ich gehe nur kurz auf die Aftershow-Party. Justin tanzt, umringt von mindestens zehn Fans der Beauty-Kategorie, und lächelt wie ein Sieger. Ich stehe unbemerkt neben der Bar und nippe an einer Cola. Ich beobachte. Habe heute keinen Bock mehr auf Rampenlicht.
Ich setze mich vor den Computer in der Hotellobby und schreibe Sebastian eine E-Mail. Seit ich mit Jessica zusammen bin, melde ich mich bei ihm nur noch selten. Und zusammen weggegangen sind wir schon seit Monaten nicht mehr.

Hallo Sebastian,
sorry, dass ich mich schon so lange nicht mehr bei dir gemeldet habe.
Hab Stress mit Jessica. Sie ist ständig eifersüchtig, glaubt, dass ich sie bei der nächsten Gelegenheit be-

trügen werde. Nerv! Jedenfalls kann ich dir tatsächlich alle potenziellen Groupies abtreten. Übrigens bekommen wir jetzt sogar Geld für unsere Auftritte. Ich kann dir das nächste Mal einen ausgeben. In zwei Wochen bin ich wieder zu Hause. Wenn du mich vorher sehen willst, dann schalte morgen Abend einfach den Fernseher ein. Aber erschrecke nicht. Die Klamotten waren nicht meine Idee. Ich hoffe, dir geht's gut und wir können bald mal wieder was zusammen unternehmen.
Erik (der Shootingstar)

Unsere Gagen werden langsam angenehmer, sodass ich mir einen kleinen Wunsch erfüllen kann. Ich kaufe einen gebrauchten mehrspurigen Kassettenrekorder. Damit möchte ich neue Songideen aufnehmen. Es reicht mir nicht mehr, den Tag mit Interviews, Auftritten und langen Fahrten zu füllen. Ich will wieder selbst aktiv werden. Möchte richtige Musik machen. Nur für mich. Nein, auch für Jessica möchte ich einen Song schreiben. Am besten ein ganzes Album, worauf ich erklären kann, warum ich manchmal so verwirrt bin, wenn wir uns nach zehn Tagen Tour treffen. Warum ich nicht gleich losrede, sondern kurz durchatmen muss, bevor ich wieder bei ihr, in der anderen Welt, in der Realität landen kann. Sie weint manchmal. Löchert mich, wie lange wir noch so weitermachen müssen. Hat von Woche zu Woche mehr Angst, ich könnte sie verlassen – wegen einem Vorzeigepüppchen, einem Model oder einer Schauspielerin. Einer Person, die in dieser anderen Welt lebt. Ich versuche sie zu trösten, verspreche ihr treu zu sein und hoffe sie niemals zu enttäuschen. Jessica besucht

mich heimlich. Der Winter ist zu kalt, um sich weiterhin auf dem Waldparkplatz zu treffen. Also kommt sie mit dem Zug und übernachtet bei mir, in meiner chaotischen Wohnung. Wir gehen nicht aus, die Angst ist zu groß, entdeckt zu werden. Wir schlafen miteinander, hören Musik oder schauen fern. Zünden eine kleine Kerze an und träumen davon, gemeinsam in den Urlaub zu fahren. Manchmal habe ich das Gefühl, zu ersticken. Ich spüre, wie sehr sich Jessica an mir festklammert. Ständig fragt sie mich, ob ich sie liebe. Ob ich mir vorstellen kann, für immer mit ihr zusammen zu sein. Ein kurzes, unbeabsichtigtes Zögern reicht aus und in ihren Augen sammeln sich kleine Tränen, die über ihre blassen Wangen kullern. Dann schließe ich sie in meine Arme und stoppe das salzige Rinnsal mit kleinen Küssen. Ich frage mich, wie lange das so weitergehen soll.
»Wann können wir Sascha endlich von unserer Beziehung erzählen?« Jessica sitzt im Schneidersitz auf dem abgenutzten braunen Klavierhocker und zieht ihre Augenbrauen hoch.
»Keine Ahnung. Ich glaube, wir müssen uns noch etwas gedulden. Vielleicht bis wir die zweite Single draußen haben.« Ich stelle mich neben sie und lege meinen Arm um ihre Schultern.
»Warten. Immer nur warten.« Jessica steht plötzlich auf und schreit mich an. »Ich will mich nicht mehr verstecken! Hab keine Lust mehr, in deiner kleinen, stickigen Wohnung zu sitzen. Ich will endlich eine ganz normale Beziehung.« So aufgebracht habe ich sie noch nie gesehen. Tränen fallen auf die Tasten des Klaviers. In ihrem Blick mischen sich Zorn und Verzweiflung.
»Was soll ich denn tun? Sascha anrufen und ihm von uns erzählen? Dann gibt es einen riesigen Ärger.«
»Schon gut. Du willst es nicht verstehen.« Jessicas Stimme klingt vorwurfsvoll.

»Vor einer Woche, als du auf der Pop Explosion warst, hat mich ein Fan angerufen und gesagt, dass er dich knutschend mit Andrea Mechtel, der Moderatorin, gesehen hat. Stimmt das?« Ihre verheulten Augen blicken mich fragend an.
»Du spinnst! Ich habe mit niemandem rumgeknutscht. Diese bescheuerten Fans sind doch nur neidisch, dass sie es nicht ins Hotel geschafft haben.«
Jessica hält ihre Hände vors Gesicht und schluchzt. Ich nehme sie in den Arm und halte sie ganz fest. Sie zittert vor Aufregung.
»Wir werden mit Sascha sprechen. Nur nicht jetzt«, flüstere ich in ihr Ohr.
Ich streichle ihre Haare. Langsam beruhigt sich Jessica. Wir schlafen nebeneinander ein, um fünf klingelt der Wecker, ich muss aufstehen. Um sieben fahren wir nach Hamburg zum nächsten Auftritt. Jessica gibt mir einen verschlafenen Abschiedskuss. Ihre Augen sehen immer noch traurig aus.

Abends im Hotel packe ich meinen Kassettenrekorder aus und versuche irgendwelche Songs aufzunehmen. Meine Gitarre kann ich mitnehmen, wenn wir mit dem Zug fahren oder einen großen Van mieten. Ich weiß, dass ich diese Ideen niemals für das Unternehmen Boygroup verwenden kann. Denn viele Texte schreibe ich auf Deutsch, und selbst wenn sie englisch sind, haben sie einfach nicht diesen soften Charakter, den man von uns vier Jungs erwartet. Aber das spielt sowieso keine Rolle, denn Ingo und Sascha hätten es niemals zugelassen, dass ein Song veröffentlicht wird, der komplett von mir ist. Sonst würde ich womöglich mehr Geld verdienen als sie.
Nur noch selten schalte ich abends im Hotel den Fernseher ein.

Es gefällt mir, endlich wieder meine eigene Musik zu spielen. Von einem Bekannten habe ich mir ein paar dicke Joints bauen lassen. Nur Boris, die Spürnase, hat was gemerkt. Er klopfte eines Abends an meine Türe und wollte sich Zahnpasta borgen. Als ich ihm relaxt und mit etwas zu viel Lächeln die Tube mit der Rasiercreme in die Hand drückte, fing er an zu lachen. Am selben Abend haben wir noch einen von seinen Teilen Marke Bulle-Spezial geraucht, die nächsten zwei Tage waren für mich wie in einer Waschmaschine im Schleudergang. Sascha und die anderen vermuteten einen gemeinen Grippevirus hinter meiner Unpässlichkeit. Boris und ich haben in unserem Rausch gemeinsam einen Song komponiert, der ist ein absoluter Hammer. Nicht mal für Mallorca würde »Give me the good shit« ausreichen, aber Ingo hätte sicher Lust, einen House-Mix aus unserer Party-Nummer zu machen.

Sebastian stolpert durch die schwere Türe in die verrauchte Kneipe. Seine Haare sind länger geworden. Trotzdem wirkt alles an ihm geordnet. Wir setzen uns an einen kleinen, runden Tisch ans Fenster. Die Schneeflocken haben mittlerweile das Kopfsteinpflaster völlig bedeckt. Das orangefarbene Licht der Straßenlaternen wird von den kleinen Kristallen reflektiert. Alles sieht ruhig und friedlich aus.
»Bist du noch unter uns?« Sebastian stupst mich an.
»Vielleicht können wir woanders hingehen?«, sage ich.
»Wir sind doch gerade erst angekommen.«
»Hier ist es so laut.«
Sebastian blickt mich verwundert an, als sei ich nicht ganz dicht. »Ich glaub, die beiden Mädchen dahinten haben dich erkannt. Die schauen ständig zu dir rüber und tuscheln.«

»Sollen wir also doch lieber gehen?«, frage ich.
»Was ist mit dir los? Du hast doch sonst nichts gegen hübsche Frauen.«
»Jessica. Falls du's vergessen hast. Ich habe eine feste Freundin.«
»Warum hast du sie nicht mitgebracht?«
»Das habe ich dir doch erzählt. Oder nicht? Sie leitet unseren Fanklub und im Übrigen darf ich offiziell keine Freundin haben.«
»Das nimmst du doch nicht ernst, oder?« Sebastian lacht.
»Abmachung ist Abmachung. Dasselbe gilt auch für meine Mitstreiter.«
»Und die halten sich dran. Ha, ha, ha. Das glaubst du doch selbst nicht.«
»Manchmal bist du echt ein Arsch. Können wir vielleicht über was anderes reden?«
»Zu spät. Ich glaube, die Arbeit ruft, Mr Boygroup.«
Ich spüre eine warme Hand auf meiner Schulter, dann sagt eine freundliche Stimme: »Hallo.« Ich drehe mich um und blicke in ein neugieriges Gesicht, das von roten Haaren eingerahmt wird.
»Bist du nicht der Leadsänger von *Call Us?«*
Ich weiche ein Stück zurück. Kann ihren Atem spüren. Ihre zarte, gepflegte Hand liegt immer noch auf meiner Schulter.
»Ja«, sage ich zögernd.
»Darf ich?« Bevor ich antworten kann, setzt sich die rothaarige Schöne auf den freien Stuhl neben mir. Ihre schlanken Finger wirken durch die weißen, falschen Nägel wie die Krallen einer Raubkatze. Sie spielt nervös mit einem Bierdeckel. »Bist du öfters hier?«

Ich nicke. Sebastian grinst, sagt aber nichts.
»Vielleicht erinnerst du dich an mich, ich war zwei Jahre über dir am PMH. Studiere jetzt Germanistik in Tübingen.«
»Aha. Germanistik.« Ich täusche Interesse vor.
»Du bist ja jetzt total oft im Fernsehen.« Sie rückt etwas näher. »Wie ist das denn so? Da verdient man sicher viel Geld.«
»Nö, das mache ich nur zum Spaß.«
Sie lacht und schreibt ihre Telefonnummer auf einen Bierdeckel. Dann steht sie auf. »Nur für den Fall, dass du noch mehr Spaß haben möchtest.« Sie schaut Sebastian an und sagt: »Ich habe auch noch 'ne nette Freundin.« Wie ein Model schreitet sie zurück zu ihrem Tisch. Noch einmal dreht sie sich zu mir um und zwinkert.
»Die nehmen wir beim Wort«, sagt Sebastian und schüttelt ungläubig den Kopf. »So angenehm kann das Leben sein.«
»Hier.« Ich schiebe ihm den Bierdeckel rüber.
»Ich werde ihn für dich aufbewahren. Früher haben wir von solchen Mädchen geträumt. Wahnsinn. Das ist der totale Wahnsinn.«
Er hat Recht. In der Schule gehörten wir nicht gerade zu den großen Abräumern. Ein bisschen zu still, zu unauffällig. Die Modeltypen schienen unerreichbar. Und jetzt. Jetzt bekomme ich die Telefonnummer von so einer Firstclass-Lady. Aber ich habe ja eine Freundin. Bin treu, werde treu bleiben und hoffentlich nie feststellen, das sexuelle Treue total überholt ist, unpraktisch und vor allem unmenschlich.

11. Kapitel | **Die Fans**

Erik, du wirst nicht glauben, was vorhin hier los war.« Meine Mutter ist aufgeregt. Sie atmet in den Telefonhörer, als sei etwas Unvorstellbares passiert.

»Zehn Mädchen. Nein, mindestens dreißig Mädchen standen vor unserer Haustüre und riefen deinen Namen.«

»Wieso standen die vor eurer Haustüre? Du hast nicht zufällig den Nachbarn von mir und der Boygroup erzählt?«

Kurze Stille.

»Der Herr Lieber . . .«

»Nein! Doch nicht etwa dieser komische Typ vom Stadtanzeiger?«

»Was hast du denn gegen ihn?«

»Wie groß war der Artikel?«

»Nur eine halbe Seite und zwei kleine Fotos.«

»Was – für – Fotos?«

»Ein ganz süßes von dir mit der roten E-Gitarre und dann noch ein winzig kleines von Papa und mir vor dem Haus.«

»Aber ihr habt den Mädchen nicht zufällig gesagt, wo ich wohne.«

»Nein, was denkst du denn. Du sollst natürlich deine Ruhe haben.«

Ich kann ihr nicht böse sein. Auch für meine Eltern ist das alles verdammt aufregend. Und ich muss zugeben, dass ich mich in letzter Zeit ziemlich rar gemacht habe. Vielleicht sollte ich mal wieder vorbeigehen, damit sie den Nachbarn, allen voran dem arroganten Herrn Lieber, nicht mehr nur Phantasiegeschichten erzählen müssen.

Hundertfünfzigtausend CDs, wie meine Mutter großzügig zu Protokoll gegeben hat, haben wir leider nicht verkauft, aber gut, wenn die Leute deshalb netter zu meinen Eltern sind ...
Ich spüre den elterlichen Stolz in meinem Rücken. Das ist ein gutes Gefühl, aber sie waren ja auch stolz auf mich, als ich das Abi und dann die Ausbildung gemacht habe. Vielleicht zu stolz, um zu erkennen, dass diese komischen Scheine nichts weiter sind als bedrucktes Papier. Beurteilungen, die niemand brauchen sollte, um zu überleben. Vielleicht wollen ja auch deshalb so viele Menschen berühmt werden, weil von einem Musiker, einem Schauspieler oder einem Künstler niemand einen Schein, ein blödsinniges Zeugnis erwartet. Viel besser macht sich in einer Star-Biografie der Versager, der Schulabbrecher, der Kriminelle (kein Mord oder Vergewaltigung, sondern nur leichtere Straftaten) oder der stotternde Hilfsarbeiter. Leute mit so einer Vergangenheit sind glaubwürdiger.
Als Mitglied einer Boygroup wird mir glücklicherweise nicht ganz so viel Credibility, wie die von der Plattenfirma das nennen, abverlangt. Wobei Versicherungskaufmann und Polizist sicherlich auch für eine Boygroup zu viel der Normalität wären.
Es ist Sonntag, ein untypischer Sonntag. Ich habe frei und fahre zu meinen Eltern. Ohne Jessica, weil ich sie jetzt noch nicht vorstellen möchte. Keine Fans stehen vor dem kleinen weißen Haus mit dem alten, spitzen Dach. Ich bin froh, dass mein Vater wieder einen guten Job gefunden hat, sodass sie sich hier auf dem Land ein gemütliches Häuschen mieten konnten.
Es duftet nach frischem Gemüse, nach Knoblauch, nach gutem Essen. Der Tisch ist bereits gedeckt. Auf meinem Teller liegt ein Zeitungsausschnitt – der Artikel aus dem Stadtanzeiger.

Ich lege ihn ungelesen zur Seite. Das meiste hat mir meine Mutter ja schon am Telefon erzählt.
»Seit eurem Auftritt im ZDF sind sogar die Nachbarskinder Fan von dir. Vielleicht könntest du später noch ein paar Autogrammkarten unterschreiben.« Mein Vater legt einen schwarzen Filzstift neben meinen Teller.
Ich nicke und genieße den vertrauten Geschmack des Gemüseauflaufs.
»Schmeckt echt super«, sage ich und die Augen meiner Mutter beginnen zu leuchten. »Viel besser als der Hotelfraß.«
»Aber ihr wohnt doch sicher in teuren Hotels?« Mein Vater hält die Gabel kurz still.
»Klar. Aber das schmeckt anders, einfach nicht so gut.«
»Übrigens, hast du den Artikel im Stadtanzeiger gelesen? Ich finde, das hat der Herr Lieber echt toll geschrieben.« Meine Mutter hält den Artikel direkt vor meine Nase.
»Ja, finde ich auch«, versuche ich das Thema schnell zu beenden.
»Mit den Fans hat er vielleicht etwas übertrieben«, sagt mein Vater.
»Wieso?«
»Hunderte von Fans pilgern jede Woche zum Haus seiner Eltern – findest du das etwa nicht ein bisschen übertrieben?«
»Ein bisschen?« Mir bleibt beinahe der Blumenkohl im Hals stecken.
»Aber wer weiß, wenn ihr noch öfter im Fernsehen zu sehen seid, dann kann das schon so weit kommen.« Mein Vater unterstreicht mit seiner tiefen Stimme, wie überzeugt er davon ist.
»Dann aber bitte nur die schüchternen Fans«, sage ich, »und

nicht die verstörten Scheidungskinder, die bei uns die heile Familie suchen.«
»Ihr versteht euch doch. Du und die anderen Jungs?« Meine Mutter sieht jetzt besorgt aus.
»Ja, klar. Aber wir machen eben unseren Job als Boygroup. Und sind auch mal froh, wenn wir uns nicht sehen.«
»Wo haben deine Kollegen eigentlich singen gelernt?«
»Ähm, im Schulchor«, stottere ich. Bisher habe ich meinen Eltern noch nichts von der strikten Aufgabenteilung erzählt. Das würden sie sowieso nicht verstehen.
»Auf der CD singen die anderen nur im Refrain mit. Ist das üblich bei solchen Bands oder soll sich das bei der zweiten CD ändern?« Ich spüre, dass mein Vater eine Ungerechtigkeit wittert.
»Genau«, sage ich. »Bei der nächsten Single soll Timo die Hauptstimme singen.«
»Das ist gut so. Sonst fühlen sich deine Mitstreiter nachher noch benachteiligt.« Meine Mutter nimmt mir die Notlüge ab, mein Vater wirkt immer noch skeptisch.
Brav signiere ich die Autogrammkarten und schreibe ein paar Widmungen für die Nachbarskinder. Nach zwei Stunden fahre ich zurück.
Ich halte an einer Bushaltestelle vor einer roten Ampel an. Dort stehen zwei junge Mädchen, altersmäßig könnten sie durchaus Fans unserer Band sein, aber bei genauerem Hinsehen eher nicht. Sie tragen Baggy-Pants und coole Sneakers. Sicherlich stehen sie auf Hip-Hop oder R 'n' B, aber nicht auf seichte Boygroup-Mucke. Vielleicht machen sie selbst Breakdance oder rappen. Vielleicht gehören sie aber auch nur zu den Kids, die sich alles kaufen, was sie auf VIVA und MTV sehen.

Zu lange hingestarrt, sie erkennen mein Gesicht und zeigen mir – ihren Mittelfinger. Wenigstens sind sie ehrlich.

Schockiert bin ich kurz vor Weihnachten, als wir geradezu mit Geschenken überhäuft werden. Wer jetzt glaubt, diese Geschenke seien nur Teddys oder Freundschaftsbändchen, der hätte beim Auspacken dabei sein sollen.
»Ich hab schon wieder ein Parfum bekommen«, strahlt Timo und hält das blaue Flakon wie eine Trophäe in die Luft. Im Studio liegt ein ganzer Berg mit Geschenken. Unzählige Briefe und kleine Päckchen hat der Postbote in den letzten Tagen vorbeigebracht.
»Es hat funktioniert«, jauchzt Timo.
»Was hat funktioniert?« Boris schaut ihn fragend an.
»Ich habe verschiedene Lieblingsdüfte in die Poesiealben geschrieben, damit ich nicht zehnmal *Cool Water* geschenkt bekomme.«
»Du hast sie doch nicht mehr alle. Weißt du, was so ein kleines Fläschchen kostet?« Schon hält Timo das nächste Eau de Toilette in der Hand.
»Die haben doch alle reiche Eltern, die das für sie bezahlen«, versucht er Boris zu beruhigen.
»Mein Calvin Klein ist nicht ganz leer, vielleicht gibst mir kleines Klo de Toilette ab.« Ingos ernst gemeinte Anfrage sorgt für einen kollektiven Lachanfall. Großzügig, wie Timo heute ist, schiebt er ihm eine Miniaturausgabe rüber.
Wenn ich mir diesen Geschenkeberg so anschaue, überlege ich, wie viele Lastwagenladungen richtig erfolgreiche Gruppen bekommen. Die Teddy-Industrie jedenfalls profitiert von den Boygroups. Unser Studio wird zum absoluten Kinderparadies.

Überall stehen die großen und kleinen haarigen Viecher herum und warten darauf, geknuddelt zu werden. An ihren Hälsen sind oft Schleifen mit einem kleinen Briefkuvert angebracht, damit wir nicht vergessen, von wem all die Geschenke sind.
»Hier, für dich, ich glaub, dieses Monster haben dir deine Spezialfans geschickt«, sagt Dirk und schmunzelt.
»Ah, und hier ist noch ein weiteres Geschenk für unseren Dichter und Denker.« Timo zieht an einem eckigen Paket, das mit Glitzerfolie umwickelt ist. Ich habe schon eine leise Vorahnung, wer sich hinter diesem Präsent verbergen könnte, und ich habe Recht.
Vier Mädchen aus dem Ruhrpott haben mir einen mit rotem Samt ausgekleideten Schuhkarton gebastelt. Darin eingebettet liegt eine Videokassette. Dieses Mal steht auf der Hülle »Erik Part 2«. Diese Mädchen glauben an mein Poeten-Image und verfolgen mich seit dem ersten Auftritt. Sie sind irgendwie anders, seltsam. Niemals kommen sie zu nahe. Immer haben sie mindestens zwei Videokameras dabei und filmen mich. Sie wollten noch nie Autogramme haben, sondern fragen nach Gedichten, ob ich ihnen einfach meine Gedanken aufschreiben könnte. Sie legen nicht viel Wert auf Äußerlichkeiten, ihre Klamotten sehen ziemlich verschlissen aus, alt und aus einer anderen Zeit. Sie verwirren mich mit jeder Videobotschaft aufs Neue. Jessica kennt sie nicht, sie gehören nicht zum Fanclub, ich habe keine Ahnung, was sie in ihrem normalen Leben machen. Was sie von mir, dem Leadsänger einer Boygroup, wollen, ist mir völlig schleierhaft. Ihre Videos sind nicht allzu lang, gerade mal eine halbe Stunde. Die Bilder sind seltsam geschnitten. Sie zeigen Momente, in denen ich mich unbeobachtet gefühlt habe, Momente, in denen ich stumm dastand, meine Augen ins Nichts

gerichtet. Sie zeigen kleine Mädchen, die weinen, die sich an Timos Jacke festklammern. Es sieht aus, als flehten sie ihn an. Der Originalton wird durch dramatische, klassische Orchestermusik ersetzt, die die Zeitlupensequenzen noch gewaltiger erscheinen lassen. Nach fünfundzwanzig Minuten fühle ich mich elend. Ich fühle mich bedroht oder vielleicht auch nur ertappt, als sei dieses Quartett mein schlechtes Gewissen. Ich werde mir keine Kassette mehr anschauen.

Aber nicht nur wegen dieser Filme bräuchte ich im Augenblick einen Psychologen. Viele Verfolgerinnen wollen ihre Sorgen bei uns ablegen. Zwar versuche ich das Ganze mehr als Theater denn als Reallife zu sehen, doch immer wieder wird mein Schutzmantel durchbohrt. Ich bin nicht das Dr.-Sommer-Team und für Pro Familia arbeite ich auch nicht. Ich sollte mir ein Schild umhängen: »Schutt abladen verboten«. Meinen Kollegen geht es auch nicht viel besser. Dirks Hardcore-Fan hat rote Haare und gehört eigentlich in eine geschlossene Anstalt. Ziemlich sicher hat sie zu Hause einen Dirk-Schrein aufgebaut, mit Kerzen, vielen Bildern und vielleicht sogar einer Voodoo-Puppe. Wenn sie nicht gerade unserem Tourbus hinterherjagt und dabei sämtliche Verkehrsregeln außer Kraft setzt, arbeitet sie als Arzthelferin, das hat sie uns zumindest erzählt, bevor uns klar wurde, dass sie einen an der Klatsche hat. Sie ist felsenfest davon überzeugt, Dirks Freundin zu sein. Das alleine wäre ja kein Problem, wenn sie nicht auch schon Interviews in dieser Funktion gegeben hätte. Glücklicherweise kam dem Redakteur die Kombination Boygroup und Freundin spanisch vor – nach Rücksprache mit Sascha wurde der Artikel gestrichen.

Vor ein paar Wochen dann der nächste Hammer. Die verstörte

junge Frau klingelte bei Dirks Eltern und wollte mit seinem Vater über die geplante Hochzeit sprechen. Auch hier zog einer von Dirks Brüdern die Notbremse.
Sie gibt nicht auf. Als wir von einer Autogrammstunde in Offenburg zurückfahren, heftet sie sich an unseren Tourbus.
»Schau dir mal deine verrückte Verfolgerin an.« Timo zeigt mit dem Finger auf den roten Golf, der so dicht an unserer Stoßstange klebt, als wären wir mit einem unsichtbaren Seil verbunden.
»Die kann ihren Führerschein bald abgeben, wenn das so weitergeht.« Boris signalisiert mit der Hand, dass sie Abstand halten soll.
»Ich dachte, Sascha hat ihr endlich mal die Leviten gelesen.« Dirk schüttelt genervt den Kopf. Unsere Verfolgerin lächelt wie eine Besessene, nur eine kleine Unachtsamkeit, und sie würde voll auf unserem Van hängen.
»Dumme Tuss, bescheuerte Ziege.« Sascha schimpft und tritt vor lauter Wut aufs Gaspedal. Der Van beschleunigt, wir überholen einige Autos. Doch ohne Erfolg – der rote Golf fährt im Slalom über die dreispurige Autobahn, als seien die anderen Autos Dummies, Statisten in einem Videospiel.
»Ist die wahnsinnig!«, brüllt Sascha, als sie uns beinahe rammt und erst im letzten Moment abbremst. Er drosselt die Geschwindigkeit und fährt beim nächsten Parkplatz raus. Der rote Golf parkt etwa zehn Meter von uns entfernt. Wie von der Tarantel gestochen springt Sascha aus dem Van. Er geht mit schnellen Schritten zum Wagen des Mädchens, als wäre er ein durchgeknallter Amokläufer, der gleich seine Pistole auspackt und alles erschießt, was ihm über den Weg läuft. Das Mädchen kann gerade noch aussteigen, da bäumt sich Sascha auch schon vor ihm auf.

»Bist du denn völlig lebensmüde!«, schreit er sie an. Das Mädchen sinkt zurück auf den Fahrersitz und hält sich die Hände vors Gesicht. Doch da prasselt auch schon der nächste Schrei auf sie nieder. Sascha dreht sich um und kehrt zum Van zurück. Das Mädchen zittert wie Espenlaub, ihr Make-up löst sich in einem Tränenbad auf. Da sitzt sie nun, am Boden zerstört, und kann die Welt nicht mehr verstehen. Sicherlich wird sie in ihre Voodoo-Puppe unzählige lange Nadeln stechen und sich wünschen, es wäre Sascha.
Es ist ein ungeschriebenes Gesetz, dass wir versuchen solche hartnäckigen, durchgeknallten Mädchen auf Distanz zu halten, um uns und ihnen Unannehmlichkeiten zu ersparen. Ein Gesetz, das nicht von allen beachtet wird.

»Ich finde dich wirklich toll. Wenn wir mehr Zeit hätten, dann . . .« Trotz des Zwischenfalls mit der Arzthelferin ist Dirk schon wieder dabei, einen Fan an sich zu »binden«. Dieses Mal ist sein Opfer braunhaarig, sechzehn und völlig verwirrt. Er schreibt zweideutige Sachen in ihr Poesiealbum und flirtet, als sei er frisch verliebt. Auch er hat die Regeln dieses beschissenen Spiels noch nicht kapiert. Wie ein Vampir saugt er seine Fans aus und genießt die Aufmerksamkeit und Bewunderung in ihren sehnsüchtigen Augen, bis nur noch eine willenlose Kreatur vor ihm steht. Eine Marionette, die nur darauf wartet, von ihm geführt zu werden.
Sascha reagiert sehr unsensibel. Als das Mädchen in einem Brief damit droht, sich umzubringen, wenn Dirk seine Liebe nicht erwidern sollte, zieht er die Notbremse. In der Hotellobby schreit er sie an. »Halte dich in Zukunft von Dirk fern. Und deine bescheuerten Selbstmorddrohungen kannst du dir sonst

wo hinschieben!« Ich kann sehen, wie ihr die Tränen in die Augen steigen. Sie blickt Dirk fassungslos an, als hätte er sie verraten.
»Ihr seid alle beschissene Lügner!«, schreit sie in seine Richtung und schmettert ihr Poesiealbum auf den Boden. Dirk beginnt zu lachen. Es ist genau dieses verlegene Lachen, mit dem man versucht einen peinlichen Moment zu überbrücken.
»Was gibt's denn da zu glotzen«, faucht Sascha die Empfangsdame an, die so ein Schauspiel wohl nicht allzu oft miterlebt.
Ein Arzt hätte diese Art der Therapie wohl als Hypersensibilisierung mit ungewissem Ausgang bezeichnet. Doch es wirkt. Das Mädchen lässt tatsächlich von Dirk ab und taucht nur noch manchmal bei unseren Konzerten auf.
Am liebsten sind mir die freundlichen, unaufdringlichen Fans, die unsere Privatsphäre respektieren. Wenn es davon auch nicht allzu viele gibt. Timo hat nicht nur die meisten Verehrerinnen, sondern auch die hartnäckigsten. Eine Siebzehnjährige verfolgt ihn seit zwei Monaten mit ihrer ganzen Familie. Ja, tatsächlich, die Eltern erfüllen ihrer verwöhnten Göre jeden Wunsch und reservieren auch in den teuersten Hotels ein Zimmer für sich und ihre Tochter, nur um am nächsten Morgen in unserer Nähe frühstücken zu können. Die ganze Familie gehört in Therapie. Timo betrachten sie als ihren zukünftigen Schwiegersohn. Die haben den totalen Spleen. Fast täglich schreibt Nicki ihm einen Brief. Auf Tour sorgt der Inhalt dieser Schmachtzeilen für schallendes Gelächter. Denn die Person, die da auf parfümiertem Briefpapier so ausführlich beschrieben wird, hat absolut nichts mit dem verzogenen und egoistischen Timo zu tun, den wir kennen.

Ich versuche so oft wie möglich Jessica mitzunehmen. Das ist manchmal kompliziert. Denn Sascha und die anderen haben immer noch keinen blassen Schimmer von dem, was da hinter ihrem Rücken abläuft. Wenn Jessica mit uns unterwegs ist, verhalte ich mich total bescheuert. Ich versuche ihr keine Beachtung zu schenken, sie nicht zu lange anzuschauen, auf keinen Fall zu berühren. Ich habe Angst, dass man in meinen Augen die Sehnsucht erkennen könnte. Das Verlangen, sie zu umarmen. Diese ständige Vorsicht zehrt an meinen Nerven. Wenn es zu viel wird, setze ich mich in einem der Hotels vor den Computer und schreibe Jessica eine E-Mail. Das ist total bescheuert, weil wir eigentlich den ganzen Tag zusammen sind. Aber wenn sie mir dann zurückgeschrieben hat, bin ich glücklich. Für einen kurzen Moment.
Die Tage reihen sich aneinander wie Dominosteine, es bleibt kaum Zeit, nachzudenken. Jessica ist im Augenblick besser drauf, weil sie in den vergangenen Wochen als Fanclubleiterin und Pressebeauftragte oft mit uns unterwegs war. Ihren kompletten Jahresurlaub hat sie dafür geopfert. Wir haben einen Tag frei und sie übernachtet bei mir. Wir reden, bis uns morgens die Augen zufallen. Sie findet die Zeit on Tour spannend und versteht nun besser, was ich damit meine, wenn ich von der anderen Welt rede. Wir sind uns einig, noch eine Weile Verstecken mit Sascha und meinen Bandkollegen zu spielen, bis der richtige Zeitpunkt gekommen ist.

Als ich am nächsten Morgen zum Bäcker gehe, sehe ich ein Auto mit Kölner Kennzeichen in der Hofeinfahrt stehen. Die Fensterscheiben sind beschlagen. Ich bin noch keine fünf Meter entfernt, da höre ich eine Stimme hinter mir.

»Guten Morgen, Erik!« Nein, ich träume nicht. Irgendwie haben die drei Mädchen meine Adresse herausgefunden. Ich setze mein verständnisvolles Boygroup-Lächeln auf. So als würde ich mich über diesen Überraschungsbesuch freuen.
»Seid ihr wirklich von Köln hierher gefahren, nur um mich zu besuchen?«, frage ich mit bewundernder Miene.
»Eine Freundin hat uns deine Adresse gegeben und wir haben gedacht, dass du dich über einen Besuch freuen würdest, oder nicht?«
»Klar«, sage ich und würde am liebsten davonrennen. »Ich muss nur schon bald weg und möchte vorher noch etwas frühstücken.«
»Lass dich nicht stören, wir wollten nur mal vorbeischauen.«
Wenn Jessica jetzt auf die Idee kommt, frische Luft zu schnappen, dann habe ich ein gewaltiges Problem . . . Beim Bäcker kaufe ich für eine Person Brötchen, um mein vorgetäuschtes Single-Dasein mit einer kleinen Papiertüte zu unterstreichen. Sie wollen nur bis heute Nachmittag dableiben, ruft mir die vermeintliche Anführerin des Trios hinterher, als ich nervös die Türe öffne und sie blitzschnell hinter mir schließe.
»Jessica«, flüstere ich leise.
»Ja, was ist denn?«, fragt sie und schaut mich mit verschlafenen Augen an.
»Da draußen stehen Fans vor der Türe.«
»Wie meinst du das, Fans?« Sie schließt wieder ihre Augen, als wolle sie weiterschlafen.
»Drei Mädchen aus Köln haben heute Nacht im Auto vor der Wohnung gepennt.«
»Wenn du mich loswerden willst, musst du dir was Besseres einfallen lassen.« Jessica zieht sich genervt die Bettdecke über den Kopf.

»Ich mache keine Witze«, zische ich und rüttle an ihrer Schulter. Mit einem Mal ist sie hellwach und sitzt aufrecht im Bett. Ihre Augen sehen genervt aus. Langsam verschwindet die Müdigkeit aus ihrem Gesicht und sie klaubt hastig ihre Klamotten vom Boden auf.

»Wenn das Sascha erfährt, gibt es mächtig Ärger. Wie soll ich an denen vorbeikommen?«

»Den Balkon hinter dem Haus kann man nicht einsehen. Von dort aus könntest du zu meinen Nachbarn rüberklettern und einfach durch den Garten verschwinden.« Jessica antwortet nicht. Sie zieht sich an und schüttelt immer wieder ungläubig den Kopf.

»Du könntest auch hier bleiben. In zwei Stunden muss ich ja sowieso gehen und dann räumen sicherlich auch die Mädels das Feld.«

»Danke für den tollen Vorschlag. Aber ich muss um eins in Heilbronn bei meiner Mutter sein.« Jessica ist verärgert.

Ich werde ihr die neue Jeans bezahlen.

Zwar haben die Fans nichts von dieser waghalsigen Aktion mitbekommen. Aber als Jessica über den Nachbarzaun kletterte, blieb sie an einem spitzen Drahtende hängen und riss sich die Hose auf.

Ich weiß nicht, ob ich lachen oder heulen soll. Jeder Mensch wünscht sich eine spannende Beziehung, aber auf so eine Art der Abwechslung kann ich gerne verzichten.

Wir waren noch nie zusammen im Kino oder haben hemmungslos mitten im Stadtpark geknutscht. Ich vermisse meine Freiheit. Ich will endlich eine normale Beziehung führen. Mit all dem, was dazugehört. Vom Hotel aus rufe ich abends Jessica an. Sie hat sich wieder beruhigt.

Wenn Jessica mit auf Tour ist, geht's mir gleich viel besser – selbst die langen Busfahrten werden erträglich.
Boris sitzt zusammengekauert auf der Rückbank, seinen Kopf an die Scheibe gelehnt. Er ist mies gelaunt. Vor zwei Tagen hat er seine Uniform, die Dienstwaffe und sein altes Leben als Polizist vollständig abgegeben. Er hat gekündigt. Die festen Arbeitszeiten und das regelmäßige Gehalt eines Beamten gegen eine ungewisse Zukunft in unserer Boygroup eingetauscht. Im Augenblick verdienen wir genügend Kohle, damit er seine schöne Wohnung, das neue Auto und die teuren Klamotten noch bezahlen kann, aber wie lange dauert so eine Karriere als Boygroup?
Jessica setzt sich nach einer kurzen Pinkelpause neben ihn auf die Rückbank.
»Was ist denn mit dir los?«, fragt sie ihn.
»Nichts. Ich bin nur ein bisschen erschöpft. Die letzten Wochen waren echt anstrengend. Erst unser Soap-Auftritt und dann die ganzen Konzerte.« Seine müden Augen starren aus dem Fenster. Nur kurz dreht er sich zu Jessica um.
»Es läuft doch alles super. Euer Tourplan ist schon für die nächsten acht Monate voll.«
»Vielleicht habe ich einen Fehler gemacht.«
»Was denn für einen Fehler?«
»Vielleicht hätte ich noch ein bisschen mit der Kündigung warten sollen, wenigsten bis zur zweiten Single.« Er setzt sich aufrecht hin. Sein Gesicht sieht bleich aus und seine schwarzen Haare sind verstrubelt, als sei er gerade erst aufgestanden.

Boris, unser Optimist, wirkt ausgelaugt, zerknirscht und verunsichert.

»Aber du hast doch nicht nur wegen der Boygroup gekündigt?«, fragt Jessica.

»Wegen der Boygroup?« Er wiederholt ihre Frage, als wisse er das selbst nicht so genau. »Irgendwie ja und irgendwie nein. Der Job bei der Polizei war ja eigentlich ganz cool, aber . . .« Er macht eine kurze Pause. Jetzt sehen seine Augen hellwach aus. »Ich wollte weitermachen, noch mal auf die Polizeischule gehen und nach dem Studium in den höheren Dienst wechseln. Nur als Streifenpolizist zu arbeiten ist auf Dauer langweilig. Prügelnde Idioten, Verkehrsunfälle, Demos und dann die Schichtarbeit.«

»Und warum bist du nicht auf diese Schule gegangen?« Jessicas Stimme klingt ganz sanft. Ich bewundere sie dafür, wie gut sie mit Menschen umgehen kann.

»Wegen so einem beschissenen Vorgesetzten.« Boris' Augen sind plötzlich hasserfüllt. Keine Spur mehr von Müdigkeit. »Der konnte mich nicht riechen und hat mir eine miserable Beurteilung geschrieben, mit der ich keine Chance hatte, auf die Schule zu kommen.«

»Und warum hast du dich nicht beschwert?«, hakt Jessica vorsichtig nach.

»Weil . . . Ach, das spielt doch sowieso keine Rolle. Wir müssen einfach Gas geben und mit der zweiten Single richtig durchstarten.« Er dreht sich wieder um und starrt aus dem Fenster. Jessica schweigt. Wir halten vor einem großen Hotelkomplex mitten in Berlin. Wortlos steigen wir aus.

Seit gestern werden wir von einer jungen Fotografin und der Redakteurin eines Teenie-Magazins begleitet. Die beiden su-

chen permanent nach neuen Motiven, sogar im Bus stellen wir einige Szenen nach, damit es für die Leser möglichst interessant aussieht. Sicherlich bemerken sie die Spannungen innerhalb unserer Gruppe, doch es gehört eben zum guten Ton, den Teenies nicht die Wahrheit, sondern eine bunte Story zu liefern, die die heile Welt weiterexistieren lässt. Seit Timo in einem Nobelrestaurant Champagner auf Rechnung des Konzertveranstalters bestellt hat, herrscht wieder schlechte Stimmung. Er ist beleidigt, weil Dirk, Boris, Sascha und ich ihn als verwöhnten Überflieger bezeichnet haben. Die Flasche durfte er von seiner Gage bezahlen.
Die Chefin unserer Konzertagentur gab uns in Timos Beisein den guten Rat, gegenüber Veranstaltern lieber etwas bescheidener mit Sonderwünschen aufzutreten. Es würde sich ganz schnell rumsprechen, wenn wir uns wie Superstars aufführen.
Für ein Foto müssen wir aus dem warmen Outdoor-Hotelpool in den eiskalten Schnee steigen und uns gegenseitig einseifen. Nach dem dritten Versuch habe ich das Gefühl, meine Füße nicht mehr zu spüren. Das Bild, das nachher über eine halbe Seite erscheint, sieht tatsächlich aus, als sei eine Schneeballschlacht bei Minusgraden in nassen Badeshorts völlig normal. Mein Körper hält nicht viel von derartigen Schocktherapien und erhitzt sich in der Nacht auf 39 Grad. Doch der Tourplan kennt kein Pardon. Die große »Radio Regenbogen«-Tour steht auf dem Programm. Von Karlsruhe bis Basel performen wir jeden Tag auf einer anderen Bühne, zusammen mit unzähligen Gruppen. Jede Halle ist ausverkauft.
In der Lobby des Nobelhotels sitzen meine Eltern und mein Bruder. Sie reden nicht, sondern beobachten gespannt, wie ein Star nach dem anderen, begleitet von spitzen Schreien,

durch die Drehtüre stolziert. Die Security überprüft jeden, der diese Schwelle passieren möchte. Nur wenige Fans tragen ein gelbes Bändchen um ihr Handgelenk, das es ihnen ermöglicht, erst in die Eingangshalle des Marriott vorzudringen und später auch noch zur Aftershow-Party zu gehen. Meine Eltern und mein Bruder winken, als sie mich entdecken.

»Super. Sascha hat euch also gleich gefunden«, sage ich und setze mich auf einen der schweren Sessel.

»Ist das immer so?«, fragt mich mein Bruder und zeigt nach draußen, wo gerade DJ Bobo für Massenaufläufe sorgt.

Ich nicke.

»Verrückt.« Mein Bruder packt seinen teuren Fotoapparat aus und zielt Richtung Eingang.

»Der Auftritt war echt toll«, sagt meine Mutter. »Aber warum schreien die Mädchen so gestört, wollen die denn gar nicht eure Musik hören?«

»Doch, schon. Aber das gehört eben dazu.«

Meine Mutter schaut mich skeptisch an, begnügt sich aber für den Moment mit meiner Antwort.

»Nervt es die anderen denn nicht, immer nur im Refrain mitzusingen?« Mein Vater zupft an seinem gelben VIP-Bändchen. Schon wieder dieses Thema.

»Schaut mal da drüben«, sage ich, als *N'Sync*, begleitet von einem Kamerateam und vier Security-Typen Marke Terminator, in die Lobby gespült werden.

»Die haben echt gut getanzt, so richtig flott«, sagt meine Mutter und wippt etwas auf dem Sessel.

»Aber so ganz ohne Instrumente, finde ich schon komisch.« Jens kann überhaupt nichts mit solchen Festivals anfangen, erzählt er. Er findet es total bescheuert, dass die Leute einen

Haufen Geld für ein bisschen Livegesang gepaart mit Konservenmusik ausgeben. Ich verzichte darauf, ihm zu sagen, dass bei den meisten Bands nur die Lippenbewegungen echt sind. Auf die Aftershow-Party wollen weder meine Eltern noch mein Bruder. Nach einer halben Stunde gehen sie wieder, in ihren Gesichtern kann ich erkennen, wie fremd ihnen meine neue Welt ist.

Es ist kurz nach Mitternacht und meine Kollegen inklusive Sascha sind bereits auf der Party. Nach zähen Verhandlungen hat unser Aufpasser das Alkoholverbot etwas gelockert. Wie lange wir aufbleiben können, hängt vom Tourplan ab. Morgen ist ein Tag Konzertpause, dafür steht am Nachmittag eine Probe mit unserer Choreografin, die extra zu uns ins Hotel kommt, auf dem Programm. Wir haben uns auf zwei Uhr geeinigt.

Am Eingang nehme ich mir ein Glas Sekt von der Pyramide. Der Typ von der Security winkt mich mit einem »du bist von *Call Us*« durch. Ich nicke. Mein gelbes Bändchen will er nicht sehen. Neben mir steht ein Mädchen in engen weißen Stoffhosen, sie lächelt mich an. »Cooler Auftritt«, sagt sie. Ich gehe weiter, würde jetzt wahrscheinlich stottern, wenn ich den Mund aufmachte. Timo und die beiden Jungs stehen an einer karibischen Bar mit Kokosnüssen und leicht bekleideten Frauen hinter dem Tresen. Ich gehe quer über die Tanzfläche, nur ein paar Körper bewegen sich zu den mit Technobeats angereicherten Südseeklängen. Die Elite-Fans stärken sich noch am kalten Buffet. Ihr Auftritt kommt später. Sie essen Sushi mit abgespreizten Fingern und tuscheln. Bei jeder Gestalt, die am Eingang erscheint, halten sie kurz inne, ihre Blicke verfolgen jeden Neuankömmling. Tasten ihn ab, hoffen, dass der DJ kurz ein bisschen mehr von dem gelben oder weißen Licht durch den Raum schickt, um zu erkennen, ob bereits der Star, das Idol, das Opfer für die kommende Nacht in die Dunkelheit eingetaucht ist. Die Abräumer, die ganz oben auf der Wunschliste der willigen Schönheiten stehen, lassen sich Zeit, sie kennen ihre Rolle. Wissen ganz genau, wie ihnen diese Mädchen in den hochhackigen Schuhen mit den hauchdünnen Kleidchen zu Füßen liegen.

Ich bin noch einige Meter von meinen Kollegen entfernt, als mir jemand auf die Schulter klopft. Ich drehe mich um und ein hübsches Gesicht grinst mich an. Ein Lichtstrahl huscht vorbei und ich erkenne die roten Haare.

»Jetzt hat's klick gemacht«, sagt die Unbekannte und hebt ihre fein gezupften Augenbrauen. »Den Bierdeckel mit meiner Nummer hast du wohl weggeworfen?«

»Bierdeckel?« Plötzlich erinnere ich mich an die Augen, den Abend mit Sebastian in der Kneipe und dieses Mädchen, das in ihrem schwarzen Kleid verdammt sexy aussieht.

Noch bevor ich etwas sagen kann, hakt sie sich bei mir ein und führt mich an einen mit Palmenblättern bedeckten Tisch. Dort sitzen schon zwei Girls der Kategorie Beauty-Fan. Sie stellt mich ihnen vor. Die beiden begrüßen mich mit Küsschen. Wie eine willenlose Kreatur setze ich mich auf einen Stuhl. Der Kellner bringt mir eine Pina Colada. Die Musik wird lauter, der Beat schneller. Sie wollen mit mir tanzen, ich leere kurz noch zwei Tequila. Mein Körper fühlt sich leicht an, ich hasse Techno, aber heute Nacht tanze ich wie ein Besessener, ich umarme die Mädchen, wir drehen uns im Kreis, dann spüre ich zarte Küsse auf meinem Hals. Das rothaarige Traumgirl berührt meine Hand, streichelt mir flüchtig über den Rücken. Wir halten uns fest, die Musik wird langsamer, wieder küsst sie mich auf den Hals, knabbert an meinem Ohrläppchen. Ich erwidere ihren Kuss, berühre ihre Lippen, sie zieht mich an ihren Körper. Ich spüre, wie sie zittert, sie klammert noch fester, ich glaube ihren Herzschlag zu spüren. Dann lässt sie locker, nimmt mich an die Hand und führt mich durch die tanzende Menge hindurch in einen Nebenraum. Sie streift ihr schwarzes Kleid ab. Im schwachen Licht, das durch einen kleinen Türspalt dringt, sehe ich ihre Brüste, sie zieht ihren Stringtanga aus. Ich stehe nun dicht vor ihr, spüre, wie auch der letzte Tropfen Blut aus meinem Kopf verschwindet und nur noch Lust da ist.

»Nimm mich.«

Diese Phrase kannte ich bisher nur aus Dirks Pornos. War ich bereits auf dieses Niveau abgerutscht? Ich bin plötzlich hellwach, denke an Jessica und renne aus dem Konferenzraum. Mein Herz rast vor Zorn. Ich hasse mich, obwohl nichts passiert ist. Aber ich habe sie doch geküsst. Also ist doch etwas passiert. Ich fühle mich hundeelend, gehe auf mein Zimmer und starre auf das Telefon. Wenn ich Jessica jetzt anrufe, ist alles vorbei. Sie wird mich anbrüllen, mit mir Schluss machen, nie wieder mit mir sprechen. Und ich dachte, nur Timo könnte so ein Schwein sein. Ich wähle ihre Nummer. Vor der letzten Ziffer lege ich auf. Ich kann es ihr nicht sagen. Jetzt nicht. Niemals.

Ich frage mich, wo die Schnittmenge zwischen der Realität und dem Showbiz liegt. Ob es die andere Welt ist, die mich zu einem Betrüger macht? Ob ich in meinem normalen Leben auch so beschissen reagiert hätte? Ich spüre, wie die Wut in mir aufsteigt. Wut auf mich selbst, mein Leben und meine Feigheit. Ja, ich bin ein erbärmlicher Feigling. Nicht weil ich Jessica diese Nacht verschweigen möchte, nicht weil ich ein elender Heuchler bin, sondern weil ich es einfach nicht wahrhaben will, schon wieder in einer Sackgasse festzustecken. Die Boygroup als

Sprungbrett für meine Solokarriere. Was für ein bescheuerter Plan. Ich schleudere meinen Kassettenrekorder gegen die Zimmerwand. Ein lauter Schlag hallt durch das Zimmer und auf dem Boden liegen nun Einzelteile, die Kassette ist rausgefallen und lehnt schräg an der Wand.

Ich öffne die Minibar und schütte die kleinen Fläschchen in mich hinein. Ich will diesen Schmerz betäuben, der meinen Kopf beinahe in die Luft sprengt. Sinke zusammen und spüre, wie sich Tränen in meinen Augen sammeln. Ich werfe eine leere Bierflasche gegen die Wand, die Splitter glitzern auf dem dunklen Teppichboden. Die Tapete ist voll mit dem restlichen Bier, kleine Adern entstehen. Ein Flussdelta, so sehen die winzigen Ströme aus, die sich auf dem braunen Holzsockel kurz wieder vereinen, um in der Ecke in den langfasrigen Teppichboden einzusickern.

Es klopft an der Türe.

»Alles klar?« Dirks Stimme klingt besorgt.

Ich stehe auf. »Mir ist nur was runtergefallen«, sage ich.

»Mach bitte trotzdem mal auf.« Dirk sieht meine wässrigen Augen und begutachtet die Scherben und den zerstörten Kassettenrekorder. »Was ist denn hier passiert?« Er entdeckt die Flecken auf der Tapete. Unter seinen Turnschuhen knirschen die feinen Splitter. Fassungslos steht er vor mir und sucht nach Worten. Er räumt die leeren Flaschen zurück in die Minibar, sammelt die Einzelteile des Rekorders auf und setzt sich auf den hellbraunen Sessel. Dann holt er tief Luft.

»Hast du keine Lust mehr auf die Band?« Dirk betrachtet die Scherben, manche ragen wie kleine Dolche in die Luft. Einmal barfuß über den Teppich gehen, mindestens drei Wochen Tanzpause.

Ist jetzt schon der richtige Moment gekommen? Vielleicht ist diese Frauengeschichte nur der Auslöser, vielleicht sollte ich diesen Abend zum Anlass nehmen, um unter diesen Lebensabschnitt einen Strich zu ziehen. Einfach aussteigen und wieder ein neues Leben beginnen. Wieder feststellen, noch nicht auf dem richtigen Weg zu sein.

»Komisch, vorher auf der Tanzfläche sah es so aus, als gefiel es dir, von den Mädchen wie ein Star angehimmelt zu werden.« Jetzt grinst Dirk wieder. »Die Rothaarige hat dich ja auch ganz schön angebaggert.«

»Jessica.« Ich zögere kurz. »Jessica und ich sind ein Paar.«

Dirk schweigt und lächelt dann wieder. »Glaubst du tatsächlich, ich bin blind? Neulich im Bus hast du krampfhaft versucht ihr nicht in die Augen zu schauen. Das war schon richtig auffällig. Auch Boris hat mit mir gewettet, dass etwas zwischen euch läuft.«

»Die Rothaarige . . .«, sage ich.

»Geiles Teil«, unterbricht mich Dirk. »Ist was passiert, hast du dich mit ihr amüsiert?« Er zieht eine Grimasse. »Du hast Gewissensbisse wegen Jessica?« In Dirks Stimme schwingt Unverständnis mit.

»Ich habe gerade noch die Kurve gekriegt«, antworte ich.

»Da kann Jessica stolz auf dich sein«, sagt Dirk mit ironischem Unterton und klopft mir auf die Schulter.

»Du verstehst mich nicht!« Ich werde lauter. »Dir geht's doch nur darum, Party zu machen und dein Ego mit irgendwelchen billigen Groupies aufzubauen.«

»Genau.« Dirks Augen sehen wütend aus. »Und du kennst als Einziger die wahre Liebe. Du glaubst, anders zu sein, besser als ich und die beiden anderen. Du hältst mich für oberflächlich? Wenigstens jammere ich nicht die ganze Zeit. Ich ziehe

das hier durch, auch wenn mir klar ist, dass es viel bessere Bands gibt als uns.«
Ich habe Dirk noch nie so wütend gesehen. Ich schweige, weil ich weiß, dass er Recht hat. Ich wusste doch schon von Beginn an, dass wir niemals die Topboygroup sein würden. Trotzdem habe ich mitgemacht. Ich hätte ja auch ablehnen können, aber ich hatte Angst, etwas zu verpassen. Angst davor, ein unbeachtetes Durchschnittsleben zu führen.
Dirk steht auf. »Ich kann dir nicht helfen. Tu, was du für richtig hältst. Aber glaub mir . . .«, er macht eine Pause, »du bist für dich selbst verantwortlich. Nicht die Band, nicht deine Eltern und auch nicht Jessica.« Er schließt die Türe. Zurück bleibt Stille.
Ich spüre den Alkohol – das Adrenalin kann ihn nicht mehr länger zurückdrängen. Ich schließe die Augen, habe das Gefühl, dass sich mein Bett dreht. Mein Magen krampft sich zusammen. Ich werde ohnmächtig oder schlafe ein. Meine Träume sind so wirr, als hätte ich LSD geschluckt. Ich sehe unsere Band, wie wir in weißen Gewändern vor einem Altar stehen und auf die Knie fallen. Dann dreht sich der Pfarrer um, sein Gesicht ist mit einem schwarzen Schal verhüllt. Plötzlich beginnt er zu singen, reißt sich den Schal weg – zum Vorschein kommt das Gesicht von Timo. In einem Rausch von hellen Farben sehe ich Jessica in einem Hochzeitskleid an mir vorbeifliegen. Ihre Augen sind geschlossen, ihr Gesicht ist blass. Sie sieht aus wie eine Leiche. Dann erblicke ich ein kleines Kind, das über eine grüne Wiese rennt und plötzlich vor einer großen dunklen Gestalt stehen bleibt. Mit einem lauten Schrei kehre ich wieder zurück in die Dunkelheit meines Hotelzimmers. Ich taste hastig nach dem Lichtschalter und werfe die schwere Lampe zu Boden. Spätestens jetzt müsste das

ganze Hotel wach sein. Doch als ich das Licht anknipse, höre ich nichts außer dem Brummen des Kühlschranks. Ich gehe ins Bad, mein T-Shirt ist nass geschwitzt, meine Augen blinzeln aus tiefschwarzen Löchern hervor. Es ist kurz nach fünf und ich lasse warmes Wasser in die cremefarbene Badewanne laufen. Ich ziehe eine spitze Scherbe aus meiner Fußsohle. Der Schmerz wird von der Benommenheit, von der Restwirkung des Alkohols unterdrückt. Ich steige in die Wanne. Mein Körper fühlt sich schwer an, als wäre ich die ganze Nacht gerannt. Mein Kopf dröhnt bei jeder Erschütterung. So liege ich fast zwei Stunden da. Erst als das Wasser merklich kühler wird, erwache ich aus dem Halbschlaf. Soll ich doch Jessica anrufen? Soll ich ihr alles erzählen? Soll ich die Band verlassen? Meine Sachen packen und mit dem nächsten Zug abhauen? Ich schlage mit der Faust gegen die kalten Fliesen. Ich will nicht alles verlieren.

Beim Frühstück erkläre ich meine verquollenen Augen mit einem nächtlichen Asthmaanfall. Dirk hält den Mund. Ich glaube, er hat Boris und Timo von meinem Ausraster erzählt. Die beiden sind seltsam still. Die Scherben und die Überreste meines Kassettenrekorders habe ich noch vor dem Frühstück weggeräumt. Die Tapete ist getrocknet. Nur noch die Umrisse der Flecken sind als feine Ränder zu erkennen.

Die Visagistin des ZDF hat alle Hände voll zu tun, ein strahlendes Gesicht zu rekonstruieren. Den Tag verbringen wir, ohne viel zu reden, auf der Autobahn. Sascha sitzt gut gelaunt am Steuer und telefoniert stundenlang über die Freisprechanlage. Es geht weiter, vielleicht habe ich nur geträumt, vielleicht war alles nur Einbildung. Die rothaarige Frau, diese verdammte Nacht.

13. Kapitel | **Der Promoter**

Zwei Monate sind seit meinem Aussetzer vergangen. Ich versuche mich selbst zu therapieren, mit mäßigem Erfolg. Jessica habe ich nichts von dem Beinahe-Sex erzählt. Trotzdem erinnere ich mich öfter an ihren seltsamen Blick, mit dem sie mich empfing, als wir uns zwei Tage später trafen.

Jessica erwartete mich schon in meiner Wohnung. Ich öffnete die Türe und sie fiel mir um den Hals, ich zögerte unbewusst einen kurzen Moment, bevor ich sie umarmte.
»Willkommen in der Realität«, sagte sie. »Wie viele Stunden muss ich dir geben, bis du mich wieder als deine Freundin akzeptierst?« Sie lachte. Wollte mir zeigen, dass sie nun Verständnis für meine Zweiwelten-Theorie hat.
»Gab's Ärger mit den anderen oder willst du mal wieder die Band verlassen?« Das Lachen wich aus ihrem Gesicht.
»Das Übliche«, sagte ich.
»Weltschmerz und Ausstiegsgedanken.« Jessica nahm mir die Tasche aus der Hand und stellte sie neben den Schrank. Die Einzelteile des Rekorders schepperten.
»Was hast du denn da drin?«
»Meinen Kassettenrekorder«, sagte ich, »er ist mir runtergefallen.«
»Du gehst doch sonst so vorsichtig damit um.«
»Beim Ausladen«, lenkte ich ab.
Wir setzten uns auf mein zusammengeklapptes Bettsofa. Sie küsste mich. Ich fühlte mich elend und sagte, dass ich Bauchschmerzen von dem vielen Essen hätte.

Noch einmal spielte ich mit dem Gedanken, Jessica alles zu erzählen. Aber ich konnte nicht. Ich folgte Sebastians Rat und schwieg. Die halbe Nacht lag ich wach und beobachtete ihr Gesicht. Ich war angekommen. Ich streichelte über ihr glattes Haar. Sie atmete ruhig weiter.

Rinestar Music ist mit der ersten Single relativ zufrieden. Sie haben uns auf verschiedene Hit-Sampler draufgepackt, damit konnten sie noch etwas mehr Geld verdienen. An Sebastians Theorie von unserer Band als Steuersparmodell ist wohl nichts dran, die nächste Single ist schon in Planung und wir haben von unserer Plattenfirma sogar einen Promoter an die Seite bekommen, der Sascha auf der Suche nach Sponsoren unterstützen soll. Mein Bruder Jens, der Technikfreak, bastelte aus den Überresten meines Kassettenrekorders wieder eine aufnahmefähige Bandmaschine. Alles kann also weitergehen.
Wenn ich abends alleine im Hotelzimmer liege, spüre ich, wie dunkle Gedanken meinen Kopf attackieren, dann trinke ich ein Bier, manchmal auch einen ekelhaften Schnaps, rauche einen Joint und schlafe ein.
Für den Kontakt zu spendierfreudigen Unternehmen ist in den meisten Fällen Josef verantwortlich. Er arbeitet als Promoter für Rinestar Music. Die Hauptaufgabe von Promotern ist es, die CDs in die Läden und zu den wichtigen Radioredakteuren zu bringen. Josef ist sehr aktiv, er besorgt uns nebenbei noch lukrative Auftritte und zieht einen Sponsor nach dem anderen an Land. Sein Einsatz ist unermüdlich. Er hat eine Glatze, ist um die fünfzig und kennt das Musikbusiness wie seine Westentasche. Josef legt großen Wert darauf, gut gekleidet zu sein. Im dunklen Anzug mit einer Seidenkrawatte kann er die

Menschen für seine Ideen begeistern. Seine tiefe Stimme ist Respekt einflößend. Sein Lachen ansteckend. Ständig erzählt er Witze. Er hat eine unglaubliche Energie. »Wenn ihr einen Plattenvertrag habt, dann müsst ihr nicht nur davon leben wollen, sondern den Traum haben, reich zu werden.« Das sagt er uns, als wir ihn kennen lernten.

Dank Josef reisen wir zurzeit in unserem eigenen, großen Van, darauf steht in fetten weißen Lettern *Call Us*. Wir haben eine eigene Fahrradkollektion und sogar Uhren gibt es in der Call-Us-Fanausführung. Wir machen jetzt regelmäßig Promo-Auftritte bei unseren Sponsoren.

Beim Gig in einem großen Kaufhaus hätte Alleinunterhalter Josef beinahe für einen Skandal gesorgt.

Samstagnachmittag. Etwa fünfhundert Teenager plus Eltern drängen sich vor der Bühne in der Mitte des großen Einkaufszentrums. In wenigen Minuten sollen wir auftreten. Wir sind gut gelaunt, als uns Sascha im Backstagebereich von der wartenden Menge erzählt. So viele Menschen. Damit haben wir nicht gerechnet. Josef soll uns ankündigen. In seiner lockeren Art stellt er sich auf die Show-Bühne und beginnt mit der Moderation. »In wenigen Minuten kommt Deutschlands Boygroup Nummer eins auf die Bühne.« Es gibt einen kurzen Applaus. Josef hat die Masse total im Griff.

»Aber das ist noch nicht alles«, sagt er mit einem breiten Grinsen ins Mikrofon.

»Wer die Fragen auf der Karte richtig beantwortet . . .« Er hält eine unserer neuen Autogrammkarten in die Luft, auf der Rückseite stehen Quizfragen. »Der kann was Tolles gewinnen.«

Die Augen der kleinen Mädchen werden größer. Josef macht bewusst eine Pause, um die Spannung zu steigern.

»Der darf«, noch einmal macht er eine Pause, »mit *Call Us* fitten.«
»Scheiße«, sagt Dirk, »das hat sich ja fast wie ficken angehört.«
Die Eltern und ihre kleinen Töchter können es nicht fassen, verstört schauen sie den lächelnden Josef an. Es ist plötzlich still. »Hat er das wirklich gesagt?« Die Leute beobachten sich gegenseitig.
Sascha rennt auf die Bühne und flüstert Josef etwas ins Ohr. Der beginnt wie verrückt zu lachen. Als er sich gefangen hat, erklärt er noch einmal, dass der erste Preis des Quiz ein Aufenthalt im Fitnessstudio in Begleitung unserer Band ist. Die Eltern sind erleichtert. Seit diesem Tag gibt es nur noch einen Runninggag bei uns im Tourbus: »Wollt ihr fitten?«

Dirk macht mir Sorgen. Seit neuem redet er sich sogar bei Groupies der B-Kategorie ein, verliebt zu sein. Immer häufiger weitet er seine One-Night-Stands aus, um seinen freien Tagen einen Sinn zu geben. Nach durchschnittlich zwei Treffen entscheidet er sich gegen eine feste Liaison und hinterlässt eine enttäuschte Affäre, die in den nächsten Monaten hinter uns herhechelt, um eine Erklärung für seinen Sinneswandel zu bekommen. Wenn es so weitergeht, können diese abgelegten Mädchen bald einen kompletten Reisebus anmieten. Dirk nennt das Fanbindung. Doch so cool, wie er sich manchmal aufführt, ist er in Wirklichkeit gar nicht. Das Leben auf Tour nagt auch an ihm. Seit unser Bild auf der Titelseite eines Schwulenmagazins zu sehen war, spielen seine Eltern verrückt. Sie wollen, dass er aussteigt, mit der Boygroup aufhört. Seine Geschwister verteidigen ihn. Seit drei Monaten hat Dirk den Kontakt zu Mutter und Vater abgebrochen. Seither füllt Dirk seine freien Tage mit Marions, Nicoles und Stefanies. Sein Leben gleicht einer Odyssee. Auf der Suche nach Heimat, fährt er ständig in neue Häfen ein. Auch äußerlich hat er sich verändert. Seine Wangen sind etwas fülliger geworden. Er hat zugenommen. Joggen geht er nur noch selten. Wenn wir im Augenblick eine Zwischenbilanz ziehen würden, dann wäre das Ergebnis niederschmetternd. Gesang, Tanz, Aussehen, in keiner Boygroup-Disziplin gibt es noch Fortschritte. Nur der Alkohol-, Cannabis- und Groupieverbrauch wächst von Woche zu Woche. Sascha ist zu sehr mit der Organisation unserer Firma beschäftigt. Ihm fällt dieser Stillstand nicht auf, vielleicht will er ihn aber auch nicht sehen.

In zwei Monaten soll unser nächster Song veröffentlicht werden. Die Plattenfirma, Sascha und Ingo haben sich für eine Uptempo-Nummer entschieden, obwohl ich dagegen bin. Mein Vorschlag, die von mir geschriebene Ballade » Watch out« aufzunehmen, wurde einstimmig abgelehnt. Man könne nicht schon wieder einen langsamen Song veröffentlichen, es sei bald Sommer, da wollten die Menschen Party machen.
Text und Melodie sind der geballte Schwachsinn: »I need your love, give me your soul.« Bis heute weiß ich nicht, warum wir die Seele der Mädchen brauchen. Sven erzählt uns, wie begeistert die Plattenfirma von diesem Werk sei. Beim Mitarbeiter-Meeting hätten sie alle geklatscht. Am ersten Verkaufstag sollten mehr als dreißigtausend CDs in den Läden stehen. Das sei für Newcomer eine beachtliche Zahl, hat uns Sven erzählt. Es muss ein weiterer Chart-Erfolg her. Wegen des Videoclips und der hohen Reisekosten haben die Plattenfirma und wir noch keinen Euro Gewinn gemacht. Mit dem neuen Song soll sich das ändern. Unser Terminplan ist wieder randvoll mit Autogrammstunden, Promotionauftritten und Fotoshootings. Nur nicht mit guter Musik. Meine Gitarre muss ich zu Hause lassen, weil der Call-Us-Van im Augenblick mit Klamotten voll gestopft ist. Boris beschwert sich bei Sascha über die vielen »P«, die er trotzig in seinen schweren Timer einträgt. »Und wann verdienen wir wieder Geld?«, fragt er.
»Promotion ist eben Promotion. Dazu sind wir verpflichtet. Aber in sechs Wochen geht eure Single bestimmt in die Charts, dann gibt's wieder richtig Kohle für die Gigs.«

»Super. Und wer bezahlt bis dahin meine Miete?« Auf Boris' Haut bilden sich rote Flecken. »Ich dachte, das Kapitel Gratis-Auftritte hätten wir mit dem ersten Song begraben.«
»Immerhin sechs bezahlte Gigs stehen auf dem Programm. Das müsste gut für deine Miete reichen.« Sascha reagiert genervt. Früher hätte er versucht Boris zu beruhigen. Doch auch er hat inzwischen seine Alles-wird-gut-Philosophie abgelegt. In seinen Augen spiegeln sich nur noch Zahlen. *Call Us* ist keine Band, sondern eine mathematische Gleichung mit vielen Unbekannten. Verkaufszahlen. Umsätze. Ausgaben. Einnahmen. Auf dem Papier steht nichts von Gefühlen, eigenen Songs, tollen Liveauftritten. Eigentlich steht da nur noch Geld. Geld, das wir verdienen. Geld, das wir verdienen könnten. Gagen, die wir bekommen, Gagen die wir bekommen könnten. Ich hätte Buchhalter werden sollen.

Für die Produktion von »I need your love« gehen wir in ein richtig großes Tonstudio. Ingo ist von den neuen technischen Möglichkeiten begeistert. Nur eine Sache hat er nicht bedacht. Ich bin ein Mensch und keine Gesangsmaschine. Innerhalb von vier Stunden soll ich den kompletten Song mit allen Chören einsingen. Um noch effektiver zu arbeiten, kommen später zwei Gastsänger ins Studio, damit der Song wenigstens ein bisschen nach Boygroup und unterschiedlichen Stimmen klingt.
Boris und Dirk sitzen apathisch im Aufenthaltsraum und glotzen VIVA. Sascha hat ihnen erst jetzt eröffnet, dass ihre Stimmen nicht gebraucht werden. Timo wusste das schon vorher. Aber Boris hat diese Entscheidung schwer getroffen. Seit über einem Jahr trainiert er seine Stimme. Er ist ehrgeizig. Sein großes Ziel war es, bei der nächsten Single wenigstens im Refrain

mitzusingen. Seit zwei Minuten ist er nicht mehr ansprechbar. Sascha sagte ihm völlig kühl, dass wir keine Zeit für Experimente haben und nicht unnötig Geld zum Fenster rauswerfen können. Boris nickte nur. Ich glaube, da waren Tränen in seinen Augen.

»Toll, also wieder nur die Lippen bewegen!« Dirk war wütend. Auch seine Stimme ist durch den Gesangsunterricht besser geworden. Diesmal wollte er sich anstrengen.

Sascha zuckte nur mit den Schultern und sagte: »Vielleicht beim Album.«

Keine Diskussionen, keine Streitereien, Sascha zeigte unmissverständlich, dass er derjenige ist, der die Aufgaben verteilt.

Ich bin müde, total ausgelaugt. Gestern Abend sind wir noch in Österreich aufgetreten. Um zwei bin ich ins Bett gegangen. Um vier musste ich schon wieder aufstehen, für einen kurzen Zwischenstopp im Tonstudio. Falls es ein Album gibt, sollte ich Ingo und Sascha vorschlagen, online, via Internet einzusingen. Das geht sicherlich noch schneller.

»Kannst du wenig rau und mit Sänfte singen?« Ingo bemüht sich, nicht gleich bei der ersten Strophe auszuflippen, aber meine Stimme hört sich kraftlos an. Auch der warme Tee und das Gurgeln mit diversen Kräuterextrakten kann daran nichts ändern. Die Aufnahmekabine ist riesengroß. Hier könnte ein ganzes Sinfonieorchester einspielen.

Mitten in diesem Raum stehe ich vor einem goldfarbenen Mikrofon und versuche meine Stimme in den Griff zu bekommen.

»Kannst du nicht richtig Töne treffen?«, schreit Ingo nach dem fünften Takt. Er ist mit mir über Kopfhörer verbunden. Hinter der großen Glasscheibe wedelt er wild mit seinen Händen herum.

»Wenn's dir nicht passt, kannst du die Gastsänger ja auch meine Parts einsingen lassen.« Ich reiße mir den Kopfhörer herunter und schleudere ihn wütend auf den Boden. Dann renne ich aus der Aufnahmekabine. Sascha schaut mir fassunglos hinterher.
Ich fühle mich wie ein Idiot. Ein Versager, der nicht einmal mehr seine Stimme beherrscht. Ich hasse Ingo, ich hasse Sascha, ich hasse diese beschissene Boygroup.
»Dieser Nichtskönner, dieser Arsch!«, zische ich immer wieder.
»Du müsstest Ingo doch langsam kennen.« Sascha steht neben mir. »Der dreht halt ab und zu durch. Die Studiomiete ist verdammt hoch. Je länger wir brauchen, umso weniger Geld bleibt für die Remixe.«
»Vier Stunden, um einen Song einzusingen, das geht nicht«, sage ich genervt. »Und dann noch diesen Scheißsong.«
»Jetzt ist's aber genug. Du hältst dich wohl für den super Songwriter. Was hast du denn bisher erreicht? Deine Rockband? Das waren doch alles Scheißsongs! Songs, die niemals ein Radiosender spielen würde. Du kannst nicht beurteilen, was gut oder schlecht ist. Du nicht!« Sascha glüht vor Wut.
»Hast du überhaupt Ahnung von Musik?«, sage ich. »Für dich ist es doch nur wichtig, dass dein Name nachher auf der CD steht, damit du abkassieren kannst. Abkassieren für Musik, die du gar nicht geschrieben hast. Vielleicht zockst du uns ja alle ab.« Ich mache eine Pause, sehe den Hass in seinen Augen. »Vielleicht bist du ja auch einer von diesen Betrügern.«
Das hat gesessen. Sascha dreht sich um.
»Ich warte im Studio!«, sagt er und verschwindet durch die Türe.

Einen kurzen Moment spiele ich mit dem Gedanken, abzuhauen. Aufzuhören. Das Kapitel Boygroup zu beenden. Aber ich bin zu feige. Wie soll denn mein Leben weitergehen? Ich habe Angst. Angst, zu scheitern. Als Versager dazustehen. Angst vor all den Besserwissern, vor all den »Freunden«, die sich das Maul über mich zerreißen würden. Wie hungrige Wölfe warten sie nur darauf, dass ich stürze und sie mich zerfleischen können. Mich, den Boygroup-Sänger. Den Loser. Den Träumer. Den Musiker.
Ich werde nicht kampflos aufgeben. Diesen Triumph gönne ich meinen Neidern nicht.
Ich singe weiter. Ingo hat das Studio verlassen. Der Toningenieur leitet nun die Aufnahmen. Nach zwei Stunden sind wir mit allen Spuren fertig. Das Ergebnis hat wenig mit dem zu tun, was ich sonst von mir gebe. Trotzdem ist kein weiterer Tag geplant. Über den Vorfall sprechen wir nicht mehr, alles soll einfach weitergehen.

Unser Bekanntheitsgrad erreicht langsam seinen Höhepunkt. Ich habe das Gefühl, jeden Plattenladen in Deutschland zu kennen. Jeden Tag haben wir drei Autogrammstunden an drei verschiedenen Orten. Und es kommen teilweise mehr als vierhundert Kids. Man fühlt sich wie ein Tier im Streichelzoo. Muskulöse Bodyguards schieben die Mädchen an uns vorbei. Ständig lächeln, immer ein paar nette Worte und zwischendurch noch eine Gesangseinlage. Timo stapelt mal wieder die kleinen und großen Geschenke zu einem beachtlichen Berg, als müsse er sich noch immer dafür rechtfertigen, auch ohne singen zu können, ein wichtiger Teil unserer Gruppe zu sein. Ich habe das noch nie bestritten. Selbst wenn er nicht der absolute Liebling wäre, Fans lassen es sich nicht gefallen, wenn ihre Gruppe, ihre Familie, auseinander gerissen wird. Sie wollen, was sie sonst nicht haben: eine heile Welt. Eine Welt aus Lügen und Intrigen.

Wenn wir so von Plattenladen zu Plattenladen ziehen, dann ist das anstrengender als jeder Auftritt. Denn noch eins mögen unsere Fans überhaupt nicht: schlechte Laune. Wer miterleben möchte, was das bedeutet, kann einen kleinen Selbstversuch starten. Einfach vor den Spiegel stellen und zwei Stunden lächeln. Wer jetzt nicht das Gefühl hat, eine leblose Maske zu tragen, hat den Test bestanden. Natürlich ist Doping strengstens verboten.
Als wir in den Hinterhof eines großen Supermarktes einbiegen, wünsche ich mir alle Aufputschmittel dieser Welt. Seit zwei Wochen sind wir unterwegs, ich kann dieses ständige »Keep smiling« nicht mehr ertragen. Schon am Eingang begrüßen uns ein paar Mädchen. Etwas schüchtern stehen sie da und hoffen, dass wir ihnen eine Privataudienz geben. Doch Sascha führt uns auf direktem Weg in den Aufenthaltsraum. Dort hat das Personal Autogrammkarten und Stifte bereitgelegt. Durchschnittlich 45 Minuten dauert unser Besuch. Dieses Mal müssen wir bereits nach einer Viertelstunde abbrechen. Das kleine Städtchen im Osten Deutschlands entpuppt sich als regelrechte Fanhochburg. Mehr als fünfhundert Teenager drängen sich in der CD-Abteilung. Und ausgerechnet hier hat man die Security vergessen. Das größtenteils weibliche Hauspersonal ist chancenlos gegen die schreienden, kreischenden und drückenden Mädchen.
»Ich glaube, der Tisch fällt gleich um!« Dirk schaut mich er-

schrocken an. Die Mädchen in der ersten Reihe haben Mühe, normal zu atmen und nicht in Panik zu geraten. Plötzlich höre ich das Klirren einer Fensterscheibe. Die Masse gerät ins Wanken, ein paar Mädchen stürzen und unser Tisch kippt. Es tut einen höllischen Schlag. Ich höre von überall her schreiende und weinende Mädchen. Sascha zerrt uns zurück in den Aufenthaltsraum. Von uns hat sich keiner verletzt. Draußen herrscht Chaos. Der Supermarkt wird von zwei Dorfpolizisten evakuiert. Sie müssen niemanden erschießen.
Ich hätte nie gedacht, dass ich einmal Angst vor unseren eigenen Fans haben würde! Wir verlassen den Schauplatz durch den Notausgang. Als wir bei unserem Tourbus ankommen, wird Sascha kreidebleich. Der ehemals weiße Van ist übersät mit Unterschriften, Adressen und Telefonnummern. Es sieht aus, als hätte sich so ziemlich jedes Mädchen dieser Stadt auf dem hellen Lack verewigt. Manche haben sogar ihren Namen mit Messern oder ähnlichem Werkzeug eingraviert.
Unsere Plattenfirma gratuliert uns einen Tag später zu der guten Publicity und schickt einen Ausschnitt aus der örtlichen Tageszeitung. Zwanzigtausend Euro Sachschaden und einen Polizeieinsatz. Medienwirksamer kann eine Autogrammstunde nicht ablaufen. Sascha ist stolz. Vor einer Woche haben wir uns wieder versöhnt. Unter der Hand hat er mir versprochen, dass ich für das Album eigene Songs schreiben dürfte. Ich soll den anderen aber nichts davon erzählen. Für einen kurzen Moment habe ich mich darüber gefreut. Aber dann wurde mir klar, dass ich auf einen billigen Trick hereingefallen bin. Das Album würde frühestens in zwei Monaten zur Debatte stehen, und auch nur, wenn sich die zweite Single verkauft. Bis dahin soll ich also ruhig sein und motiviert für Sascha arbeiten.

Zur Erholung dürfen wir mit dem Flugzeug nach Basel fliegen. Dort werden wir schon erwartet. Die Crew eines Teenie-Magazins fährt uns in einen nahe gelegenen Skiort. Hier werden wir die nächsten zehn Tage verbringen. Alles wird von Sponsoren bezahlt. Und nur an einem Tag müssen wir für Fotos zur Verfügung stehen.

Mit uns leben noch einige Soap-Stars im Hotel. Sie machen jeden Abend Party und wir sollen zuschauen. Sascha lässt wieder den Aufpasser raushängen. Ich dachte, mit der ersten Single hätten wir die Babysitter-Arie beendet. Boris und ich treffen uns nach dem Abendessen bei mir auf dem Zimmer. Wir teilen uns einen Joint. Sein ehemaliger Kollege züchtet selbst. Nach spätestens drei Zügen gehen wir auf den Balkon, um Sterne zu zählen, und entdecken neue Galaxien.

Sascha kann uns mal. Dirk und Timo haben sich einen Videorekorder besorgt und ziehen sich Pornos rein, dazu gibt es Chips und Wodka Lemon. So gegen elf macht Sascha immer einen Rundruf, ob seine Boyband auch schon im Bett ist, danach gehen wir nach unten an die Bar. Zu den anderen. Lallen oberflächliches Zeug. Stellen fest, dass in Soaps zu wenig Frauen mitspielen, und gehen so um zwei ins Bett. Zehn Nächte im selben Hotel, immer dasselbe Ritual, das hat schon was für sich. Und so ein Rausch hilft beim Verdrängen. Seit dem Studiodesaster verdränge ich meinen Wunsch, auszusteigen. Ich verdränge meine Sehnsucht nach guter Musik. Ich verdränge meinen Traum von der Solokarriere. Ich verdränge Sebastians Ratschläge, Saschas Abrechnungen zu überprüfen. Ich verdränge mein eigenes Leben. Es ist grausam, festzustellen, nur noch mit Cannabis die Tage bewältigen zu können.

Neben meinem Bett stapeln sich Schokoladentafeln und Gum-

mibärchen. Mein Gesicht sieht etwas runder aus und mein Bauch arbeitet an neuen Schwimmringen. Mit Jessica streite ich am Telefon, weil sie möchte, dass ich mit dem Kiffen aufhöre.
Letzte Nacht habe ich geträumt, auf einer Brücke zu stehen. Spürte den Wind, wie er an meiner nackten Haut vorbeistreifte. Hörte Stimmen, die nach mir riefen. Plötzlich kamen von allen Seiten Züge, aus der Brücke wuchsen Schienen. Immer mehr Schienen, ich befand mich im Zentrum eines riesigen Gleissystems, und aus dem Nichts tauchten schwarze Lokomotiven auf, die auf mich zurasten. Lokomotiven mit gusseisernen Gesichtern, mit autoritären Stimmen, dann bin ich gesprungen, alles war so realistisch, ich konnte sogar diese flaue Gefühle im Magen spüren, so als wenn man Achterbahn fährt. Ich wachte auf und spürte, wie meine Lunge sich zusammengekrampft hatte. Mein Atem wurde von einem Pfeifkonzert begleitet. Das Asthmaspray wirkte nach ein paar Minuten. Ich möchte durchhalten, nur die zweite Single. Wenn es dann nicht mit dem Erfolg klappt, höre ich auf.

Sascha will auch nicht, dass wir Ski fahren. Das sei viel zu gefährlich. Also leihen wir uns fünf Holzschlitten aus. Wir wollen die lange Talabfahrt ganz vorsichtig hinunterrutschen.
»Schau dir den an, der fährt doch tatsächlich die Skipiste runter.« Boris zeigt lachend auf Sascha, der den steilen, eisigen Skihang hinunterrast. Ein Liftmast bremst wenige Sekunden später seine Schussfahrt. Sascha wird in hohem Bogen durch die Luft katapultiert. Die Szene könnte aus einem Zeichentrickfilm stammen, bei dem eine Figur erst platt gewalzt wird und dann wieder unversehrt aufsteht. Aber die Realität sieht

bekanntlich anders aus. Boris und ich lachen einen kurzen Moment, doch als Sascha dann immer noch regungslos im Schnee liegt, bekommen wir Panik und fahren vorsichtig zu ihm hinunter. Er steht unter Schock. Seine Jeans ist aufgerissen und seine linke Hand blutet. Zum ersten Mal erlebe ich ihn für einen kurzen Moment sprachlos. Doch anstatt sich hinzusetzen und zu schauen, ob noch alle Knochen heil sind (der Schlitten hat einen Totalschaden), greift er zum Handy und lässt sich mit seiner Krankenversicherung verbinden.

»Ich hatte gerade einen Sportunfall in der Schweiz, bin ich eigentlich auch im Ausland versichert?« Er hat nur Schürfwunden und leichte Prellungen. Am nächsten Tag dürfen wir Ski fahren.

An einem Abend fahren wir mit Pferdekutschen durch die Dunkelheit zu einem kleinen Berggasthof. Nur die Fackeln leuchten uns den Weg. Dick eingemummt in warme Wolldecken, genieße ich die Stille und die frische, klare Winterluft. Das Essen schmeckt und ich bin richtig gut gelaunt. Auch Sascha und die Jungs wirken entspannt und erzählen einen Witz nach dem anderen. Der Pianist einer bekannten Schweizer Band setzt sich an das alte Klavier und beginnt einen Blues zu spielen.

Ich möchte aufstehen und lossingen. Ich merke, wie mich Sascha noch zurückhalten will. Trotzdem beginne ich, mit meiner Stimme den Raum zu füllen. Ich improvisiere. Seit langem habe ich endlich mal wieder das Gefühl, Musik zu erleben. Mein ganzer Körper ist eine einzige Schwingung. Ohne zu reden, spielen wir uns in einen Rausch unbekannter Melodien. Ich fühle mich lebendig. Wie oft habe ich mir gewünscht, mal wieder ohne Kameras und ohne schreiende Mädchen live singen zu dürfen. Meine eigene Stimme rein und unverfremdet zu hören.

Sascha und die Jungs sind stinksauer, als ich an ihren Tisch zurückkehre. Wie ich später erfahre, wurden sie immer wieder von ihren Tischnachbarn aufgefordert mitzumachen.
»Ihr seid doch alle Sänger, oder etwa nicht?«, hätten die Schauspieler gesagt. Für die Jungs war mein Soloauftritt ein herber Schlag gegen die ungeschriebenen Bandregeln (Uns gibt es nur im Team . . .). Ich muss mir eine halbstündige Standpauke anhören. Es macht mir nichts aus. Ich fühle mich wie ein kleiner Junge, der etwas Verbotenes getan hat und sich trotz Stubenarrest gut fühlt. Mein Ego ist wiederhergestellt.

Das Wetter ist nass-kalt und die Stimmung miserabel, als wir nach Deutschland in unser Hauptquartier zurückkehren. Dieses Mal bin nicht ich der Auslöser, sondern Sascha. Sein Schlittenunfall hat die Spürnase Boris auf eine Fährte gebracht, die er seit diesem Tag akribisch verfolgt.
Nach dem Skiunfall begleitete Boris Sascha zum Arzt. Boris nahm im Wartezimmer Platz, in seinen Händen hielt er Saschas Geldbeutel. Durch eine Unachtsamkeit fiel er ihm zu Boden. Zwischen drei Kreditkarten und der Karte für die private Krankenversicherung lagen zwei gelbe, zusammengefaltete Notizzettel. Boris öffnete sie. Sascha hatte sich insgesamt vier Gagen für Fernsehauftritte notiert. Dahinter stand: als Reisekosten verbuchen. Boris wusste, was das bedeutet. Genau für diese Auftritte hatte Sascha ein »P« wie Promotion in unserem Tourplan notiert. Im Klartext: Er hat sich das Geld unter den Nagel gerissen. Doch damit nicht genug. Sascha war noch viel cleverer, als wir gedacht haben. Erst als wir ihm damit drohten, mit Rinestar Music zu sprechen, ließ er uns in seine Ordner mit den Abrechnungen schauen.

»Seid ihr jetzt völlig durchgedreht!«, brüllte uns Sascha an, als wir eine Rechnung nach der anderen durchschauten.
»Tatsächlich«, sagte Boris, als hätte er einen Kriminalfall gelöst. »Du hast dir nicht nur zu hohe Fahrtkostenrechnungen überwiesen, sondern auch deine Gage vom Brutto genommen.«
»Das mit dem Brutto steht so in eurem Vertrag!«, verteidigte sich Sascha und zeigte auf den Paragraphen.
»Aber abgesprochen hatten wir das anders, oder nicht?« Auch Boris wurde nun lauter.
»Ohne Ingo und mich dürftet ihr all das nicht erleben. Ist es denn nicht schön, bewundert zu werden?«
Sascha ging etwas in die Defensive. Unsere vier Verträge lagen immer noch auf seinem Schreibtisch. Wie konnten wir das nur unterschreiben? Wenn Sascha seine Gagen vom Brutto nimmt, hieß das nichts anderes, als dass wir alleine die Provision für die Konzertagentur bezahlen und Sascha sogar noch die überhöhten Reisekosten für sich einstreicht. Jetzt wurde mir auch klar, weshalb er sich diese teure Privatkrankenversicherung leisten kann. Durch diesen Trick hat er an manchen Auftritten mehr als die Hälfte unserer Gage verdient. Sebastian hatte Recht. Wenn es um Geld geht, sollte man niemandem vertrauen.
Wir sitzen alle zusammen. Boris räuspert sich und schaut auf einen Zettel mit den Stichpunkten, die er sich notiert hat. »Sascha, klar, du hast viel für uns getan. Aber der Vertrag, den wir vor eineinhalb Jahren unterschrieben haben, ist hinterhältig, und das haben wir erst jetzt gemerkt.«
»Übertreib doch nicht. Wisst ihr überhaupt, wie viel Zeit und Geld ich in euch investiert habe?« Er schaut einen nach dem anderen an. »Ihr seid einfach nur undankbar. Aber ihr könnt

euch ja einen Anwalt nehmen. Damit ist eure Musikkarriere aber zu Ende.«
Geschlossen verlassen wir wenig später das Studio. Ingo kommt in einer Woche aus dem Urlaub zurück. Wir wollen erst mit ihm sprechen, bevor wir uns einen Anwalt nehmen.
Jessica ist schockiert, als ich ihr von unserer Entdeckung erzähle.
»Sascha ein Betrüger? Das kann nicht sein.« Jessica ist felsenfest davon überzeugt, dass Sascha niemals so etwas tun würde. Sie nimmt ihn in Schutz, hat noch nicht gemerkt, dass auch sie nur sein billiger Handlanger ist. Wir streiten uns. Ich erwarte mehr Verständnis von ihr. Aber ihre Stimme klingt abweisend.
»Vielleicht solltet ihr weniger kiffen!«, sagt sie.
Ich bin total wütend. Weniger kiffen, was hat das denn jetzt mit Sascha zu tun?
»Glaubst du mir nicht oder was ist mit dir los?«
»Ich habe keine Lust mehr, nur noch für dich und deine Boygroup-Geschichten da zu sein. Interessierst du dich eigentlich auch für mich? Für meine Probleme, für meine Träume? Bin ich denn nur dein Abfalleimer, in den du deinen ganzen Müll abladen kannst?« Ich höre, wie ihre Stimme zittert.
»Jessica«, sage ich sanft. »Jessica, soll ich vorbeikommen? Du hast wahrscheinlich Recht. Ich krieg nichts auf die Reihe und jammere die ganze Zeit bei dir rum. Aber ich werde mich ändern. Ich möchte doch nur mit dir zusammen sein.«
Jessica möchte für zwei Wochen alleine wegfahren, mit einer Freundin, um über alles nachzudenken. Ich spüre, dass ich auf dem besten Weg bin, alles zu verlieren.

Meine neugierigen Nachbarn geben mir den Rest. Sie glauben, dass ich durch die Fernsehauftritte bereits Millionen auf meinem Konto habe, und hetzen mir das Finanzamt auf den Hals. In der Begründung des Steuerbescheids steht einfach nur »Mitglied der Gruppe *Call Us*«. Meinen alten silbernen Golf halten meine Neider wahrscheinlich für ein Täuschungsmanöver. Ich bringe den Papierkram zu meinem Vater. Als ich ihm erzähle, dass wir für die meisten Fernsehauftritte gar kein Geld bekommen, ist er verblüfft. Mit ein paar schwammigen Formulierungen kann ich ihn vorerst beruhigen.

Ingo bricht seinen Urlaub ab. Er ruft mich an, welch seltenes Vergnügen.
»Erik, sag, was passiert?« Ingos Stimme klingt heißer.
»Sascha hat dir doch sicherlich alles erzählt.«
»Er sagt, ihr wollt gegen ihn vor Richter.«
»Wir wollen nur, dass er uns das Geld gibt, das uns zusteht.«
»Ihr habt doch Geld von Auftritten, nicht?«
»Sascha hat aber seine eigene Art, die Gagen abzurechnen. Bist du sicher, dass er dich nicht auch reinlegt?«
Ich höre seinen schweren Atem. Ingo überlegt. »Sascha sagt, alles auf Euro richtig.«
»Der Managementvertrag mit ihm ist eine Riesen-Schweinerei.«
»Ihr aber unterschrieben.«
»Weil wir blöd waren. Weil Sascha uns total unter Druck gesetzt hat. Weil uns erst jetzt klar ist, wie viel Geld der Arsch an jedem Auftritt verdient. Verstehst du. Wir sind nicht eure Sklaven!« Ich werde lauter. »Entweder überlegt sich Sascha eine akzeptable Lösung oder wir haben lange genug für euch die Marionetten gespielt.«
»Marionetten. Was könnt ihr? Du bisschen singen. Die anderen tanzen. Ihr nix Superstars, aber arrogant.«
»Mach einen Vorschlag. Wie soll es jetzt weitergehen?«
»Mein Vater bereits in Studio, Gagen in Saschas Ordner checken. Morgen ich weiß, wie alles ist.«
»Wir wollen nicht aufhören, aber Sascha muss kapieren, dass wir uns nicht alles gefallen lassen.«

Gut, dass ich vor einer halben Stunde einen Joint geraucht habe, ich sage diesen letzten Satz in einem sehr versöhnlichen Tonfall. Schließlich kann ich ja nur für mich selbst sprechen. Jeder muss für sich entscheiden, wie lange er noch weitermachen will. Vor allem Boris, der nach seinem endgültigen Ausstieg bei der Polizei immer häufiger durchhängt, läuft Amok, wenn er jetzt auch noch seinen Job in unserer Band verliert. Ingos Vater möchte einem Steuerberater die Abrechnungen zeigen. Sascha lässt uns über seine Schwester ausrichten, dass er vorerst sein Amt als Manager niederlegt, bis alles geklärt ist. Wir haben uns darauf geeinigt, der Plattenfirma nichts davon zu erzählen, sonst gibt es womöglich gar keine zweite Single. Gegenüber unserem A&R Sven hält Sascha dicht. Er sagt, es gäbe einen tragischen Todesfall in seiner Familie, deshalb müsse er für zwei Wochen mit dem Management unserer Band pausieren. Wir hoffen, dass Sven nichts merkt. Boris nimmt das Ganze total mit. Seine feinen Pickelchen und die roten Flecken sind nun immer da. Seine Augen sehen müde und traurig aus. Josef, unser Promoter, bekommt Wind von der Sache und möchte sich mit uns treffen. Er lädt uns in ein kleines Restaurant in der Stuttgarter Innenstadt ein. Wir setzen uns in die Ecke, damit wir ungestört sprechen können. Josef hat nicht mal zur Begrüßung gelächelt. Er gab uns die Hand, ohne Blickkontakt zu suchen, als hätte er die vielen lustigen Momente vergessen, die wir in den vergangen sechs Monaten zusammen erlebt haben. Wir bestellen etwas zu trinken, nur Timo ordert zusätzlich ein Schnitzel. Die Stimmung ist ernst, als befänden wir uns auf direktem Weg in den Boygroup-Himmel. Die ersten Minuten sind zäh. Keiner möchte den Anfang machen.

»So, Jungs«, beginnt Josef, »ich möchte jetzt mal ganz genau

wissen, warum Sascha so stinksauer ist und am liebsten alles hinwerfen möchte.«
Boris erzählt, wie wir auf Saschas Nebeneinnahmen gestoßen sind. Und dass wir prinzipiell nicht mehr bereit sind, zu den alten Vertragskonditionen weiterzumachen.
»Sascha kämpft für euch, damit ihr richtige Stars werdet. Das solltet ihr nicht vergessen. Und ich kann euch eines versprechen: Wenn ihr euch jetzt nicht einigt und Sven etwas von dem Streit mitbekommt, könnt ihr in ein paar Wochen wieder als Versicherungsfuzzi – Bulle – Speditionsheini und Marktschreier arbeiten. So funktioniert die Branche. Ihr steht noch ganz am Anfang eurer Musikkarriere.«
»Heißt das, wir sollen weitermachen wie bisher und Sascha soll sich einfach nach Lust und Laune an unseren Gagen bedienen? Dann verkaufe ich lieber wieder Gewürze.« Dirk schüttelt den Kopf. »Wenn wir mit Sascha weitermachen, dann muss es einen fairen Kompromiss geben.« Seine Augen sind zusammengekniffen.
»Wisst ihr, ich muss das nicht tun. Ich bekomme keinen Euro zusätzlich von Rinestar Music, weil ich mich mit euch treffe.« Josef schaut jeden von uns an. »Aber mir liegt was an euch. Ich möchte, dass ihr erfolgreich werdet und nicht einfach so von heute auf morgen verschwindet.«
»Warum glaubst du uns dann nicht?« Boris' Stimme klingt enttäuscht.
»Es geht gar nicht darum, ob ich euch glaube oder nicht. Es geht darum, dass Sascha vielleicht einen Fehler gemacht hat, aber eure Band nur mit ihm funktionieren wird. Glaubt ihr ernsthaft, dass jemand wie Ingo mit Plattenfirmen oder Konzertagenturen verhandeln kann?«

»Wir können es ja auf einen Versuch ankommen lassen.« Timo kaut auf einem Stück Schnitzel herum, als wisse er selbst nicht so genau, wie das klappen könnte.
»Um es kurz zu machen.« Josef nimmt einen großen Schluck aus seinem Bierglas. »Solltet ihr euch von Sascha trennen, kann ich es nicht verhindern. Dann werde ich auch weiterhin für euch arbeiten, solange ihr noch Rinestar-Künstler seid und ich dafür bezahlt werde. Nur eines müsst ihr wissen: Dann mache ich nur noch Dienst nach Vorschrift. Keine Auftritte, keine Sponsoren und es gibt auch keine außergewöhnlichen Promotion-Aktionen mehr.«
»Ganz toll!« Boris ist gereizt. »Ist das jetzt Erpressung oder was sollen diese Drohungen?«
»Das sind keine Drohungen. DAS ist das Musikbusiness. Wenn ihr damit nicht klarkommt, dann geht zurück in den Kindergarten.« Josef steht auf, wirft noch einen Zehn-Euro-Schein auf den Tisch und geht. Er dreht sich nicht mal mehr um.
»Und nun?« Dirk blickt in ahnungslose Augen. Das Einzige, was feststeht, ist, dass wir morgen früh ohne Sascha zu einer Fernsehaufzeichnung fahren werden. Ingo wird uns begleiten.

Wir sind die Stargäste in einer neuen Fernsehsendung namens *Teen-Eyes*. Die Macher haben sich etwas Besonderes für unseren Auftritt einfallen lassen.
Ein treuer Fan von Dirk soll darüber berichten, wie es so ist, in einen Star verliebt zu sein. Plötzlich soll dann Dirk vor ihr stehen und sie in den Arm nehmen.
Natürlich weiß das 15-jährige Mädchen nichts von seinem Glück. Ina erzählt davon, wie sie uns kennen gelernt hat und dass Dirk ihr absoluter Liebling sei. Als dann unsere Musik er-

klingt, wir plötzlich vor ihr stehen und Dirk seinen Arm um sie legt, beginnt sie zu weinen. Der Herzensbrecher tupft ihre Tränen mit einem Taschentuch. So etwas bringt Einschaltquote, höre ich den Aufnahmeleiter sagen. Nach einer halben Stunde ist alles vorbei. Ina darf das feuchte Taschentuch von Dirk behalten und nach Hause gehen. Sie wird uns die Treue halten, egal, was in den nächsten Monaten passiert.

Sebastian besucht mich. Auf meine weiße Hauswand hat ein Mädchen mit Lippenstift ein Herz gemalt, leider steht Timos Name daneben. Entweder konnte sie das Adressschild auf meinem Briefkasten nicht lesen oder sie geht davon aus, dass wir auch privat zusammen rumhängen. Sebastian jedenfalls findet das total lustig.
»Ich habe dir etwas mitgebracht«, sagt er, als ich ihm die Wohnungstür öffne.
»Drogen, Alkohol oder einen neuen Plattenvertrag?«
»Etwas viel Besseres!« Er winkt mit einer Videokassette.
»Einen Pornofilm?«
»Das hast du doch nicht nötig. Du hast doch Jessica.«
»Wie man's nimmt. Wir machen gerade 'ne kleine Pause. Sie ist weggefahren und ich bin mir nicht sicher, ob sie noch Bock auf den Leadsänger von *Call Us* hat, wenn sie zurückkommt.«
»Das klingt nach Krise. Siehst du deshalb so verbraucht aus? Oder wollt ihr euer Saubermann-Image mit der nächsten CD ablegen?«
»Realität und Showbranche kann ich nüchtern einfach nicht mehr ertragen. Überall gibt es Probleme und Arschlöcher.«
Sebastian setzt sich auf meine zerwühlte Bettcouch.
»Du könntest wenigstens mal wieder auslüften.« Er rümpft die

Nase. »Hat sich die Sache mit eurem Manager eigentlich geklärt?«

»Auch der ist gerade im Urlaub«, sage ich kurz.

»Gibt es überhaupt jemanden, der noch da ist?«

»Ich und meine Kollegen vom Abschreibeobjekt.«

Sebastian geht zum Videorekorder und schiebt die Kassette in den Schacht.

»Hast du überhaupt schon mal einen Fernsehauftritt von euch gesehen?«

»Nö, bisher konnte ich das erfolgreich vermeiden.«

»Du lügst. Ihr wart doch schon mindestens in fünfzig Sendungen.«

»Warum soll ich mich auch noch anschauen? Es reicht doch, wenn ich mein Gesicht in den Magazinen sehe. Tanzend! Das muss ich mir nicht geben.« Kaum habe ich das gesagt, erscheint die Kulisse von *Teen-Eye*s auf dem Fernsehschirm. Ich könnte kotzen! Das Gitarrenintro ist vorbei und der Kunstnebel umwabert meinen Körper. Es sieht superkitschig aus. Die erste Strophe beginnt und die Kamera fährt auf mich zu, bis mein Gesicht bildschirmfüllend zu sehen ist. Ich lächele und bewege meine Lippen.

»Ich will das nicht sehen!«, motze ich Sebastian an und schalte den Fernseher aus.

»Hast du sie nicht mehr alle? Das sah doch total gut aus. Du wirkst doch viel besser als deine Model-Kollegen.«

»Bitte, können wir nicht über was anderes als diese Boygroup sprechen?«

»Klar. Wie willst du denn weitermachen?« Er hält eine leere Bierflasche in der Hand. »Willst du dir das Hirn wegsaufen?«

»Nö, wegkiffen«, sage ich trotzig und stecke mir einen Joint an.

»Wenn dich die Boygroup so nervt, dann musst du aussteigen und nicht abstürzen.«
»Klugscheißer. Du warst doch schon immer ein Klugscheißer. Man kann alles erreichen, was man will. Sagst du das jetzt auch noch?« Ich ziehe an meinem Joint und rede weiter, ohne eine Antwort abzuwarten. »Vielleicht, wenn man nur auf Kohle aus ist. Aber ich möchte nicht normal sein. Ich will keinen langweiligen Bürojob. Ich will ein einzigartiges Leben. Ein Leben, das spannend ist und nicht nur mit blöden Scheinen und Abschlusszeugnissen funktioniert.«
»Gut. Ich habe vielleicht nicht wie du das Talent, zu singen, ich kann auch keine Songs schreiben, aber ich mache genau das, was ich will, auch wenn ich dafür hart arbeiten muss. Du träumst von einer Solokarriere mit deiner eigenen Musik und machst dann bei einer billigen Boygroup mit, nur weil du glaubst, das sei einfacher. Du bist doch nur zu faul und vor allem zu feige, dein eigenes Ding zu machen.«
»Lass mich doch in Ruhe. Hau doch einfach ab.«
Sebastian steht auf. »Du bist ein Vollidiot!« Er knallt die Türe hinter sich zu.
Ich weiß nicht, welches Gefühl stärker ist. Wut oder Enttäuschung. Warum kann Sebastian mich nicht verstehen? Warum sagt er, ich sei zu faul, mein eigenes Ding zu machen?
Was würde er denn tun, wenn er singen könnte? Studieren gehen? Eine klassische Gesangsausbildung machen und mit seinem Schein bei verschiedenen Opern vorsingen? Weiß er überhaupt, wie das ist, Melodien geschenkt zu bekommen? Kennt er das Gefühl, über die Saiten einer Gitarre zu streichen? Das Gefühl, wenn Akkorde und Töne zu einem wunderschönen Song verschmelzen? Wenn einem das Herz vor Freude wehtut,

weil nur noch Musik da ist, nichts anderes, nur die eigene Musik. Das kann man nicht an irgendeiner Uni lernen, das muss man erleben.
Ich setze mich an mein Klavier. Wische den Staub von den Tasten und drücke, ohne nachzudenken, mit der linken Hand einen Akkord. Mit der Rechten spiele ich zwei Töne. Dann noch einen dritten. Einfach. Warum kann mein Leben nicht so einfach sein wie diese Melodie? Warum verheddere ich mich ständig in einem Netz aus Schwierigkeiten? Einfach nur von A nach B gehen, das kann doch nicht so schwierig sein. B muss ja nicht unbedingt Superstar bedeuten. B könnte doch auch für Zufriedenheit stehen. Für Glück. Für ein Leben mit Jessica. Ich vermisse sie jede Sekunde. Nicht einmal eine Telefonnummer hat sie mir dagelassen. Schon fünf Tage ist sie unterwegs. Ich weiß nicht, wohin sie gefahren ist. Vielleicht tut ihr der Abstand zu mir gut. Vielleicht so gut, dass sie sich endgültig von mir trennt. Mich abschiebt. Im Urlaub gibt es bestimmt viele Typen, die sie anbaggern. Wenn sie sich in einen anderen verliebt, geschieht es mir recht.

Sascha schickt jedem von uns ein Einschreiben. Darin steht, dass er den Management-Vertrag bis Ende September kündigt. Ein Treffen lehnt er ab. Das verstehe ich nicht. Klar hat er einen Fehler gemacht, aber ich dachte, es gäbe eine Lösung, wie wir zusammen weitermachen können.
Ich frage mich, wie er ohne uns seine Brötchen verdienen möchte. Vielleicht hat er schon einen anderen Job oder eine neue Boyband, die er groß rausbringen will. Als Mensch fehlt er mir nicht. Zu oft haben wir in den letzten Monaten gestritten, zu oft hat er den Aufpasser gespielt. Zu oft hat er uns angelogen. Und wenn er von Jessica gewusst hätte ... Jedenfalls sind wir jetzt führerlos, manövrierunfähig, wie ein Schiff ohne Ruder, ohne Kapitän. Unser Tourplan ist in den nächsten Monaten noch voll, weil Sascha geackert hat. Aber was kommt dann? Wie sollen wir weitermachen?
Ingo und sein Vater wollen das Management übernehmen. Keine gute Perspektive. Ihre Strategie ist armselig. Sie möchten das Merchandising ausweiten. T-Shirts mit unserem Bandfoto sollen gedruckt werden. Aber wer kauft T-Shirts einer Band, die noch auf den großen Durchbruch wartet?
Zu den ersten Amtshandlungen von Ingos Vater gehörte es, mir strenge Auflagen in Sachen Drogenmissbrauch zu machen, dabei könnte dieser alte Mann im schwarzen Anzug auch als Dealer durchgehen. Ich wünsche mir Sascha zurück. Boris, Dirk und Timo suchen nach einem neuen Manager. Sie rufen verschiedene Leute an, die wir auf Tour kennen gelernt haben. Doch die meisten winken ab. Und die, die übrig bleiben, wollen

von uns Geld sehen, damit sie überhaupt loslegen. Ich halte mich aus allem raus. Fühle mich kraftlos, willenlos, bin im Augenblick gerne Marionette. Manchmal ist es schön, ein Rädchen zu sein, das von anderen angetrieben wird, das in einem Laufwerk verzahnt ist und sich automatisch dreht, wenn sich etwas bewegt.

Jessica. Immer wieder Jessica. Noch keine Nachricht. Noch kein Zeichen. Die Momente sind leer und die Stille in den Hotelzimmern unerträglich. Die Ungewissheit frisst mich auf.
Ein Jahr ist seit dem Tod meines Opas vergangen. Ich war nicht einmal an seinem Grab. Saß nie wieder auf der Bank, um Schwäne zu füttern. Verdränge die Trauer, die noch immer in mir steckt. Als es dunkel ist, fahre ich zum See. Es ist ganz still. Nur das schwache Licht der Straßenlaterne spiegelt sich in Orange-Tönen auf dem Wasser. Ich setze mich auf die Bank. Wünsche mir Tageslicht, Sonnenschein, meinen Großvater neben mir. Er hätte mir jetzt zugehört. Hätte mich verständnisvoll angeschaut und ein Taschentuch parat gehalten, so wie er das früher getan hat, als ich noch ein Kind war.

Pause. Stopp. Schneller Vorlauf. Aufnahme. Mein Kassettenrekorder arbeitet wieder, meine Stimme klingt Scheiße, der Song katastrophal. Bewusstseinserweiterung. Kreativität durch Drogen. Vielleicht nehme ich einfach das falsche Zeug. Die Lieder, die ich nüchtern schreibe, kann ich mir jedenfalls auch noch nach einer Woche anhören.

Sven, unser A&R, ist überrascht, als er von der Trennung von Sascha erfährt. Als Boris ihm am Telefon erzählt, was passiert ist, beruhigt er ihn und sagt, dass er hinter uns stehen würde und die Veröffentlichung nicht in Gefahr sei. Kurz durchatmen. Erleichterung. Rinestar Music will uns, die Band. Nicht den Manager.

Eine E-Mail. Nicht von Jessica. Sebastian hat geschrieben.

Hallo, Erik,
wo bist du denn gerade unterwegs? Ich habe versucht dich anzurufen, war sogar bei dir zu Hause. Wir müssen unbedingt miteinander reden. Ich hoffe, es geht dir wieder besser. Habe dich im ZDF gesehen. Guter Auftritt. Du kannst ja langsam richtig tanzen. Wann bist du wieder im Lande? Ruf mich an oder schreibe zurück. Es wäre echt cool, wenn wir uns bald treffen könnten.
Beste Grüße
Sebastian

Er schreibt, als wäre nichts passiert. Als hätten wir uns niemals gestritten. Als wäre ich niemals fies zu ihm gewesen. Ich spielte zwar mit dem Gedanken, mich bei ihm zu entschuldigen, jetzt bin ich aber erst mal froh, dass er den ersten Schritt gemacht hat. Er war schon immer der Vernünftigere. Der Kontakt ist wiederhergestellt. Ich werde ihm antworten. Freue mich über die E-Mail und investiere zwei Euro, damit mir der Hoteldrucker diese Zeilen auf weißes Papier druckt. Ich lege das Blatt zu meiner Mappe mit den Songtexten. Mit den Kritzeleien. Den unvollständigen Sätzen, die darauf warten, mit Musik untermalt zu werden. Den Lovesongs, die ich für Jessica geschrieben habe. Morgen fahren wir wieder nach Hause. Wir haben vier Tage frei. Ich muss Jessica sehen, halte es kaum noch aus. Will endlich wissen, wie es mit uns weitergehen soll. Ich überlege, ihr Rosen zu kaufen. Vielleicht kann ich sie ja toll zum Essen einladen. Das klingt alles langweilig. Ich will ihr zeigen, wie sehr ich sie brauche. Dann habe ich eine Idee.

Jens, mein Bruder, hat schon alles vorbereitet. Es war mir beinahe peinlich, ihn um diesen Gefallen zu bitten. Erst die Hamstertour und jetzt stehe ich schon wieder auf der Matte, weil ich etwas von ihm will. Er ist gut gelaunt.
»Du bist auch wirklich nicht sauer, dass ich mich in den letzten zwei Monaten kaum gemeldet habe?«
»Nö, kein Problem. Du bist halt viel mit deiner Boyband unterwegs, das ist schon okay.« Jens ist nie nachtragend. Im Gegensatz zu mir muss er bei der Geburt Beruhigungsmittel geschluckt haben. Seine Bewegungen sind immer sehr bedacht. Er strahlt eine angenehme Ruhe aus. Kann sich stundenlang konzentrieren, wenn er an seinem Computer rumbastelt oder ich mal wieder meinen schrottreifen Golf vorbeibringe. Er zeigt mir eine neue Platte, die er auf einem Flohmarkt gefunden hat. Zieht sie vorsichtig aus der weißen Hülle. »George Benson, ein toller Musiker.« Es knistert, als er die Nadel aufsetzt. Dann beginnt die Musik. »This Masquerade«, sagt er, dann dreht er den Lautstärkeregler auf. »Are we really happy with this lonely game we play, looking for words to say«, die Stimme klingt weich, der Sound ist warm und lebendig. Ich setze mich in den alten Ohrensessel. »We're lost in this masquerade«, ich übersetze jedes Wort, alles klingt so ehrlich, ich schließe die Augen und stelle mir vor, wie George Benson mit seiner Band vor mir

steht und singt. Wie die Musiker ihre Gefühle bündeln und gemeinsam von Akkord zu Akkord, von Vers zu Refrain ziehen. Sie schauen sich nicht an, ihre Augen funkeln ins Nichts. Als hätten sie diese Dimension verlassen, als wären sie nur noch Diener einer fremden, übermenschlichen Macht, die ihnen diesen Moment des Glücks, der Erfüllung für die Dauer eines Songs schenken möchte.

Es knistert wieder, der Song ist zu Ende, ich öffne meine Augen.

»Das groovt.« Mein Bruder lächelt mich an.

»Echt beeindruckend«, sage ich. Beeindruckend! Was für ein kaltes Wort für so ein Erlebnis.

»Du siehst irgendwie mitgenommen aus. Ihr schlaft nicht viel auf Tour, oder?« Mein Bruder spielt auf die tiefen Ringe unter meinen Augen an.

»Nö, ich bin etwas erkältet, die Klimaanlage«, versuche ich ihn zu beruhigen.

»Dann lass uns an die Arbeit gehen. Was ist das denn für ein Foto, das ich so dringend entwickeln soll?«

»Ein Foto von mir und . . .«, ich überlege, ob ich ihm die Wahrheit sagen soll, ». . . Jessica.«

»Jessica? Die Leiterin eures Fanclubs.«

»Ja, genau.«

»Und warum bringst du den Film nicht in den Fotoladen?«

»Die kennen mich doch. Nachher glauben die noch, das sei meine Freundin, nur weil ich sie umarme.«

»Und was wäre daran schlimm?«

»Das habe ich dir doch auf der Hamstertour erzählt. Wir sind offiziell Singles.«

»Ja, aber Jessica ist doch auch nur die Fanclubleiterin und nicht mehr.«

Ich blicke ihn genervt an.
»Ich verstehe, die Leute reden halt gerne.« Jens schließt die Türe der Dunkelkammer und das Speziallicht geht an.
»Das dauert jetzt einen Moment, ich muss erst den Film entwickeln.« Er verschwindet kurz in den Nebenraum. »So jetzt wird es spannend.« Jens legt das belichtete Fotopapier in eine kleine Plastikwanne, die mit Chemikalien gefüllt ist. Er schwenkt es vorsichtig mit einer Plastikzange hin und her. Langsam kann ich erste Umrisse erkennen. Dann Jessicas Haare, ihr Gesicht, und schließlich tauche auch ich neben ihr auf. Jens hebt das Bild aus der Wanne und spült es mit einer anderen Flüssigkeit ab. »So, jetzt kannst du das Licht anmachen.«
Ich drücke auf den Schalter. Für einen kurzen Moment bin ich geblendet. Doch dann gewöhnen sich meine Augen wieder an das normale Licht. Ich erkenne das Foto, das wir auf meiner kleinen Terrasse gemacht haben. Wir lachen, umarmen uns, die grüne Wiese ist zu erkennen.
»Warum ist eure Fanclubleiterin denn bei dir zu Hause?« Jens blickt mich verwundert an.
»Eine Homestory«, sage ich.
»Na, dann erzähle deinem Manager besser nichts von dieser – Homestory«, Jens schmunzelt. Ich konnte noch nie gut lügen.
Wir essen noch zusammen, dann mache ich mich auf den Heimweg. Jens hat mir gesagt, dass sich unsere Eltern Sorgen machen seit der Sache mit dem Finanzamt. Sie hätten ihn schon gefragt, womit ich denn überhaupt Geld verdiene, wenn nicht mit Fernsehauftritten. Ich werde nächste Woche bei ihnen vorbeischauen. Aber jetzt muss ich mich erst mal um das Foto kümmern.
Ich habe damit etwas vor.

Es ist Mittwochabend und ich fühle mich gut. Noch zwei Tage, denke ich, dann wird sich Jessica wundern. Ich wünsche mir so sehr, dass wir wieder zusammen lachen. Ich räume meine kleine Wohnung auf. Das Geschirr hat sich gestapelt. Die Essensreste werden von Schimmelkulturen bevölkert. Der Müll stinkt bestialisch, die Fruchtfliegen haben sich ein Paradies geschaffen. Ich packe einige Teller samt Müll in einen blauen Plastiksack und stelle sie auf die Terrasse. Dann sauge ich die widerspenstigen Staubflocken vom Boden. Nach vier Stunden sehen mein Zimmer und die Einbauküche wieder wohnlich aus. Es ist ein Gefühl wie Neuanfang. Ich setze mich auf mein zusammengeklapptes Bettsofa und lasse meinen Blick zufrieden über die generalüberholte Wohnung schweifen. Ich bleibe an der prall gefüllten Tüte mit Gras hängen. Ohne nachzudenken, gehe ich zu dem kleinen Tisch, nehme die Tüte in die Hand, gehe auf die Toilette und spüle mit etwa vierhundert Liter Wasser mindestens fünfzehn Mal Entspannung und etwa achtzig Euro in die Kanalisation. Die Ratten werden ihren Spaß haben. Langsam gewinne ich wieder die Kontrolle über mein Leben zurück.
Ich lege die Musik meiner Rockband auf und tanze Luftgitarre spielend durch den Raum.
Ich denke an den Proberaum, an Gunnar, unseren Schlagzeuger, wie er beseelt auf seinem Hocker sitzt und der ganze Körper bebt, wenn die Drumsticks wie von Zauberhand auf das Drumset niederprasseln. Die Bewegungen von Händen und Füßen werden von Intuition geleitet, Gunnar spürt, wann er welches Becken zum Klingen bringen muss. Ein Gedanke wäre zu lange unterwegs.
Das Telefon klingelt, ich lasse den Anrufbeantworter angehen. Es ist mein alter Schulkollege Felix, ich greife zum Hörer. »Hal-

lo, Felix, super, dass du zurückrufst. Einen Augenblick, ich mache die Musik leiser.«
»Das klang aber nicht nach Boygroup«, sagt Felix verwundert.
»Meine Rockband. Mit der bin doch auf dem Schulfest aufgetreten, du als Schülersprecher hast das doch organisiert.«
»Ach, *Chase the Bird,* klar erinnere ich mich.« Ich höre durchs Telefon, wie jemand seinen Namen ruft. »Du, wir haben gerade furchtbar viel Stress in der Redaktion. Deshalb ganz kurz die Info für dich: Die Story erscheint morgen. Zwar nur in der Stuttgart-Ausgabe, aber das dürfte reichen.« Auf Felix war schon zu Schulzeiten Verlass. »Du kannst mir ja sagen, wie die Sache gelaufen ist. Und . . .« Er macht eine Pause. ». . . mich mal zum Essen einladen.«
»Klar«, sage ich. »Vielen Dank noch mal.«
»Also, ich muss jetzt weitermachen. Diese Jessica will ich natürlich auch kennen lernen.« Er legt auf.
Dass Felix einmal als Journalist arbeiten würde, hätte ich nie gedacht. Er war in der Schule der größte Chaot, wir haben gemeinsam um unser Abi gezittert. Und jetzt ist er bald Redakteur bei dieser riesigen Zeitung. Wahnsinn!
Es klingelt an meiner Türe. Fans? Nein, der Postbote. Ein Einschreiben. Sascha. Ich öffne den Brief. »Sehr geehrter Herr Klein . . .« Auf einer halben Seite steht, dass Sascha Geld möchte. Geld für alle Auftritte, die er vereinbart hat. Unser Tourplan ist beigelegt. Mit gelbem Leuchtstift hat der Anwalt so ziemlich jeden Auftritt in den nächsten sechs Wochen markiert. Ich bin wütend. Rufe sofort bei Boris an. Der erklärt mir, dass er bereits mit einem anderen Anwalt gesprochen hat. Solange wir Sascha den Betrug nicht hundertprozentig nachweisen können, müssen wir ihm die Gagen bezahlen. Diese Info kostet uns zweihun-

dert Euro. Natürlich könnten wir versuchen gegen ihn zu klagen, aber das würde uns dann mindestens noch einmal tausendachthundert Euro kosten, die wir im Voraus bezahlen müssten. Jetzt haben wir ein Problem, denn auch Ingos Vater will für seine zweifelhaften Dienste Kohle haben. Genauer gesagt, denselben Anteil wie Sascha. Ich nehme einen Notizzettel und meinen Taschenrechner. Jetzt will ich genau wissen, was das bedeutet. Die Konzertagentur bekommt zwanzig Prozent, Sascha dreißig, Ingos Vater dreißig und wir den Rest, den wir dann noch einmal durch vier teilen müssen. Fünf Prozent, das mag ja für eine kleine Partei genug sein, aber was soll ich mit fünf Prozent anfangen? Bei tausend Euro sind das gerade mal fünfzig Euro, die ich verdiene. Das kann nicht sein. Ich rufe noch einmal Boris an. Erzähle ihm von meiner Beispielrechnung. Er ist schon einen Schritt weiter. Hat Ingo gesagt, dass er aussteigen würde, wenn sein Vater und die Konzertagentur für diese sechzehn Auftritte ihre gesamte Provision verlangen. Ingo sagte, er würde nach einer Lösung suchen, aber vorher will er noch kurz Sascha den Hals umdrehen. Denn die Buchprüfung hat ergeben, dass sämtliche Telefon-, Miet- und Bürokosten von Ingo alleine bezahlt wurden. Sascha ist gewiefter, als wir alle gedacht haben.
Schon wieder klingelt mein Telefon. Mein Vater.
»Hallo, Erik. Wie ich gehört habe, warst du gestern bei Jens. Du könntest auch mal wieder bei uns vorbeikommen. Er hat gesagt, du hättest ein paar Tage frei.« Seine Stimme klingt enttäuscht.
»Ja«, sage ich zögerlich, »vielleicht übermorgen.«
»Ist sonst alles klar?« Ich sehe seinen besorgten Blick vor mir.
»Alles läuft planmäßig. In zwei Wochen erscheint unsere neue Single.«

»Klasse. Dann habt ihr sicher Geld bekommen. Eure erste CD wurde ja überall im Radio gespielt.«
Ich beschließe ihn nicht zu verwirren. Aber an unserer ersten Nummer haben wir durch die Radioeinsätze keinen Pfennig verdient. Der Song wurde ja von einem Engländer geschrieben.
»Euer Manager macht das echt gut. So oft wie ihr unterwegs seid. Ist der wirklich erst Anfang zwanzig?«
»Ja«, sage ich.
»Du hörst dich aber nicht gerade begeistert an.«
»Doch, doch. Ich treffe mich nur gleich mit Sebastian. Bin auf dem Sprung.«
»Sebastian. Der ist sicherlich bald mit dem Studium fertig. Dann grüße ihn mal von mir. Wegen übermorgen können wir ja noch mal telefonieren. Deine Mutter freut sich. Sie will für dich ein neues Rezept ausprobieren.«
»Ich rufe an«, beende ich das Gespräch. Es ist besser, wenn ich meinen Eltern nichts von dem Desaster erzähle. So wie ich meinen Vater kenne, hätte er sich dazu berufen gefühlt, mein Schicksal in die Hand zu nehmen. Aber noch mehr Chaos kann ich jetzt nicht ertragen.
Boris ruft noch mal an. Ingos Vater will für die Auftritte nur zehn Prozent und auch die Konzertagentur ist bereit, für fünfzehn Prozent zu arbeiten. Wir sind wieder im Geschäft und Boris ist besser drauf. Ich reagiere gelassen. Bin in Gedanken schon einen Tag weiter. Hoffe, dass Jessica meine Entschuldigung akzeptiert. Kann es kaum erwarten, dass die Zeitung erscheint.

Es ist sechs Uhr dreißig, mein Telefon klingelt. Ich bin noch total müde. Der Rollladen ist unten. Durch die kleinen Schlitze

dringt schwaches Licht, ich höre, wie die Regentropfen auf den Plastiktisch prasseln, der auf meiner Terrasse steht. Der Anrufbeantworter geht an. Sicher verwählt, denke ich, wer kommt auf die Idee, mich so früh am Morgen anzurufen? Die Kassette spult zurück. Klick. Jemand legt auf. Ich hatte Recht, verwählt. Dreimal tuten und ich drehe mich wieder um, schließe die Augen. Dann höre ich einen Donner, sechs Sekunden später folgt der Blitz. Grelles Licht schießt wie Pfeile durch die kleinen Rollladenschlitze. Jessica. Ich hoffe, meine Rechnung stimmt, zwei Wochen, seit gestern müsste sie wieder zu Hause sein. Meine Schläfrigkeit verschwindet und weicht einem nervösen Magenkribbeln. Er krampft sich zusammen. Ich gehe aufs Klo, habe Durchfall. Ich steige unter die Dusche. Höre, wie das Telefon klingelt. Wieder geht der Anrufbeantworter an. Wieder legt jemand auf. Schon wieder verwählt?
Ich werde nervöser. Vielleicht ist es Felix. Vielleicht erscheint die Story gar nicht. Ich ziehe mich an. Turnschuhe. Egal. Dann werden halt meine Füße nass. Mein gelbes Regencape. Ich gehe zum Tabakladen an der Hauptstraße. Es regnet waagrecht, meine Jeans klebt auf der Haut, ein ekelhaftes Gefühl. Das Regencape ist undicht, ich spüre, wie das Wasser mein T-Shirt aufweicht. Noch zehn Meter. Blätter werden vom Wind durch die Luft gewirbelt. Die Autos haben ihre Lichter an. Die Scheibenwischer kämpfen gegen die Wassermassen, schieben sie rastlos zur Seite. Geschafft. Ich öffne die Türe.
»Sauwetter.« Der alte Mann schaut mich an und kaut auf einer Zigarre.
Ich bin klatschnass, als sei ich in Klamotten durch die Waschanlage gelaufen.

Der Ständer mit den Tageszeitungen ist leer. Ich schaue den Mann fragend an.
»Die haben angerufen.« Er pustet den scharfen Rauch nach vorne. »Vielleicht in einer Stunde.«
»Lieferschwierigkeiten?«
»Das Unwetter. Überall Staus.«
»Passiert das oft?«
Er zieht an seiner Zigarre, überlegt kurz. »In fünfundzwanzig Jahren das dritte Mal.« Wieder pustet er den Rauch durch den kleinen Laden.
»Die anderen Geschäfte. Haben die anderen Geschäfte schon die Zeitung?«
Er schüttelt den Kopf. »Hier in der Stadt nicht. Überall derselbe Lieferant.« Seine kleinen Augenfalten bewegen sich. »Welche Zeitung ist denn für dich so wichtig?«
Er duzt mich. Sicher hat er Enkelkinder in meinem Alter. »Die mit den größten Überschriften«, sage ich schmunzelnd.
Sein Blick erhellt sich. »Also, dann kann es ja nicht so wichtig sein.«
»Wie man's nimmt«, sage ich.
»Soll ich dich anrufen, wenn die Zeitung da ist?« Er legt mit seiner zittrigen Hand einen Zettel auf die Theke, dann zieht er einen Kugelschreiber aus seiner Hemdtasche. Ich schreibe meine Nummer auf und bedanke mich.
»Das muss wirklich wichtig sein.«
Ich nicke und verlasse den Laden. Der Sturm hat sich etwas beruhigt. Der Regen ist weniger geworden. Mein Anrufbeantworter blinkt. Endlich mal jemand, der draufspricht. Ich drücke auf den roten Knopf.
»Hallo, hier Ingo.« Seine Stimme klingt sauer. »Rufe sofort im

Studio an, wir müssen sprechen.« Ich glaube, die Stimme seines Vaters im Hintergrund zu hören, die Worte klingen ungarisch und sehr hart. Das Telefon klingelt. Ich zögere kurz. Nehme dann aber ab. »Wahlberg am Apparat, deine Zeitung ist da.« Der alte Mann ist aufgeregt. »Der Artikel, ähm, das Bild, ich wusste ja nicht . . .«

»Danke. Ich komme gleich vorbei.« Jetzt bin auch ich aufgeregt. Ich renne zum Tabakladen. Auf der Theke liegt die Zeitung ausgebreitet.

»Stimmt das, was da drinsteht?« Der Mann schaut mich fragend an.

»Darf ich?« Ich drehe die Zeitung zu mir um.

BOYGROUP-STAR KÄMPFT GEGEN LIEBESPARAGRAPHEN. Die Headline ist anders als besprochen, aber der Sinn stimmt. Das Bild von Jessica und mir ist fast eine halbe Seite groß, darunter steht: *Mussten ihre Liebe geheim halten – Call-Us-Sänger Erik und Fanclubleiterin Jessica.* Ich lese weiter. *Management und Plattenfirma zwangen den jungen Star, seine Liebe geheim zu halten. Jetzt berichtet er exklusiv.* Ich muss schlucken. Eigentlich hat ja nur Sascha uns diese Auflage gemacht. Mit Sven haben wir nie über private Dinge gesprochen. *Fünfzigtausend Euro Strafe sollte er bei Nichteinhaltung bezahlen.* Felix! Verdammt, wie kommt er denn auf so einen Schwachsinn? Ich lege das Geld auf die Theke und stürze durch die Türe.

Zu Hause entdecke ich noch ein paar Details, die ich definitiv nicht so gesagt habe, oder doch? Habe ich vielleicht übertrieben? Ich kann nicht mehr länger nachdenken. Schon wieder läutet das Telefon. Abnehmen oder nicht? Es könnte Jessica sein. Oder Ingo?

Ich nehme ab. Es ist Boris. »Was soll das?« Er brüllt in das Telefon. »Warum hast du das getan? Haben wir denn nicht schon genug Probleme, willst du uns denn alles kaputtmachen?«
»Was ist denn so schlimm daran?«, frage ich naiv.
»Was so schlimm ist? Findest du es etwa okay, dass die schreiben, wir drei hätten mit unseren Freundinnen Schluss gemacht und würden stattdessen professionelle Dienste in Anspruch nehmen?«
»Das habe ich nicht gesagt«, verteidige ich mich.
»Sogar die Plattenfirma hat schon Wind von deiner Aktion bekommen.«
»Wie denn das? Der Artikel sollte doch nur in der Stuttgart-Ausgabe erscheinen?«
»Du kannst stolz sein. Von Flensburg bis München können alle deine Lügengeschichte lesen. Und das eine Woche vor der Veröffentlichung unserer nächsten Single.«
»Na, dafür kann die Publicity ja nur gut sein«, sage ich.
»Hat dich Ingo schon erreicht?« Boris spricht mit mir, als sei ich ein Verbrecher, den er soeben überführt hat.
»Er war auf dem Anrufbeantworter«, sage ich.
»Wir treffen uns um fünfzehn Uhr im Studio.« Er legt auf, ohne sich zu verabschieden.
Das hätte ich Felix nicht zugetraut. Dass der so übertreiben kann! Jessica hat sich noch immer nicht gemeldet. Aber wie auch? Es ist ja die ganze Zeit belegt. Ich überlege, ob ich sie anrufen soll. Vielleicht ist sie auch stinksauer oder noch gar nicht aus dem Urlaub zurück. Ich wähle ihre Nummer, kann sie immer noch auswendig.
»Hallo.« Jessicas Stimme.
»Ich bin's, Erik«, sage ich schüchtern.

»'tschuldigung«, sie gähnt, »ich bin erst gestern Nacht gelandet. Zehn Uhr. Die Zeitumstellung. Mist!«
»Wie, die Zeitumstellung? Ich dachte, du warst . . .«
Sie unterbricht mich. »Lass uns darüber nicht am Telefon sprechen. Können wir uns um halb sechs auf dem Waldparkplatz treffen?« Wieder ein Gähnen.
»Ja, aber . . .« Sie fällt mir ins Wort. »Ich habe dich vermisst«, sagt sie ganz unvermittelt. »Bis später.« Sie legt auf. Mein Herz klopft. Ich spüre, wie mich diese letzten Worte berührt haben. Sie hat mich vermisst. Von der Zeitung weiß sie noch nichts, sonst hätte sie etwas gesagt. Aber was bedeutet das mit der Zeitumstellung? Wo war Jessica in den letzten zwei Wochen?

Dichte Wolken werden von Sturmböen über den dunklen Himmel gejagt. Letzte Woche war es noch heiß und jetzt riecht die Luft kühl und feucht, wie Herbst. Ich fahre ins Studio, bin gespannt, was mich erwartet. Vielleicht hätte ich noch schnell mein Testament schreiben sollen. Ingos Vater sieht brutal aus. Sicher hat er schon eine Idee, wie er mich umbringen wird. Ich stelle mir vor, wie er mich gemeinsam mit Boris, Dirk und Timo foltert. Wie sie mich auf einem Stuhl festbinden, mir einen Kopfhörer aufsetzen und »Kiss you forever« in voller Lautstärke mit den unbearbeiteten Stimmen der Jungs abspielen. Wie mir Boris mit einem riesigen Scheinwerfer direkt ins Gesicht strahlt.
Ich biege in die Parallelstraße ein. Bin unpünktlich. Warte noch drei Minuten und nutze die Pause zwischen zwei Schauern, um möglichst trocken zum Studio zu gelangen.
Ich könnte noch umdrehen. Aber ich denke an Sebastians Wor-

te, ich sei faul und feige. Ich drücke auf den Klingelknopf. Die Türe öffnet sich. Ingos Vater steht vor mir.
»Komm rein«, sagt er im Befehlston. Alle sind da. Sie schauen mich angewidert an. Boris, Dirk, Timo und Ingo. Auf dem Schreibtisch liegt unsere neue CD, die nächste Woche erscheinen soll. Ich will sie in die Hand nehmen, lasse es aber bleiben.
»Ja, schau sie dir ruhig an«, sagt Timo abfällig. »Glücklicherweise sind die ersten dreißigtausend schon gepresst, deshalb kommt die CD trotz deiner Aktion in die Läden.« Er hält sie vor mein Gesicht.
»Willst du aussteigen oder war der letzte Joint schlecht?« Boris' Augen blicken mich hasserfüllt an.
Ich schweige.
Neben der CD liegt ein Stapel mit weißen T-Shirts, unser Bild ist vorne drauf. Ingo verfolgt meinen Blick, greift mit seiner Pranke in die Shirts und schleudert sie quer durchs Büro. »Du alles kaputtmachen!«
Ich spiele mit dem Gedanken, abzuhauen, zu flüchten, bevor Ingo mit härteren Gegenständen um sich wirft. Sein Vater lehnt ganz ruhig am Türrahmen, sein Gesicht sieht aus, als hätte man es bei minus dreißig Grad eingefroren. Wir alle stehen. Nur Ingo lässt sich nun in Saschas ehemaligen Chefsessel fallen. »Sven von Plattenfirma will reden wegen dir«, sagt er. »Er will wissen, was du vorhast«, ergänzt Dirk.
»Wir wollen alle wissen, was du vorhast.« Boris schaut mir direkt in die Augen.
»Ich?« Erst in diesem Moment wird mir klar, dass ich die Zeitungsgeschichte nicht nur gemacht habe, um Jessica zu zeigen, wie sehr ich sie brauche, sondern weil ich einen Schluss-

strich unter mein Leben mit der Boygroup ziehen möchte. Weil ich mich nach der Realität als Dauerzustand sehne, nach meiner eigenen Musik. Mein Plan ist gescheitert. Die Boygroup als Sprungbrett für meine Solokarriere. Es hat bisher niemanden interessiert, dass ich singen kann, und es wird nie jemanden interessieren. So lange ich vor hysterischen Mädchen auftrete, wird den Musiker Erik niemand ernst nehmen. »Okay«, sage ich, »ich erkläre euch, was ich vorhabe.« Meine Stimme klingt belegt, als hätte ich einen Kloß im Hals. »Ich steige aus!« Mein Vertrag mit Ingo liegt auf dem Schreibtisch. »Künstlervertrag« steht fett gedruckt auf dem Deckblatt.

»Und daran können mich auch diese«, ich greife nach dem zusammengehefteten Papier, »diese beschissenen Paragraphen nicht hindern.« Mit ganzer Kraft zerfetze ich den Vertrag. »Ihr könnt gerne ohne mich weitermachen«, sage ich mit zitternder Stimme. Ich drehe mich um. Ingos Vater blockiert die Türe. Ich habe keine Angst, drehe mich noch einmal zu Ingo um. »Wenn ihr mir Probleme macht, dann steht morgen in der Zeitung, wie toll ihr singen könnt.«

Timo weicht meinem Blick aus. Boris schüttelt den Kopf. »Du bist ein riesiger Idiot, warum machst du uns alles kaputt?« Seine Stimme klingt jetzt weinerlich, fast flehend. Sein Hals ist voller roter Flecken. Für einen kurzen Moment fühle ich mich beschissen, wie ein Verräter.

»Es tut mir Leid, Boris«, sage ich. Ingos Vater tritt zur Seite, ich gehe raus, ziehe die schwere Metalltüre hinter mir zu. Steige die Treppe nach oben, überquere die Straße, spüre den Regen, wie er mein Gesicht abkühlt. Setze mich in mein Auto. Tränen vermischen sich mit Regentropfen. Trauer mit Hoffnung. Mein ganzer Körper erschlafft. Alles ist vorbei, die Auftritte, die Interviews, die Fahrten im Tourbus. Für einen kurzen Moment fühle ich mich leer. Ich lasse den Motor an. Der Scheibenwischer kämpft sich durch die Wassermassen. Ich starre nach draußen. Dann fahre ich los. Weg von hier, ist mein einziger Gedanke.

Ich biege in den Waldparkplatz ein. Immer noch fallen dicke Tropfen vom Himmel. Ob Jessica mittlerweile die Zeitung gelesen hat? Wahrscheinlich haben sämtliche Fans bei ihr angerufen. Wahrscheinlich sogar Ingo und die Jungs. Es klopft an meine Scheibe. Jessica. Ich öffne ihr die Beifahrertüre. Sie steigt ein, zieht den Regenmantel aus. Sie atmet schnell. »Ich bin gerannt«, sagt sie. Dann beugt sie sich zu mir herüber und gibt mir einen Kuss. Sie lächelt. »Du bist der verrückteste Mensch, den ich kenne. Mein Telefon steht nicht mehr still. Von überall rufen mich Fans an.«
»Du bist sauer?«
»Nein. Aber was ist mit den anderen? Ingo und den Jungs?«
»Ich bin draußen.«
Jessica schaut mich ungläubig an. »Die haben dich rausgeschmissen?«
»Nein, ich bin gegangen.«
»Aber doch nicht wegen mir?«
Ich zögere. »Nein, weil ich endlich wieder frei sein will. Weil ich Boygroups hasse. Weil ich Musik liebe.«
»Und Rinestar Music? Wissen die schon davon?«
»Ich denke, Ingo wird gerade mit Sven sprechen.«
»Bist du gar nicht traurig? Immerhin könntet ihr ja noch den Durchbruch schaffen.«
»Ich bin froh, dass alles zu Ende ist. Als ich vorher aus dem Stu-

dio gegangen bin, habe ich mich frei gefühlt. Und jetzt bist du da.« Ich greife nach ihrer Hand. Jessica ist ungewohnt ruhig. »Stimmt etwas nicht?«, frage ich. »Hast du einen anderen kennen gelernt?«
Sie schüttelt den Kopf. Ganz langsam, wie in Zeitlupe. Ihr Lächeln verschwindet. »Ich«, sie drückt meine Hand ganz fest, »ich werde für ein Jahr nach Amerika gehen, an ein College.«
»Amerika, College? Davon hast du mir nichts gesagt.«
»Ich wurde ja auch erst jetzt angenommen.«
Ich spüre, wie sich mein Hals zusammenschnürt. »Und wie lange bist du noch da?«
»In sechs Wochen fliege ich nach Los Angeles. Ich habe schon einige Studenten kennen gelernt. Lebe erst mal in einer WG.«
»Und was wird aus uns?« Ich habe Angst, ihre Antwort zu hören. Sie streicht sanft über meine Haare. Ich muss verzweifelt aussehen.
»Ich will, dass wir zusammenbleiben. Wir haben jetzt mehr als ein Jahr Boygroup überstanden, dann werden wir auch das noch schaffen.« Sie streichelt mein Gesicht. »In den Semesterferien komme ich nach Deutschland und du kannst mich jederzeit in L.A. besuchen.«
Amerika. Ich war noch nie in Amerika. Schreibe englische Texte und war noch nie in Amerika. Jessica blickt mich stumm an, als müsste ich ihr bestätigen, dass sie Recht hat, dass alles funktionieren wird, dass wir zusammenbleiben. Ich küsse sie auf den Mund, kein Abschiedskuss.

Es ist dunkel. Boris steht vor meiner Haustüre. Seine schwarzen Haare sind nass und zerzaust. »Ich muss mit dir reden«, sagt er.

Ich bitte ihn herein. Im Lichtschein erkenne ich sein verwirrtes Gesicht.
»Ich weiß, dass du dich nicht mehr umstimmen lässt. Aber ...«
Er macht eine Pause. »Du musst auch uns verstehen. Wir wollen ohne dich weitermachen. Wir müssen weitermachen. Ich habe keine andere Wahl!« Seine Hände zittern vor Aufregung.
Ich fühle mich mies. Ausgerechnet Boris. Der, den ich am besten leiden kann, die Spürnase, die so viel Ehrgeiz hat. Ausgerechnet ihn trifft mein Ausstieg am härtesten.
Sein Mund steht offen, aber er redet nicht weiter, zögert. »Wir, nein, ich bitte dich darum, wenigstens den Auftritt nächstes Wochenende noch mitzumachen, bis dahin haben wir hoffentlich einen Nachfolger.«
Noch einmal auf die Bühne gehen? Noch einmal so tun, als wären wir die heile Familie? Ich dachte, alles wäre vorbei. Ich sehe Boris' Augen. Kann ihm die Bitte nicht abschlagen. Verdammt! »Sag den anderen, ich mache das nur für dich.«
Er nickt.
Ich fühle mich immer noch mies. Wir verabschieden uns wie Fremde.

17. Kapitel | **Wenn der letzte Vorhang fällt**

Unser letzter gemeinsamer Auftritt soll ganz normal ablaufen. Aber normal ist seit ein paar Tagen eigentlich nichts mehr. Jessica fährt mich nach Freiburg. Ich fahre nicht im Tourbus. Mein Magen spielt verrückt. Warum habe ich Boris' Bitte nicht abgeschlagen? Warum setze ich mich freiwillig diesem Stress aus? Per E-Mail hat mir Ingos Vater bestätigt, dass ich nach diesem Auftritt frei bin, meine Drohung hat gewirkt. Die letzte Gage haben sie mir bereits überwiesen. Unsere CD steht ab morgen in den Läden, ich weiß nicht, ob sie Sven schon von meinem Ausstieg erzählt haben, es ist mir egal. Ich weiß auch nicht, wie sie ihm und vor allem den Fans erklären wollen, dass alles weitergehen soll, dass nur der Leadsänger ausgetauscht wurde. Doch das ist nicht mehr mein Problem. Ich löse nur noch ein Versprechen ein. In der E-Mail stand auch, dass ich mich dazu verpflichte, in den nächsten Wochen keine Interviews zu geben und den Fans nichts von der »personellen Veränderung« zu erzählen.
Ich halte mich nicht an die Abmachung, nur Boris' habe ich vorher davon erzählt, er war einverstanden.
Vor unserer Zugabe bedanke ich mich bei unseren Fans für die Unterstützung in den vergangenen anderthalb Jahren. Ingo ist sichtlich schockiert. Am liebsten hätte er mich einfach von der Bühne gezogen. Doch nun ist es zu spät. Die Mädchen in der ersten Reihe schauen mich ungläubig an, als ich meinen Ausstieg verkünde. Mit wenigen Worten zerstöre ich ihren Traum von der heilen Boygroup-Familie. Dirk macht das Dümmste, was er in dieser Situation tun kann. Er erklärt mit einem ge-

zwungenen Lächeln, dass es schon einen Nachfolger für mich gibt und die Gruppe weiterhin bestehen bleibt.
Beim letzten Song sehe ich zwei kleine Mädchen weinend am Bühnenrand stehen. Diese drei Minuten erscheinen mir endlos.
Ich kann es selbst noch nicht richtig begreifen, doch nun ist es tatsächlich vorbei. Nie wieder werde ich mit diesen Songs auftreten.
Viele Mädchen drängeln sich um unser Zelt, das neben der Bühne aufgebaut ist. Einige halten Blumen in der Hand, die sie noch schnell besorgt haben.
Ich steige zu Jessica ins Auto und verstecke meine Tränen hinter einem großen Teddybären. Den hätte eigentlich Timo bekommen sollen, hat mir das Mädchen gesagt, doch ohne mich sei die Band nicht mehr so wie früher. Noch einmal drehe ich mich um. Dann schaue ich nach links.
Jessica.
Ich habe nichts verloren.

Epilog | Ich weiß, dass es kein Vorwort gab, aber als ich mit dem Schreiben des Manuskriptes begonnen habe, hätte ich nicht geglaubt, es eines Tages zu beenden. Deshalb muss ich das jetzt tun. Es ist drei Uhr morgens und Nady, meine Freundin, hat eine Flasche Sekt bereitgestellt. Ich glaube, sie ist eingeschlafen, aber ich muss sie einfach aufwecken. Denn die letzten Zeilen sind geschrieben und ich kann dieses aufregende Kapitel »Boygroup« endlich abschließen.
Meine Zeit als Sänger der Stuttgarter Boyband *Yell4You* hat mich zu diesem Buch inspiriert. Vieles ist wahr und manches erfunden. Ich wollte berühmt werden, am besten auf der Überholspur. So wie all die Menschen, die von Casting zu Casting reisen, weil sie entdeckt werden wollen. Dabei habe ich vergessen, dass es nur die echten Stars sind, die ich bewundere. Nicht die gezüchteten. Wer eine Dauerkarte für die VIP-Lounge haben möchte, muss sein eigenes Ding machen. Denn auch das beste Make-up beginnt irgendwann zu blättern.
Trial and Error. So könnte man mein Leben beschreiben. Auch wenn ich vorher gewusst hätte, wie verwirrend diese Zeit als Beinahe-Popstar sein würde, ich hätte nicht gezögert, mich in dieses Abenteuer zu stürzen. Es ist wie bei kleinen Kindern: Auch wenn man ihnen tausend Mal erzählt, dass es wehtut, wenn man die heiße Herdplatte mit den Fingern berührt. Eines Tages werden sie es ausprobieren.

Der Soundtrack zum Buch

Anstatt Tagebuch zu schreiben, hält Tobias Elsäßer seine Gedanken und Gefühle in seiner Musik fest – in seinen ganz persönlichen Texten und Kompositionen. Was er während seiner Boygroup-Zeit fühlte und dachte, kann man auf dem Soundtrack „kein zurück mehr" nachhören. Hier präsentiert er die Songs, die er mit der Boygroup nie spielen durfte. Die Songs, die sein Leben beschreiben.

Weitere Infos über die CD zum Buch und die Bestelladresse unter **www.dieboygroup.de**

Arena